U0437157

Stories
of the
Wind Riders

乘风记

丁小龙 著

陕西新华出版
陕西人民出版社

图书在版编目（CIP）数据

乘风记／丁小龙著. — 西安：陕西人民出版社，2024.11. — ISBN 978-7-224-15511-2

Ⅰ．I247.7

中国国家版本馆 CIP 数据核字第 2024LJ9416 号

出 品 人：赵小峰
总 策 划：关　宁
责任编辑：彭　莘
整体设计：杨亚强

乘风记
CHENG FENG JI

作　　者	丁小龙
出版发行	陕西人民出版社
	（西安市北大街 147 号　邮编：710003）
印　　刷	西安市建明工贸有限责任公司
开　　本	787 毫米×1092 毫米　1/32
印　　张	11.5 印张
字　　数	320 千字
版　　次	2024 年 11 月第 1 版
印　　次	2024 年 11 月第 1 次印刷
书　　号	ISBN 978-7-224-15511-2
定　　价	69.00 元

如有印装质量问题，请与本社联系调换。电话：029-87205094

光明之路和黑暗之路,
两条永恒的世界之路,
一条路去后不返回,
另一条路去后仍返回。
/《薄伽梵歌》

天地与我并生,而万物与我为一。

/《庄子·齐物论》

目录

众妙之门 /001　盲图 /032　乘风记 /054　废墟国王 /111

同尘 /134　时间三重奏 /156　迷航 /185　脸 /216

幻想与幻想曲 /241　巴比伦诗篇 /331

后记：从"我"到"我们" /357

众妙之门

第一门

第一次看见死亡的模样，是在他八岁那年的春天。

在睡梦中，他听见了爷爷的呼喊声，于是摸着麻黑的天来到了河岸。爷爷穿着一身白色的衣服，站在岸边的桐树下等着他。他走到了爷爷身旁，爷爷摸了摸他的头，把一块怀表交给了他，说，水生，爷爷要走了，以后想我的时候就看看天，就听听风。他说，爷爷带上我，我离不开你。爷爷说，孩子，咱们以后还会见面的。说完，爷爷转身离开了他，走向了暗夜，坐上那艘白色小船。爷爷没有再回头，白色小船很快消失在了天尽头。眼泪淹没了他，而他再也喊不出一句话。之后，河流消失了，黑暗消失了，他也消失了。爱没有消失。

他从梦中游上了岸，眼前是暗灰色的夜神。枕巾被梦中的眼泪濡湿了，心也被清洗干净了，如同明亮的房间。躺在黑暗中回想方才的梦，过了半晌才缓过了神，突然间领悟到了梦的真实意味。他听到了爸爸的呼喊，接着是妈妈和姐姐的细语。他打开了灯，黑暗从眼前消失，藏进了他的体内。穿好衣服后，他走出了房门，走向了爷爷的那间幽暗小屋。自从爷爷卧病后，他便很少去那间屋子了。

与预想中的一样，爷爷撒手离开了这个世界。在经历了半年多的苦痛折磨后，爷爷在梦中平静地告别了人世间。奶奶坐在爷爷的身旁，拉着他的手，没有话，也没有泪。爸爸说，走了，也就解脱了，以后再也不用受苦受疼了，人这一辈子都是这样啊。他第一次看见了爸爸眼中的泪水，而在这泪水中也瞥见了传说中的琉璃世界。他们围坐在爷爷的旁边，守护着爷爷。爸爸取出了那本《道德经》，开始为爷爷诵读经书，而这也是爷爷生前最后的愿望。这本经书是爷爷房间里唯一的书。在爷爷卧病以前，就给他讲过这部经书，逐字逐句地解读，仿佛字里行间居住着命运的微光。在好多个夜晚，爷爷仿佛为他揭开了生活的面纱。他基本上听不懂那些玄妙的话，却喜欢经书上的每一句话，也喜欢爷爷把自己的人生揉碎了，撒进这无形的生活花园。虽然爷爷谈起过自己的死亡，但他从未想过没有了爷爷的日子。对他而言,死亡是触不可及的遥远星辰。

此时此刻,死亡就摆在了他的面前,仿佛陨落的星辰找到了家。他不敢与眼前的死亡对峙。他不敢注视爷爷的脸庞。在诵读完经书后,外面的天也亮了,黑暗也回家了。爸爸领着他,把爷爷的死讯传给了村里的亲友们。在听到这个消息后,他们所说的话也大体上相同:走了好,走了是解脱,走了是享福。他不喜欢这些宽慰话,又渴望得到他们的宽慰。风推着他们走,而时间是他们的衣裳。在返家的路上,爸爸拉着他走。这是他记忆中,爸爸第一次主动牵住他的手。

到了下午,灵堂已经搭建好了,哀乐已经响起来了。整个村庄仿佛染上了末日的气息,空气中是淡绿色的死亡味道。他们给爷爷换上了寿衣,整理好了遗容。爷爷躺在灵堂中央,而前面摆放着他的照片。照片上的笑容,依然如春日般明媚,看不见任何衰朽的迹象。这张照片是去年他陪爷爷在镇子上拍的。那是在去年夏天,爷爷说要带上他一起去镇子上赶集。对他而言,每一次赶集都是一场生活的仪式,可以暂时地逃离孟庄,可以获得心仪的礼物。爷爷在前面蹬着三轮车,他坐在小小的车厢里,用眼睛收集沿途的景色,用耳朵收藏风的低语。这是他最快乐的时分。他将自己想象成风的国王。到了镇子后,爷爷带他去了书店,给他买了一本《新华字典》。爷爷摸着他的头说,水生,以后好好念书,当个读书人,不要像爷窝囊了一辈子,最后埋进土里。他说,爷,你以前也说人都来自土,最后也会变成土。爷爷说,这不一样的,大部分人一辈子都困在土里了,只有很少的人在天空飞过,只有很少的人尝过活着的滋味。他听不懂爷爷的话了,但还是点了点头。之后,爷爷带他去了光明照相馆,拍了两张照片:一张是爷爷的独照,另一张是他们的合影。这是他们唯一的合影,至今还挂在爷爷奶奶的房间。那张爷爷的独照,如今成了遗像,供前来悼念的人观看与告别。

  爷爷的子孙们都到场了。大伯、二伯、三伯、大姑、父亲和小姑,以及十一个孙辈都到场了。奶奶穿着一身黑色,坐在爷爷的旁边,面容憔悴而庄重,时不时会和爷爷唠叨几句话,仿佛老伴并没有离开,而是沉入了梦境。他身处葬礼的现场,心却飞向了别处,飞向了爷爷所说的极乐之地。他们给他讲了很多关于爷爷的故事。每一个人眼中的爷爷都不一样,仿佛爷爷有着千万种面孔,仿佛这些面孔是他未来的模样。在葬礼上,他们哭泣,他们跪拜,他们吵闹,他们和解。不知为何,他好像失去了语言,失去了眼泪。大姑骂他是白眼狼,说爷爷白疼了他。他接受了她的指责,但就是哭不出来,仿佛体内的河流枯竭了。夜晚降临时,他终于鼓起了勇气,来到了爷爷的旁边。他牵着爷爷的手,告诉他不要害怕,告诉他自己将来一定会走出这个村子。爷爷不说话,但他听到了爷爷的回答。

爷爷在家里待了三天,全家人也因这葬礼耗掉了心中的悲痛。他们疲惫地把爷爷送到了后坡上,埋进了家里的祖坟。从坟地里回家后,面对空落落的房间,他的内心也是空落落的,而往来的风捎来了亡灵们的哀鸣。他坐在爷爷的房间,眼前就是他们唯一的合影照片。他突然有太多的话想说给爷爷听,却不知道从哪一句开始。于是,他离开了房间,走出了家门,独自去往那条河流。爷爷以前常常带他去看那条河流。

他坐在河岸边,看着眼前的河流,却没有了话。突然间,他看见一只白鹤从河流上跃起,飞向了远方。他唱起了那首关于河流的童谣。爷爷说自己以前害怕时,就会唱这首歌来给自己鼓劲。在河流泛起的粼粼波光中,他仿佛看见了爷爷的面孔。随后,眼泪淹没了他,也净化了他。每一滴眼泪里,都居住着一片海。

第二门

他不敢看镜子。或者说,他害怕看见镜子中的那个男孩。因为那个男孩常常对别人说谎,却无法对自己说谎。他讨厌说谎话的自己,又不得不说谎——为了讨家人和老师们的欢心,他让真实的自己藏匿于镜子之外,于旷野之间,唯有耳旁的风听见过他内心的呢喃。

爸爸常常挂在嘴边的话是,再不听话,就把你扔出家门。妈妈经常对他说的话是,你看看人家晓光多么厉害,你再看看你。晓光是他的同班同学,是他的邻居;是他最好的玩伴,也是他最大的敌人。爸妈的话,如同头上的紧箍咒,让他得不到真正的安宁。他想到了爷爷曾讲给他的关于哪吒的故事。他的心中也住着一个哪吒,但他没有哪吒割肉还母、剔骨还父的决心。为了讨大人们的欢心,他每天不得不扮演好孩子和好学生的角色。直到现在,他快要忘记真正的自己到底是谁了。唯有夜幕降临时,他才可以卸掉面具,以黑暗作为自己的镜子。他害怕有一天,面具会成为自己的脸。他瞥见了来自天上的深渊。

为了从这深渊中获得拯救,他开始在日记中发明自己的人生。即便是锁在柜子里,这些日记都逃不过爸妈的监视。于是,他在日记中说谎话,在日记中编造另外一个自己——是他的分身,也是他的幻影。慢慢地,他爱上了这种角色扮演的游戏,仿佛由另外一个自己接受了命运神谕。他把日记放在显眼的位置,等待着大人们的审查。他把自己的心抵押给了魔鬼,又不得不扮演着纯情天使的模样。

除了爷爷留下的《道德经》与《新华字典》以外,家里没有其他的课外书。他对文字有种天生的迷恋,把《新华字典》从头到尾翻阅了三遍,掌握了很多新鲜又生僻的词语。在孟庄,没有人使用那些词语,而这让他多了份被庇护的安宁。这本字典,是他在空海中的方舟。他读完了整本《道德经》,却依然不理解其中的况味。只要翻开这本经书,他就会想到爷爷;只要仰望星空,他也会想到爷爷。这本经书,是他心中的星空,也是打开玄奥世界的大门。他在梦中看见了那道门,却被命运之神宣判将永远无法进入。他没有把这些古怪的梦境与想法分享给任何人。他不想成为别人眼中的异类。孟庄不允许异类的存在。

晓光会和他分享自己的梦境,而他也会编造一些梦来作为回应。他和晓光一起上下学,一起做作业,一起去山野玩耍。有时候,他会住在晓光家,晚上挤在一张床上,讨论各自的心事与梦想。晓光是班上的明星,每个学期都能拿到"三好学生"的奖状。而他呢,成绩忽高忽低,有时候全班第一,有时候又排名中等。只要没拿到奖状,他得到的就是爸爸的批评和妈妈的嘲讽,而接下来的假期将非常煎熬。上次因为数学不及格,爸爸当着家人的面扇了他耳光,还把他关进小黑屋,让他好好反省自己。他把黑暗灌入体内,与黑暗共生共存。黑暗是他最好的朋友。在晓光的衬托下,他显得如此普通甚至平庸。他在心里与自己较劲,又不能把对晓光的嫉妒与憎恨显现出来。他过早地学会了伪装自己的心。

事情的转机出现在了六年级的上学期。在王若虚老师推荐下,他和晓光一起参加了县上的作文比赛。那是他第一次去县城,第一次看见了大商场,第一次喝到了橘子汁,第一次听到了外语歌曲。他原以为孟庄就是整个世界,如今看来也不过是这个世界小小的注脚罢了。比赛结束后,王老师带他们逛了文庙,又一起吃了水盆羊肉。那一天的所见所闻,足够他消化好几个月,足够撑起他半年的美梦。不到一周,比赛便出了结果。他以最高分获得了全县作文比赛一等奖,而晓光连优秀奖也没有拿到。那天,爸爸妈妈领着他一起去县城领奖。当他站在舞台中央时,终于等到了那束只为他而来的光。那个瞬间,他多么希望爷爷就在现场,一起见证他的荣光。

从县城领奖回来后,他成了学校乃至孟庄的名人。爸爸特意在家设了宴席,把奖状交给在场的每一位亲友观摩。晓光也在宴席上,脸上是灰蒙蒙的雾色。在他们长达数年的竞争中,他终于超越了对手。他体会到了传说中的极乐滋味。

自己所取得的成绩,和王若虚老师的教导分不开。或者说,是王老师发现了他在写作上的才华,是王老师时常把他的作文当成范文在全班同学面前朗读。在所有老师中,他最喜欢的也是王老师。拿奖后,王老师说要送他几本书作为礼物。放学后,他去了王老师的家。王老师打开了一扇门,眼前的场景让他非常震撼——书,全都是书,而他听到了群书之间的密语。他一本接着一本浏览,每一本都是一个新世界。他听到了自己内心的呼喊与哀鸣。王老师看出了他平静的狂喜,说,你以后想看书,就来我这里取吧。王老师坐在书桌旁,铺开了一张白纸,用毛笔在上面写下了"神游八荒"四个字,还盖上了自己的艺术章。王老师把这幅字送给了他。父亲在镇子上为这幅字裱框,挂在了家里的显眼位置。

自此之后,他时不时就去王老师家,跟着他读书,跟着他学写毛笔字。在阅读与书写中,他在空阔的荒野上遇见了平静的自己。特别是在写字时,他听见了内心神灵的召唤。慢慢地,他不害怕镜子了,也不害怕看见镜中的那个男孩了。每次洗完澡后,他都在镜中打量赤身裸体的自己,如此纯真,又如此丰盈。在一个梦中,他与镜中男孩交换了彼此的命运。

第三门

语文课上,林老师在讲解屈原《九歌》中的《云中君》,而他转过头,观看一团白云在空中漫游低吟。这是他的失神时刻,也是他的凝神时分。突然间,他瞥见教室外出现了熟悉的身影。是的,他又瞥见了堂哥东生脸上的惶恐。他预感到了即将而来的暴风雪。在给林老师打完招呼后,他走出了教室,听见了体内野兽的哀鸣。堂哥拍了拍他的肩膀,说,水生,快跟哥回家,你爸出事了。他没有多说话,而是向老师请了假,跟着堂哥走出了校门。他预感到自己将要失去父亲,耳旁的风也捎来了死神的讯息。

堂哥骑着摩托车,而他在驶向终点的长路上,听见了心脏的震动。他曾经害怕、憎恨甚至诅咒过自己的父亲,但他完全没有准备好迎接父亲的死亡。不得不说,父亲是他的靠山,是这个家的顶梁柱。如果父亲走了,他以后的路将会异常艰难。他害怕去问堂哥关于父亲的事情。他无法面对最坏的结局。然而在堂哥的脸上,他读到了厄运的征兆。他在心里默默祈祷,向上天祈祷,向先祖祈祷,向观世音菩萨祈祷——只要让父亲活下去,他宁愿舍去自己的一些命数。眼前的这条长路显得如此漫长,漫长到他提前瞥见了自己的衰老与死亡。在这黑暗的游荡中,他的心反而恢复了平静,并揭开了命运的封印。

不知过了多久,他们终于来到了县城的医院。下了车之后,他的体内仿佛灌上了生锈的铁,整个人差点瘫软在地。堂哥扶住了他,告诉他不要害怕,告诉他家人们会一直在一起。他走在堂哥的身后,仿佛听见了从地狱传来的铁链声。他们来到了手术室门口。大伯、二伯、大姑、母亲和姐姐都耷拉着头,仿佛在接受来自各自命运的审判。看见他之后,母亲上前拉住了他的手,抱着他,说,水生,你终于来了,你爸估计不行了。他还没来得及说话,大伯便嚷道,别胡说了,我弟福大命大,以前吃了多少苦都过来了,这个坎肯定也过去了。大姑说,是的,以前巫师给咱们算过命,说咱弟能活到九十岁。母亲没了话,便擦掉了脸上的泪珠。他坐在母亲的旁边,拉着母亲的手,默默地打量自己内心的空荡。

原来父亲是在瓜地干活时出事的。在把塑料大棚往回收的时候，父亲突然倒在了地上，整个人都在抽搐，口中流出了白沫，没有了话。母亲见状，赶紧去附近喊人。等他们回到地里时，父亲已经失去了意识，而脸上是未被风干的泪痕。他们开着四轮车，把父亲送到了县医院，送进了急救室。家里已经种了九年的西瓜了，但父亲不爱种西瓜，不爱和土地打交道。父亲也说过想要去城里打工，说干什么都比种地强，但他却从来也没有走出过孟庄。他的身体已经扎进了孟庄的土地，越扎越深，越深越痛。有一次，父亲喊他一起在家里喝白酒，而那也是他生平第一次喝酒。他在父亲脸上同时读出了疲惫、寂寞、恐惧与衰老。酒过几杯后，父亲给他讲起了自己的光荣往事与失败心境。他只是注视且聆听，偶尔会有两三句话作为回应。在父亲的脸上，他瞥见自己的过去与未来。巨大的沉默过后，父亲对他说，水生，你要好好学习，以后要走出这个村子，不要像我这样窝囊一辈子。他点了点头，没有说话。也许是在酒的催化下，他心生晶莹剔透之感，仿佛长出了无形翅膀，仿佛就在此刻飞出了孟庄，飞出了肉身，飞向了世界。那个夜晚，他睡得格外深沉清净。他从未见过大海，却梦见自己变成了海。

急救室的门打开了，光也从里面涌了出来，淹没了他们。医生宣布了最终的结果——幸亏送得早，父亲保住了命。听到消息后,他抱住了母亲,失声哭泣,仿佛是要倒空心中的所有的悲哀与恐惧。随后,他看见了病榻上的父亲,看见了父亲泪水中的幽光。手术也仿佛带走了父亲的半个魂,父亲也从此失去了言语。他握着父亲的手,告诉父亲不要害怕,要好好保养。接下来,父亲在医院住了整整半个月,而他一直守护在父亲的身旁,偶尔和父亲说说心里话。他突然间觉得自己长大了,而责任也压在了他清瘦的身体上,时而发出阵阵哀鸣。以前,父亲是他的靠山;如今,他要做父亲的靠山。他感受到了内心的力量。

父亲回到了家,坐上了轮椅。因为口齿不清,也基本上不说话了。以前,父亲在村子里算是强壮俊美的风云人物,如今生命却迅疾萎缩衰败了。父亲害怕看见往日的熟人,所以大部分时间都守在家里,要么看电视,要么发呆。有个夜晚,他把父亲抱上床之后,父亲拉住了他的手,使了很大的力气才说出了那个字,那个像匕首一样戳进他心窝里的字:死。他放开了父亲的手,说,爸爸,以后不许你提这个字了,你要好好活着,我们会赚钱养活你的。父亲摇了摇头,没有再说话,而他嗅到了晦暗中腐朽的芬芳。看着眼前的父亲,他仿佛身处无名的密林中,看不清未来的路。

父亲的病掏空了家里所有的积蓄。母亲也向亲戚们借了好多钱。晚饭过后,母亲把家里的经济情况讲给了他们,并拿出了记账本,念出了所欠的钱。母亲说,每一笔钱我们都要还上,连本带利去还,他们都是救过咱们家的恩人。祖母把她的金手镯放在桌子上,说,把这个卖掉吧,我一个老婆子,不需要这些了。母亲说,妈,这是你家的传家宝,咱不能断掉。祖母说,人的命最重要,生不带来,死不带走。沉默半晌后,姐姐说,妈,我不念书了,念书也没啥意思,我去外地打工赚钱。他跟着姐姐说,我也不念书了,以后就在家里干活养家。他们都没有再说话,黑暗灌入他们的体内,吟唱着无言的悲歌。那个夜晚,他彻底失眠了,但他已经做好了放逐自我的准备。

后来,姐姐主动辍学,跟着表姐去南方的工厂打工了。每个月的十五号,姐姐都会给家里寄来一笔钱。每个月,姐姐都会给他写一封信,讲述自己在南方的所见所闻。他也给姐姐回信,信中是自己的失落与梦想,是自己的烦忧与欢喜。给姐姐写信,仿佛是与远方的自己对谈。他重新回到了学校,回到了课堂。每一节课,他都全心投入,不再有失神的时刻。在那片晦暗森林中,他看到了通向外面世界的路。

第四门

他不愿意走出图书馆。这里才是他的家。这里才是他的乌托邦。自从上大学以后,他便过上了双面生活:既要应付金融专业的课程,以求顺利毕业;又要顺从自己的心意,在阅读写字中寻求安宁。两股力量在他灵魂的战场上角力，如同雅各和天使在河边的搏斗。在梦里，他常常听见来自童年河流的浅吟低唱。在梦里，他又看见了在岸边等待他的祖父。在金融班里，他没有真正可以说话的朋友。除了上课之外，他和同学们基本上没有来往，也不主动参加他们的活动。即便是回到了宿舍，他也只是一个隐身人。在同学们的目光中，他瞥见了自己的怪异甚至是怪诞。他早已不在意他人的看法了。只有回到图书馆，回到自己心灵的洞穴，他才能瞥见黑暗中的光芒。

他常常想起那个报考志愿的决定性的下午。按照自己的预估成绩，他报考了本省的一所重点大学，所填写的专业分别为文学、哲学和法语。班主任看到他的志愿表后，把他喊到了办公室，说，水生，填志愿可是决定一辈子的事情啊，你可要慎重。他说，谢谢老师的提醒，请您给我些建议。班主任给了自己的建议，并说这些都是些热门专业，以后好就业也好发展。于是，他重新填写了自己的志愿表，将三个专业替换为金融学、会计学和教育学。然而提交完志愿表的那个瞬间，他就后悔了，他违逆了自己的心意。在长久的等待后，他终于收到了大学录取通知书。那天下午，他又独自去看了渭河，并在河岸边走了很长的路。他预感到自己的未来将要面对真正的风暴。坐在岸上，他瞥见了自己体内的暴风雪。

正如他所预感的，这场风暴将他裹挟到无人知晓的荒岛。

在这座岛上，他需要重新建造自己的生活秩序，需要重新维护自己的心灵疆域。在他上了第一堂专业课后，就知道自己以后不会从事这个行业了。然而，为了获得奖学金，为了给家里减轻经济负担，他又不得不上好每一堂课，考好每一门试。在大学里，他继续扮演着好学生的角色。然而，越是对专业课俯首称臣，越是无法从中获得真正的快乐。这个高度理性化和工具化的专业，无法解决自己的心灵困局。只有将自己视为无情的工具人，他才可以在专业领域低空飞翔。后来在阅读专业书籍的间歇，他瞥见了未来坟墓的幻象。有很长一段时间，他常常想到死亡。与此同时，他又不得不在人海中保持积极明媚的模样。

他的心生病了。他没有可以去倾诉的对象，于是把自己的心事统统写进了黑色笔记本。他是自己的病人，也是自己的精神分析师。在那张无形的病例上，他常常瞥见关于光的幻象。在那段日子里，陀思妥耶夫斯基、卡夫卡、伍尔夫和佩索阿的书短暂地拯救了他。特别是在那本《惶然录》中，他瞥见了自己灵魂的倒影。在文字密林中漫游时，那些转瞬而来的灵光照见了他体内黑夜中的暗流。在一次又一次的精神巡礼中，他仿佛又在这世界上寻找到了属于自己的位置，而在梦中，他始终悬浮在空中，无法脚踩大地。

图书馆是他的天堂。在天堂中，他可以畅游自己的心灵世界。他特意准备了一个蓝色笔记本，在上面写诗歌，并将每一首诗歌视为一粒药丸，或是一盏明灯。后来，写诗成了一种祈祷，一种祝福，一种梦游。除了自己以外，没有人读过这些诗。他是自己唯一的读者。然而，在不断书写中，他听到了来自体内的无数个声音。在一个人的身上，他看到了整个人类。在阅读和写作中，他获得了短暂的心灵安宁。后来，他鼓起了勇气，把自己的诗歌投给了本省的文学杂志，但自己并没有抱什么幻想。一个多月后，他收到了一个陌生电话，通知他的诗歌已经被留用。三个月后，他的诗歌在省级文学杂志发表。当他看见自己的文字流淌在书页时，粼粼的波光也照明了他的心。他没有把作品发表这件事情说给其他人。他独自享用了这微小略甜的欢愉时光。

　　除了阅读写作外，他一直没有放下自己的毛笔。自从早年间得王若虚老师启蒙后，他一直将书法视为自己精神的栖息之地。与写诗不同的是，他在宿舍大大方方地写毛笔字，还会给舍友们普及书法常识。在班上，同学们都喊他书法家，而他自知并不够格，却也认领了他们的美意。凡是有同学来请他写字，他从来也不会拒绝，而是认真对待笔下的每一个字。他一遍又一遍地临摹书法大师王羲之、颜真卿、欧阳询、米芾、钟繇和苏轼的作品，并在这反复练习与体悟中获得了一种无法言说的充盈圆满。在好几个梦里，他写出了类似于《快雪时晴帖》《多景楼诗册》那样神游八荒的书法作品。他明白自己还远远没有抵达那目空四海的高远境界。他将自己的人生视为登山越海。

除了这些形而上的东西外,他也要面对世俗生活的种种挑战,特别是要解决金钱问题。自从父亲坐上轮椅后,经济问题始终悬浮在这个摇摇欲坠的家庭的上空。上了大学后,他利用一部分空余时间做兼职,主要是家教工作。他的日常生活就是平衡学业、爱好与工作的微妙关系。他甚至把每一分钟都要掰开来利用。他身心俱惫,却没有退路。兼职工作消耗着他的精力,同时又给了他更多的滋养:他过早地瞥见了世界的本真与人心的本质。校园生活仿佛一座囚笼,而他始终没有忘记如何在笼中歌唱。

此时此刻,他的世界下雪了。透过窗户,他看见大雪盖住了所有的纯真与肮脏,盖住了所有的恐惧与平静。他听见了大雪在空中漫舞的欢愉。他凝视着外面的雪,而自己的体内也开始下雪了。在这琉璃世界中,在这人间幻象中,他瞥见了在雪地中行走的黑衣男子。也许是听到了他的召唤,男子抬起了头,与他挥手告别。让他惊奇的是,黑衣男子和他有着同样的面容。或者说,那个男子就是他的二重身。他收住了目光,开始注视眼前的笔记本。他听到了来自虚空的召唤。

第五门

他身处井底,渴望得到拯救。黑魆魆中传来猫头鹰的哀号,仿佛是来自地狱的使者。他不知自己为何身处此地,甚至忘记了自己是谁。他唯一确定的是自己要摆脱这空荡荡的黑暗,自己要活下去。于是,他对着井口的微光呼喊,一声接着一声,仿佛是把石头扔进了湖心。除了猫头鹰的叫声外,没有其他的回应。他躺在黑暗中,等待死亡的降临,而饥饿与恐慌在啃噬他的灵魂。恍惚间,他听见井口有人在呼喊他。不是幻觉,就是在呼喊他,而他也想起了自己的名字。一条绳子出现在了他的面前。他拽着绳子,踩着虚空,越来越接近那微光。也许是经历了半个多世纪的时光,他终于摆脱了深井,摆脱了黑暗,站在了大地之上。拯救他的人穿着一身黑衣,戴着黑色面具。他感谢了黑衣人,黑衣人摘掉了面具。正是雪中的那个人。不知为何,他心生恐惧,将黑衣人推下了深井。随后,他踩着脚下的月光,驶向传说中的应许之地。

他从梦中走了出来,又走进了眼前的荒野现实。此刻的他,躺在夏日夜晚的床上,仿佛是蓝色深海中的一叶孤舟。他回味起方才的梦,似乎体悟到了其中的真意。在梦中,他知道自己是在做梦,但他不愿意从梦中醒来。醒来就意味着要面对眼前的惨淡人生。没有了睡意,于是他聆听城市的叹息,聆听内心的哀鸣。又过了半晌,他听到了来自隔壁男女的欢爱声。在城中村的顶楼上,他享受着此刻的寂寞与自由。一种无可言说的表达欲在催生他体内的花朵。于是,他拉开了灯,走下了床,在镜子中观看自己的身体。在这个只有二十平方米的廉价出租房中,他体味到了作为囚徒的快乐。他在桌子上敞开了白纸,凝视着眼前的荒原,随后用毛笔写下了"眼空四海"四个字。这么多年过去了,很多事情都变了,但自己对书法的爱却丝毫未损。这是他心中的神灵,唯有虔诚敬仰,方可得到解脱。在自己动荡的生活中,写字就是空海泛舟。

大学毕业后,他顺利进入了国有银行,拿到了父母眼中的好工作。为此,母亲特意在村子里摆了宴席,邀请亲友们前来做客。父亲的精神状况也比以往好了,可以说些简单的话,但还是离不开轮椅。在宴席上,他感谢了亲友们这些年的帮助和扶持,并允诺自己将来要用实际行动来回报他们。在一片掌声中,他瞥见了父亲眼中的泪光。那时候,他就暗下决心:即便是为了父母,也要做一个对社会有用的人,做一个所谓的正常人,他要舍掉那些不切实际的幻梦。在众人之间,他看见了王若虚老师。

宴席结束后,他去找王老师。王老师已经退休了,每天就是读报、喝茶、写字和聊天。他是村里少有的文化人,在孟庄担纲着类似神父的工作，村里人有什么过不去的心结和家事，会找他说说话，聆听他的意见。他把从县城买来的茶叶送给了王老师，并想听听王老师对自己目前状况的看法。王老师呷着茶水，沉默了半晌后，说，水生，我觉得这不是你的路，我看到了你眼中的游离和恍惚。他点了点头，说，我也不知道自己的路在哪里，只能走大多数人的路。王老师说，只有走在属于自己的路上，人生才能得到真正的圆满，而所谓的大多数人的路，有时候是个骗局，人最不能骗的就是自己的心。他说，在大学我就是异类，尝尽了苦头，我害怕在社会上也成了异类。王老师说，人就活着一辈子，按照自己的心意去生活，到老了也就不会后悔了。半晌沉默后，王老师叹道，我这一辈子就是太听别人的话了，没有听自己的心，现在也快要埋进土里了，后悔也不顶用了。他想听王老师讲讲自己年轻时的故事，但王老师摇了摇头，选择了沉默。这沉默如同钟声。

　　王老师的预言是对的，他在银行工作并不快乐。甚至，他尝尽了被规训与被禁锢的苦楚。刚进银行时，他还有些新鲜感甚至是野心，誓要闯出一片天地。刚开始，他和新员工一起参加长达三十天的入职培训。他不喜欢那些带有煽情意味的话术，但为了和别人一样，他在公开场合始终面露虚假的微笑。唯有回到房间后，他才可以小心翼翼地卸下面具，在镜中凝视失神的自己。培训结束后，他心中的光也暗淡了下去，耳边游荡着另一个声音：水生，请不要把自己看得太特殊，别人能干的事情，你也能干。就这样，在反反复复的自我规训下，他开启了长达一年半的柜台生涯。每次去上班，仿佛是上坟。每一天在柜台上，他都要面对形形色色的客户，要时刻盯着没有尽头的数字。他有种眩晕感，仿佛要被眼前的虚空吞噬。只有每个月发工资时，他才能得到片刻的欢愉，但这欢愉是水上浮花、镜中明月，转瞬即逝。他如同机器，抛弃了作为人的种种真实情绪。每个月，他都要给母亲的银行卡上转上一笔钱。他从不把自己的倦怠说给别人听。他伪装成正常的人。每个晚上临睡前，他都祈祷自己早日摆脱苦海。在他的心中，酝酿着一场风暴。从柜台转岗后，他又去了银行信贷岗位，而这是新灾难的开始。在无数次打给客户的电话中，他窥见了自我的死亡。在生了一场病之后，他终于写下了离职报告。离开银行的瞬间，他终于可以畅快呼吸了。然而，他也明白自己将要面临更大更多的人生风暴。

　　他没有把辞职的消息告知家人。像往常一样，每个月十号，他会给母亲的卡上打上一笔钱。他又可以重新拿起毛笔写字了，他又可以重新写诗了。然而，最为重要的还是先解决吃饭的问题。浑噩了一段日子后，他开始在网上投简历，找工作。其间也换了几份工作，长则两三个月，短则两三天。他常常陷入这样的疑惑：作为重点大学的学生，自己为何要选择如此漂泊的生活，自己为何要滑向生活的边缘地带。那段日子，他常常梦见自己在高空走钢丝，身下是万丈深渊，而围观的都是过往的熟人们。惶恐之时，他就去写字，在挥毫中获得片刻的喘息与安宁。不得不说，绝望熔炼了他的心，也提升了他的书法技艺。在绝望中，他始终心存希望，始终向着光的方向仰望。

如今，他在一家书法培训机构工作，是全职的书法老师，兼任市场和培训等工作。虽然没有稳定的社会身份，但至少没有忤逆自己的心意。在与孩子们的相处中，他重新体会到了自己少年时代的纯真滋味。后来，他还是把自己的现状告诉了母亲。母亲在电话那头沉默了半晌，说，你也长大了，我们也管不住你了，虽然我们不理解你，但我们都爱你。这是母亲第一次在他面前提起"爱"这个字眼。挂断电话后，眼泪淹没了他的世界。此时此刻，他凝视着眼前的世界，仿佛找到了真正的心灵居所。

第六门

今天是他三十一周岁的生日。除了母亲和姐姐以外，他没有收到来自其他人的生日祝福。这让他在懊恼之后又有些自在自洽。吃完午饭，他带着笔记本电脑又去了学校的图书馆。凝视着窗外的晚秋景色，他长久地凝视自己的心，分不清眼前的到底是实相还是幻梦。银杏树上两只灰雀的歌声唤醒了他。他打开文档,面对着眼前的空白,继续跋涉在博士论文的艰难道路上。导师李方洲给他的论文提出了几点意见,他要对论文进行调整与修订。在这反反复复的打磨中,他似乎看见了位于不远处的白色灯塔。刚读博士时,他立志要写下优秀且独创的博士论文,而后将学术成果付梓成书。如今,他只求论文能顺利过关,自己能够顺利毕业。这些年的磨砺,早已把理想主义的那套逻辑赶出了门外。为了更好地活着,他不得不撒谎,不得不适应各个圈子的生存法则。

晚上,他陪导师一起去参加文学圈的饭局。所谓的饭局,就是互相吹捧的名利场。导师是饭局上的武林高手,他跟着导师学会了应酬的话术与手腕,却远远没有达到游刃有余的境界。他对导师的所有要求都百依百顺,不仅仅是因为导师可以决定他能否顺利毕业,而且导师曾经允诺要把他留在文学院做老师。导师是文学院的院长,是省上有分量的文学评论家。他当初经过导师的推荐,在核心期刊上发表了两篇评论,而这也完成了学院对博士生的考核要求。在导师的身上,他的未来若隐若现。

今晚饭局的主题是成鸣的诗集《渡口》,成鸣是本省文学刊物《风雅》的主编。出席的十二个人中,除了他和导师外,其他人也都是评论家、诗人和杂志编辑,也都是这个圈子里所谓的红人。他自知辈分最低，于是坐在角落，只是聆听其他人的高谈阔论，偶尔赔赔笑。几杯酒下肚后，在场的每个人轮番表达各自对《渡口》的颂扬。在他们恍惚的眼神中，他读出了他们的谎话。在他看来，《渡口》是一本随意拼接意象的平庸之书，里面充满了矫饰与笨拙，更看不出一个真正诗人所应有的灵性与真心。要不是成鸣所拥有的社会地位与资源，这本诗集肯定得不到出版，更不会有这么多人在此逢场作戏。可他终究逃不了这一关，终于轮到他发表意见了。他清了清嗓子，把早已准备好的赞美之词说出了口，又让这些话显得如此专业且含混。在他表达完自己的看法后，满桌人为他鼓起了掌。成鸣笑道，不愧是学院派，不愧是文学博士，看法就是新颖，就是深刻呀。导师笑道，我这个学生可不仅是个评论家，还是个诗人和书法家呢，成主编以后可要多多关照啊。成鸣说，我这个人最爱惜人才了，水生，我们今天也建立了联系，以后也多多联系啊，有作品直接发我就好了。之后，他挨个敬酒，和每个人都说上几句话。他明白，如果想要在文学圈混出个名堂，在座的每个嘉宾以后都可能对自己有帮助。当然，他自己应该首先要成为有用的人。在这饭局上，他越来越看不清自己的心了。

　　回到房间已经深夜十一点了。他没有洗澡，也没有刷牙，而是喝了很多的白开水。他希望这灌进肚子的水可以冲掉体内的酒味。他脱光了衣服，钻进了被窝，等待睡眠的降临。面对着眼前的黑暗，他却没有丝毫睡意，虽然身体和灵魂都极度疲惫。此刻的夜，如同樊笼，而他似乎忘记了该如何歌唱。黑暗推开了记忆的窄门，往事如潮水般涌来。

那是多年前寄居在出租屋的日子，仅存的希望如地上的麦粒，维系着他可怜可悲的生活。出租屋只有一扇很小的窗户，没有洗手间和阳台，更没有洗浴间。那是真正的牢笼，而他过着囚徒般的日子，没有恋人，也没有朋友。多少个无眠之夜，他都在为自己寻找新的出路，毕竟这培训班工作不是长久之计。他想到了诗歌，想到了文学，也由此想到了考研之路。自己本科专业和文学相去甚远，于是去咨询了好几个考研培训机构，得到的回复也基本一致：只要你付出努力，就会得到收获。于是，在一个狂风骤雨之日，他报了考研班，开始了全新的生活模式。只要有了目标，他的心就是稳定的，明澈的。他报考了母校的文学系，而跨专业考研并没有想象中那么艰难。他把考研的计划表贴在了床头，严格按照上面的步骤行事。即便是高烧那几天，他也在医院背诵政治要点和专业知识。临考前五个月，他辞掉了培训班的工作，开始专职复习备考。那个狭小的出租屋，成了他开启新人生的圣殿。很快就到了考试日，他从容进入考场，竭力答好每一道题。最终，他以初试第二、面试第一的成绩考上了中文系。在得知结果的瞬间，他坐在护城河边的长椅上，失声哭泣。这么多年的委屈和困惑，此刻化为汹涌的泪水，淹没了他，也拯救了他。

后来，他再次进入大学，主攻的是自己心爱的专业。高考选专业的教训，让他明白一个人必须要按照自己的心意而生活。如果一直欺骗自己，那就得不到真正的快乐。他的硕士生导师就是李方洲。在导师的指导下，他很快就步入了文学的领地。他开始系统地阅读文学史、文艺理论与文化批评，并在一篇接一篇的评论中摸索出了属于自己的风格。与此同时，他依然热爱书法，喜欢写诗。从某种意义上讲，创作平衡了他的评论。在一次交谈中，他表达了对导师的尊崇，并表示自己想成为真正的人文学者。导师也看重他，并让他参与了好几场会议与课题。后来，他又考上了李方洲的博士。随着时间推移，他对文学的疑惑也越来越多，对生活的面目却越看越清。在好多次违心表达后，他体会到了一种厌倦感，而自己又无路可退了。他又梦见那片黑暗森林了，他又找不到命运的出口了。

闹铃的海浪声叫醒了他。身上的酒气散掉了一大半。他打开蓝牙音箱，播放马勒的《第五交响曲》。他洗了个热水澡，在镜子中凝视自己的脸。穿好衣服后，他拉开了窗帘，秋光从窗口洒了进来，照亮了他的心。又是全新的一天，而他又充满了新的力量。

第七门

父母老了,长辈们老了,整个村庄也老了。这是他回家过年的最深切的感受。对照镜子时,他发现自己也有了衰老的征象。然而,他早已不像早年间那么害怕面对自我了,如今的他认领了命运所给予的一切。如今的他已经来到人生的中途,在过往烟云中瞥见了关于未来的种种幻象。

回到孟庄后,他所做的第一件事情就是绕着整个村子散步,观看村子的变化,与迎面而来的每个人打招呼,仿佛是参加自己的告别仪式。至于是为了告别什么,他自己也没有答案。以前的他,总是想要逃离这个牢狱般的地方。如今,他踩在坚实的乡土上,内心是充盈透彻的宁静。在家族坟地中,有一小块地方属于他。他不再是漂荡的水上浮花。他在这个曾经厌倦的地方找到了自己的根。过了三十五岁后,他偶尔会想到死亡,并不是自己的死亡,而是关于死亡的种种理念。祖父的离开让他第一次直视死亡的面目。自此之后,死亡如阴云般笼罩了他的生活。如今的他,早已不惧死亡了,而是把死亡看成生活的面具罢了。以前,他总是梦见黑衣人把他领到死亡的大门口,而眼前的门总是紧紧关闭。昨天晚上,他又来到了死亡大门前,而在一声命令后,门缓缓打开。他走进了那扇门,走向了虚空,并在朦胧间得到了一本关于命运的天书。他看懂了天书,并读懂了命运。等从梦中醒来后,他又忘记了关于天书的一切。

　　他还是去找了晓光。自从高中毕业后,他们已经有好多年没有促膝长谈了。即便是后来在村子里碰见了,也是互相打声招呼就走了。在他们之间,一定存在着无法消弭的误解,然而他又说不出是哪里出现了故障。晓光是他童年和少年时代最好的朋友,也是他当时最主要的竞争者。高中毕业后,他们都考上了省内的大学,他读的是重点大学,而晓光念的是师范院校。大学毕业后,经历过漂泊后,他又回到了大学读硕士念博士,最后留校成了老师。晓光在师范毕业后,顺利地进入了县城高级中学,成了数学老师。他目前还是单身,而晓光已经是两个孩子的父亲。看见他进门的瞬间,晓光愣住了,随后忙请他坐到客厅,摆上了果盘和酒水。晓光说,你这大教授,今天有兴致来看我了。他说,什么大教授,就是个普通老师,过着普通生活罢了。晓光说,听说你去年还办了书法展,今年还出了两本书,算是文化界的名流了。他说,就是个爱好罢了,你这几年过得怎么样啊。晓光说,没什么波澜,就是那种一眼可以望到底的日子。他们沉默了半晌,随后举起了酒杯,交换着各自的无言失落。几杯酒下肚后,他们也打开了心中的阀门,诉说着这些年的起起伏伏,仿佛又回到了许多年前。那时候,他们在夜晚倾吐梦想。那时候,他们的心中有光。

如今,他们在茫茫黑暗中独自漫游。分开的时候,他们依然确认是彼此的朋友。

回家的第二天,他又去看望王若虚老师。自从老伴去世后,王老师就是独自生活,儿子在省城工作,偶尔会回家探望父亲。在这个村子里,王老师可能是唯一拥有书房的人,但从不以知识分子自居,而是与乡亲们和谐共处,帮大家答疑解惑。这么多年过去了,王老师脸上的寂寥与落寞从未被时间的风吹干。很多年前,王老师上了大学,是村子的门面,是家族的荣光。然而在即将毕业时,却犯了错误,被学校开除,最后又落魄回到了村子,打回了原形。种了几年地后,机缘巧合地当上了小学老师,一干就是一辈子。当然,这些都是他从四方听来的故事。对于当年的事情,王老师只字不提。他们坐在书房中喝茶聊天。王老师谈论了自己关于他的两本书的看法。之后,两个人又来到书桌前泼墨,在书法的呼吸中显现各自的心境。再次坐下后,王老师说,你的书法技艺已经在我之上了,但你还是需要修炼自己的心,练字就是炼心,这是一辈子的事情。他点了点头,两人沉默了半晌,静听户外的风声。王老师继续道,你以前说想要听我的故事,我没有说,如今我也快要见土了,没什么害怕的了,这么多年,我断断续续写了好多日记,就交给你了。他说,谢谢老师的信任,我太想看那些日记了,但又害怕看见。王老师说,这几年老是梦见死,梦见那扇门打开了,而我什么也不害怕了,也不怕死了。说完,王老师打开抽屉,从里面取出了五个黑色封皮的日记本。王老师把日记本放进了蓝色布袋子,交给了他。王老师说,这些日记对我已经没有用了,对你或许还有用,你想看就看,不想看就烧掉吧。直到黑夜降临,他才抱着这些日记本离开了王老师的家。

腊月三十,在大伯、二伯、三伯的带领下,他们一起去祖坟请先人回家过年。寒意中,他们在祖父和祖母的墓前站立了良久,将各自的心事交给了眼前的风。在这合葬的墓碑上,他们找到了自己的名字。未来的岁月中,他们也将先后埋葬于这片净土。在风的耳语中,他听到了来自先祖的遥远回响。在他此刻的身上,同时寄居着过去与未来。死亡不是一种停滞,而是从一座岛屿驶向另一座岛屿,从一场梦驶向另一场梦。也许,死亡就是关闭了一扇门后,又重新打开了另一扇门。

晚上,全家人围在一起吃年夜饭。席间有两个空位置,分别属于祖父和祖母。隔了三年后,姐姐、姐夫和外甥也从南方的花城赶回来一起过年。这么多年过去了,他依旧对姐姐心中有愧。父亲出事后,姐姐放弃了学业,去南方打工赚钱,来供养这个家。要不是因为姐姐当年的决绝,也许她会过上另外一番生活。他从未和姐姐谈过此事,这是他们共同的禁地。自从赚钱后,他时不时会给姐姐的卡上汇钱,逢年过节会送姐姐和外甥礼物,然而这依旧无法修补自己心中的缺憾。几杯酒下肚后,姐夫说,水生,你姐姐最爱的人可能是你了,每天都把你挂在嘴上,逢人就夸你。他说,我最爱的人也是我姐,她过的是我的另外一种生活,我过的也是她的另一种生活。姐夫说,不愧是博士,就是会说话,境界就是高。他又陪姐夫连喝了三杯酒。这是他少有的快乐时刻。

再次醒来,是因为户外的爆竹声。是啊,旧年又过去了,新年又开始了。周而复始,时间轮回,命运流转。他穿好了衣服,走出了门外,看着烟花短暂地照亮了眼前的黑暗,随即又归于黑暗。在这明灭不定中,他仿佛听到了来自不远处河流的召唤。眼泪淹没了他,也拯救了他。他回到自己的房间,没有了睡意,于是翻看祖父留下的《道德经》。从头到尾,他又诵读了一遍。之后,他摊开了一张白纸,静默了半晌,用毛笔在上面写出了从心底涌出的四个字——

众妙之门。

盲　图

上篇：立夏图

我什么也看不见了。迎接我的或许是永恒的黑暗，或许是另一种重生。或许，两者都不是。毕竟，语言并不能完全概括人类的所有境况。这么多年以来，语言是撑起我人生大厦的唯一支柱。然而这一次，我真的对语言绝望了。我开始意识到万事万物都有其自身的边界线。或许，我将永远地被囚禁于这座无形的黑暗王国。我几乎没有恐惧，也没有期待，更多的则是等待：在无尽的黑暗中等待有限的光亮。

整个空间被白色药物与冰冷医具的气味塞得满满实实，我透不过气来，仿佛溺水的孩子，无法移动身体。整个黑暗的锁链将我捆绑于此时此地。我想要喊出话来，像很久之前，站在群山之巅，面对着眼前的虚无而呼喊。但这一次，黑暗封住了我的嘴，也封住了我的心。我伸出了手，如夜舟般在黑暗的海洋上缓慢游动，最终找到了岛屿。母亲拉住我的手，再次重复了那句话：不要害怕，明天就能看到光了。眼前虽然一片漆黑，但我仍然能看见她脸上的忧愁。医生说这次手术很成功，但还是不能保证万无一失，毕竟另外一个无名者的视网膜要在我的世界重新启动。

没过多久，我放开了母亲的手，又蜷缩到独自一人的世界。

今天周六了。虽然看不见时间，但体内的钟表却从未停止摆动。要不是突如其来的事故，此刻的我应该是和苏立夏在一起。今天是立夏，也是她二十五岁的生日。一个月以前，我们就开始讨论如何庆祝这个重要的日子。因为她相信一个星盘学家对她命运的预言：她生活的航向将在二十五周岁这一年发生变化。于是，她便很早计划生日过后与我去某个神秘的海岛游玩。我也期待着外出游玩，可以深吸干净的空气，可以领略清澈的风景。北京像是乌烟瘴气的玻璃笼子，我们在此从不敢自由地深呼吸，也不敢自在地慢生活。

然而，伴随着立夏而来的，不是惊喜，而是灾难。

那天，我在黑夜中玩手机到了凌晨两点。第二天醒来时，却发现左眼看不见任何东西了。以为是噩梦，于是喊着立夏的名字。她抱着我,告诉我那不是梦,让我保持镇定,不要害怕。之后,她立即打电话联系了我的母亲和单位领导。我坐在床上,捂住左眼,不知所措,感觉自己漂浮在海上,无人援助。而我感觉她似乎不慌不忙,沉着地应对眼前的所有混乱。她的镇定暂时抚平了我的恐惧。直到把我送进医院,她都没有离开我半步。等到母亲从平乐县赶到医院时,她俩打了照面,说了两三句话。之后,她消失了。她的手机一直处于关机的状态。我像是被遗弃在孤岛上的孩子,等待海洋吞噬掉眼前的一切不安。

我对母亲说,你再给立夏打个电话,这是最后一次。母亲没有说话,只是叹了一口气。我听到了话筒那边传来的关机提示音。接着,我让她给立夏发了一条信息,只有四个字:生日快乐。随后,母亲帮我删除了立夏的所有联系方式,对我说,现在的女娃都特别现实,你就忘了她吧,等做完手术,再找个更好的。但我知道,某些记忆是无法被删除掉的,它们仿佛是根植于人类意识中的繁花森林。

眼前的黑暗封锁了我的双眼,却让我整个人沿着记忆隧道逆流而上,采摘果实。我整个人不断地退缩变小,仿佛要完成某种不可言说的宗教仪式。作为实体的我在不断隐退消失,而作为虚像的自己却在繁茂森林中游荡迷失。肉身外部的声音越来越稀薄,而内心的影像回声却越来越响亮。记忆如同夜间的萤火虫,而我仍旧像那个带着空瓶子的白衣少年。这么多年过去了，肉体在走向成熟以及衰老，灵魂的好奇却始终没有改变。如今，我躺在病床上，眼前一片漆黑，回荡在头脑中的是一个挥之不去的问题：为什么我走到了今天这种境地？

七岁那年，我因为胳膊骨折而住院。在疗养的时候，父母和其他亲戚轮流照料我。那个期间，我每天都能吃到好吃的食物，收到有趣的玩具，而父母也尽量满足我的种种需求。慢慢地，我厌倦了食物和玩具，每天都吵着要回家。某个雨天午后，母亲从书店里买回了一本书，开始给我讲里面的故事。她每一天都讲一点，而我的心被其引向了未知的王国。书读完的那天，我也刚好出院。后来，我才知道那本书是王尔德的童话集《快乐王子》。如今，它仍旧躺在我书架的最显眼部分。这么多年过去了，什么事情都改变了，但那些故事却没有改变。惊奇的是，我的人生经历与那些故事发生了很多重叠。人终究是要死的，但那些故事不会死去：演员换了一拨又一拨，剧场与剧本却从未改变。

如今想来，那本童话书是我的启蒙之光，是我无数黑夜中的点点星辰。有一天晚上，我忽然像是受到了某种神谕的安排，裸着身体，拉开了海蓝色的窗帘。我凝视着黑暗天际的最南方，突然看到一颗遥远的星辰坠落到黑夜的无尽深处。那一刻，我突然听到了内心的破碎声，而这种破碎又如同某种象征性的召唤：我以后要当一个写故事的人，我要到更广阔的天地中去。我要找到属于自己的应许之地。

我裸着身体,对照着夜光中的镜子。那是高一下半学期的最后一周,灵光降临,我决定要收起自己的浮躁,全身心地投入题海战场,暂时去做一个没有个性的学生。除此之外,我似乎也没有别的后路可退。那时候,父母因为很多原因而长久地冷战,家里的氛围冷冷清清,如同纯白色的牢狱。父亲睡在客厅的沙发上,而我经常可以听到他在夜间此起彼伏的呼噜声,偶尔还有断断续续的梦话。我听不清具体的内容,但那些梦话都与争执和恐惧相关。我不想回到这个貌似幸福,实则破碎的家庭。但在那时候,我没有其他地方可以去,那时候的我过于孤独脆弱。幸运的是,那些故事是我短暂的心灵避难所。

收到高考录取通知书的那天上午,父母也向我正式宣布了他们离婚的决定。我没有说话,只是将录取通知书扔到沙发上,把自己一个人关在房间里,听那些过时的英文歌曲。我很早就知道父亲在外面有其他的女人,有自己的小家庭,甚至还有另外一个孩子。我想找到那个小孩,却找不到相见的理由。当天晚上,父亲带着他仅有的几件行李,离开了这个摇摇晃晃的家。我站在楼上,目送着他消失于黑夜的海洋。自此之后,他再也没有回过这个家。长久的备战考试早已耗尽了我心中的热情,而我正好需要一个慵懒且漫长的假期。父亲的离开并没有在我心中留下什么缺憾,相反,他们冷战的终结反而带给了我罕有的平静。没过多久,母亲把外公和外婆从乡下接到了县城。当外婆问父亲在哪里的时候,母亲放下手中的韭菜,宣布道:他已经死了。自此之后,没有人敢在这个家里再提起他的名字,好像过去的一切都只是隐身的野兽。当然,他每个月都会给我寄来生活费,我也偶尔会在梦中看见他。在梦中,我始终是一个不断奔跑的孩子,漫无目的地奔跑,而他的脸却隐藏在浓雾里,始终模糊不清。我越来越看不清父亲了。

外公是一个古怪倔强的老头,喜欢独自听秦腔,偶尔也会跟着那些哼哼唧唧的唱段吼上几嗓子。他唯一的观众就是他自己,他活在自我营造的世界中,将其他人统统排除在外。有好几次,我都想和他交流,但他漠然空洞的表情拒绝了我。最后,我放弃了这种尝试。与他相反,外婆是一个有趣生动的人。虽然她双眼失明,但并不影响她对过往回忆的彩色记忆。她好像是手握无数故事的山鲁佐德,任何往事经过她的渲染后都会变得与众不同,洋溢着别样的色彩。虽然没有读过多少书,但她是一个讲故事的高手。那个夏天,她给我讲了很多过往的故事,或真或假,或实或虚。然而,她从来不说自己作为盲人的故事。外婆仿佛是所有事件的亲历者,却又能够将自己置身事外。

那个夏天,我一直想写一个关于冬天的故事。但是,我始终找不到故事的真正入口。

此时此刻,我躺在医院的病床上,眼前是不断涌来的黑暗。

外面的声音越来越稀薄，而我安静地躺在冰冷的空壳中，构思一个关于光明未来的故事。这一次，我依旧找不到故事的开始。也许，我真的缺乏讲故事的才华。我突然理解了外婆长年累月被黑暗捆绑的感受，但我还是没有做好突破重围的准备。突然间，我特别想外婆，想重新听她讲故事。我已经有两年多没有回过平乐县了，没有见过外婆，更没有听过她说话。我把自己的愿望告诉了母亲。她一开始表示反对，随即又改变了主意。她提醒我不要提手术的事情，我点了点头。于是，她拨通了电话，而话筒中传来的是小姨的声音。之后，外婆的声音从空谷中传来，悠远苍老，那些生动的部分已经萎靡无光。她说，成成，我已经好久没看见你了。我说，我想现在就看见你，我太想你了。不知为何，母亲突然挂断了电话，终止了我们之间的对话。

记得刚上大学的时候，我平均一周给家里打一通电话。向母亲简单地汇报完日常生活之后，接下来便是与外婆之间的对话。她几乎不谈论现在和未来，她的世界里只有过去。我喜欢那些过往的故事，因为我的现在与将来都诞生于此。我曾经答应外婆要给她写一个故事，然后读给她听，但我从未真正地开始那个故事。与此同时，我从来没有和爸爸有过联系，而他也没有主动来照顾我。每个月，我都能收到他转来的一笔生活费。每次从银行取钱出来，我的内心都会泛出苦涩的笑。有时候，钱比感情更能给人带来安全感与温暖。

此刻，我寄居在我黑暗的空壳中，但我不是自己肉身的国王。也许，我所真正拥有的只是那些不太可靠的私人记忆。也许，此刻的我是不存在的，而真实的我是由过往的无数瞬间塑形而成。到如今，当我暂时地被剥夺了几乎所有的行动时，当我只能像是面对镜子那样面对自己时，我却发现一个亘古不变的问题始终悬置在我的头脑中：我到底是谁？我像是迷失在永恒黑暗中的无脚鸟，只能没有方向地飞翔，而我的落脚之日便是我的死亡之刻。

记得刚上大学的时候，我的心中还存有光，对未来有比较明确的打算。那时候，我的本科主修的是新闻学，而硕士则专攻世界文学与比较文学。苏立夏则是我研究生同学，我们是同一个导师。她最喜爱的作家同样是奥斯卡·王尔德。她说自己在小时候生过一场大病，而王尔德的童话故事是陪她度过艰难时光的重要朋友。也许，我们正是因为同样的一本书而在冬季陷入了恋爱旋涡。在大学待得时间越长，心中的光却被磨碎得越来越暗淡。尤其是上了研究生之后，我对文学和艺术的热忱降低为零，每天都在期盼早日离开这座樊笼，心中的光也趋向熄灭。与我相反，苏立夏打算考博士，以后想要成为高校教师。我们并没有因此而产生分歧，但我隐隐约约地预料到，我们的感情会在硕士毕业时终结。

然而，世事难料，我的预料也被证明是错误的。我们的感情并没有因为毕业而结束，相反，却被无形的东西捆绑得更紧了，有时候甚至让人喘不过气来。毕业后，我去了北京的一家报社做记者。她没有考上博士，于是通过应聘去了一家文学杂志做编辑。刚走出学校这座樊笼不久，还没有来得及喘气，我才意识到自己走入另一座更大的铁笼。曾经预想，记者要为整个社会的公平与正义而行动。后来，我才意识到自己的可笑与卑微。我想要反抗，却不知道如何反抗，或者说要反抗什么。慢慢地，我适应了种种潜在的规则，学会了沉默，学会了粉饰自己，也学会了用谎言装点谎言。我唯一不能适应的就是我自己：我正在一步步沦为自己以前厌恶的那类人。

那时候，我和苏立夏的感情已走向平淡，夜晚，我们像清贫的老夫妻那样相守在狭小的空间。刚毕业那会儿，我们住过地下室，与老鼠、蟑螂和蜈蚣为伍。整日见不到阳光，而潮湿的环境让我的脊椎和神经都变得异常敏感脆弱。那时候，我经常产生幻听，好像能听到从我们头顶上呼啸而过的车声，而我们不过是被时代碾压而过的尘土罢了。有一次，我梦到地下室失火了，而我们则无处可逃，只能葬身于此。从梦中惊醒后，我浑身是汗，整个人落魄无力。我喊醒了身边沉睡的立夏，告诉她那个噩梦。听完后，她面无表情，说自己经常做类似的梦，说要是死了还解脱了呢。然后，她倒头就睡。而我则陷入巨大的失眠，于是靠玩手机来消磨心中的恐惧。

　　第二天，我们便把房子搬到了五环外的城中村。从地下活到地上，这或许也算是一种进步吧。然而，这不过是另外一场平庸灾难的开始。每一天，我们平均在路上要花掉近四个小时，长久的奔波掏空了我们的精力和想象力，也磨平了我们的爱。每一天，我们都活得如履薄冰，生怕自己一不努力，就会被这座巨鲸般的城市所吞噬。我从来不说自己的累，也极少与家人电话联系。五环外有很多城中村和民用房，那里住着许多和我类似的青年人。我们每天清晨都带着光鲜亮丽的外表出门，直到暮色降临，拖着各自疲惫的空皮囊归来。我们心中所谓的梦想只不过是一堆欲望，而我们绝大多数人都在盲目地追逐这永远无法被填满的深渊。有一次，我在公交车上被挤在人群中间，无法移动半步，连呼吸都觉得困难，几近窒息。我的头脑中升起了一个古怪的想法：我们多么像是被困在笼子中的牲畜啊，等待我们的只有被屠宰的命运。然而，我无法离开笼子，就像我无法离开这座巨城，无法离开自己的皮囊。

　　慢慢地，我和立夏的交流也越来越少，更多的则是一些必要的肉身交流。我知道，我们的心在越走越远，身体却捆绑得越来越紧。我抱着她的时候，就像是抱着一团灰烬。与此同时，我越来越依赖手机，浏览各种各样的新闻，生怕自己错过任何一件事情。后来，我甚至一刻都离不开手机了。我知道这种恐惧缘于我不敢独自面对自己，而需要为眼睛寻找一个出口，寻找活着的理由。手机已经成为我身体的欲望器官。我越是注视手机，越是看不清楚眼前的真实世界。或许，真实就是虚妄的一部分，而我们所强调的真实是不存在的幻觉。《圣经》上说，我见日光之下所做的一切事，都是虚空，都是捕风。

一个月前，我就感觉眼睛不舒服，干涩、模糊，甚至有酸痛感。然而，我依旧放不下手机，每天夜里在黑暗中翻看网络上的各色内容。可悲的是，我并不知道自己到底要找什么，却习惯了不断搜索与寻找这个循环往复的过程。我掉入了虚妄的黑洞，我沉入了欲望的泥潭。立夏提醒了我好多次，而我也只是随声附和，因为手机已经成为我的身体器官。也许，我早已经预料到自己的命运：我是黑暗中的骑士，我将与黑暗永久为伍。也许，我们最终都会幻化为黑暗。这是我们共有的命运。

此时此刻，我寄居在自己黑暗的空壳中。明天是一个起点，或者是一个终点。我不再期待什么，只是祈祷黑夜永远不要再次降临。

下篇：立冬图

走到一片荒原中，我举目四望，发现周围没有一条路。荒草萋萋，寒风瑟瑟，太阳被东方的乌云吞噬到体内，而我则迷失了方向,杵在一片荒凉残景之中,等待着命运的审判。突然,寒风带来了暴风雪。我在荒原上奔跑,想要逃脱命运的诅咒。然而,我摔倒了,身体仿佛长出了根须,深深地扎入土地。越是挣脱,越是无法逃脱。乌云已经占据了天空,整个世界也变得天昏地暗,没有了微光。我躺在荒草上,凝视着一场暴雪从乌云中分娩而下。我无处可逃,我将葬身于雪海,我将获得永恒的平静。

海浪的翻滚声把我从梦中救了出来。我的右手跟随着声音,在黑暗中摸索而行,最后找到了手机,关掉了闹钟。艾笛侧过身体,背对着我,而我则从黑暗中站了起来,打开了台灯,穿好了衣物。在我关掉窗户之前,一股寒气钻入体内,我的心也不禁颤抖了两下。是的,又一个冬天来了,而我依旧没有做好迎接寒冷的准备。

洗漱完毕后,我给自己煮了一碗燕麦粥,然后搭配着酸奶、苹果和核桃。与在北京那几年相比,如今的我似乎有着更规律的生活方式。我坐在客厅,打量着这个还算宽敞的房子,心中有些难以名状的滋味。客厅的正中央挂着我和艾笛的结婚照,那组照片是今年夏天在海边拍摄的,我们也刚在今年秋天完婚。这个房子是父亲送我的结婚礼物。自打从北京回到县城后,我和父亲每个月都会见上两三次,几乎是无话不谈。曾经,我以为我会永远无法原谅他,然而在第一次交谈后,我们却得到了古怪的和解。毕竟这么多年来,他一直都关注着我。毕竟这么多年来,他每个月会给我固定的生活费,一直到我工作为止。三年前那场手术的费用,也是他为我支付的。甚至,艾笳也是他朋友的女儿。我现在所拥有的物质生活,基本上都和他息息相关。我的生活,不能没有他。我也休想摆脱他。

如今,他是这个小县城的一个银行的行长,而艾笳则是那所银行的职员。我的这份正式工作也是他找了很多关系,动用了很多资源,才帮我弄到手的。我和他已经被无形的枷锁绑在了一起,但心中的那片空白与沉默却始终存在,时时提醒我往事的残酷。我的心明净如镜——如果我想在这个城市扎根更深,那么,我就不能和他斩断任何联系。相反,我要戴上面具,小心维护这份感情。

在我吃完早餐后,艾笳从卧室走了出来。对我说了一声生日快乐后,她便去淋浴间洗澡。她一边洗澡,一边唱着最近刚学会的歌曲。在出门前,我说了声再见,而她似乎没有听见,也没有回应。出了单元楼后,寒气从缝隙中钻入我的体内,发出嗡鸣。我搓了搓手,深吸了一口气,然后缓缓地吐出。我自认为是一个适应能力很强的人,但还是无法适应如今的县城生活。从北京回来的这几年里,我一直试图说服自己安下心,忘掉过往的梦,过上踏踏实实的生活。但是,我还是经常会做梦。梦到自己走入一片荒原,或者涉入一片深谷,眼前没了路,而我也不知该去往何处。

此时此刻，晨曦之光慢慢地驱走了黑暗，照亮了我脚下的路。县城里的人声仿佛点缀在灰色帷幕上的星辰。上大学以前，我一直生活于此，但心却始终不属于这里。我熟悉这里的每一条路，每一棵树与每一阵风，然而，我仍旧觉得这是一块不适之地。这么多年过去了，外面巨变的世界似乎对这里没有产生多少影响。这里的人们还是按照过往的节奏，缓慢地活着，缓慢地消耗着，然后缓慢地死去。生活，如同一场缓刑——我们既是审判者，我们又是受审者；我们既是加害者，我们又是受害者。我披着晨曦，走向了学校。

大概用了二十分钟，我来到了学校。把包放到办公室之后，便去了教室，迎接我的又将是重复的一天。我的高中时光就是在这所学校度过的，这里有着我单调而乏味的往日记忆。高考结束后，我曾经发过誓不再回高中母校，而是去外面的世界过缤纷绚烂的生活。如今，我却披着一身灰暗重返这座牢笼。讽刺的是，曾经劝我不要当老师的老师们如今成了我的同事，而那个戴着深度眼镜的高三语文老师就坐在我的对面。她时不时会问我曾经在北京的生活，而我总是像个学生那样，详尽地回应这些问题，生怕弄错了答案。有一次，她摇了摇头，对我说，等你到了我这个年龄，就会明白在哪里生活都是一样的，自由是不存在的，哪里都是牢笼。我不知道该如何回答，只是苦笑着点了点头。

今天上午有我的两堂课。面对着学生们那一张张几乎没有差别的脸，我也照本宣科地念完了那些索然无味的讲义。刚来学校不久，我便很快适应了这里的教学规则：做一个没有个性的教师，把学生们培养成没有个性的人。我并不会因此而自责。因为我以前的老师们就是按照同样的方式来培养我的。我们都是这道流水线上的产品，任何改变与创新的念头都会遭到弃绝。上课的时候，我不再是我，而是一个类似于会说话的机器人。不知为何，在上课期间，我偶尔会听到体内怪兽的哀鸣。

下课铃声响起后，我便停止了讲课，收起了课本，带着包离开了教室。一出教学楼，我便深吸了一口气，仿佛溺水者终于抓到了那最后一棵救命稻草。太阳冷冰冰地镶嵌在空中，而我抬起头来，看到了一团鲸状的云散射出了天光。

上午课结束后，我背着包，去母亲家吃午饭。途经一家水果店，买了香蕉、柚子、柑橘和火龙果。这些水果都是外婆的至爱。她大半生都是从艰难岁月中熬过来的，没有享过什么清福。到了晚年，她终于可以安定下来，不再为粮食与衣物而发愁。她曾经说自己看不见外面的世界，在外人看来是一件不幸的事情，但她觉得这让她摆脱了很多烦恼与恐怖。也许，她的心早已经适应了黑暗中的生活——黑暗就是她的光亮。每次看到外婆从容泰然的神情，我都心生羡慕。因为与她相比，我才像是真正的盲人。在白昼中看到的都是黑暗，每一天都是忙碌却盲目地活着，不敢叩问生死的意义，不敢审问自己的心。自从外公因胃癌去世后，外婆变得更加清瘦孤独了。她说自己早已经为死亡做好了准备，寿衣就放在衣柜的显眼位置。

到家之后，我把剥好的橘子放到外婆的手上。她吃完半个橘子后，给我讲了她过去背着我母亲去县城看戏的事。她的声音比以往苍老了很多，但气息依旧清澈纯粹，仿佛从深山里淌出来的汩汩清泉。她依旧喜欢讲故事，虽然有些已经重复了，但我依旧喜欢聆听那些叙事不清的往事。我曾经很想写一个属于自己风格的故事，却从来没有写出任何一句话。而我也明白，自己可能永远也写不出一个真正的故事。我太浮躁了，也缺乏天赋。

今天是我的生日。像往年一样，母亲准备了莲菜羊肉水饺。吃饭的时候，她开始督促我赶快要个孩子，说这样以后的生活才会踏实圆满。我说，没有人的生活是圆满的，每个人都是盲目地活着。她笑了笑，说，不管咋活着，能活着就是一种幸运。我本来想说些话来反对她的这种看法，但我什么也没有说，只是沉默地吃完了碗中的饺子。这么多年过去了，我依旧没有学会与她和平共处，但我已经向自己的平庸缴械投降。从小到大，我都像是一个担惊受怕的猎物，而她则像是举着猎枪的猎人。每时每刻，我都必须全力地奔跑，向着她想要的方向奔跑，这样才会苟延残喘地生活。有一次，我建议她重新找个生活伴侣，结婚，然后开始新的生活。她坚定地否决了我的意见，并且告诉我她从来没有原谅我的父亲。自此之后，我再也没有为她的生活提过半个意见。

　　下午没有课，我却还是按部就班地坐在办公室，像一台守时却没有指针的钟表。虽然学校没有硬性规定要我们教师坐班，但我还是坐在自己的位置上，备课，批改作业，或者无所事事地消磨时间。我尽可能地与其他老师保持友好往来，但我从来不谈论自己的那些往事。他们不会知道我曾经差一点失明，曾经在北京来回上班的路上要花费近四个小时，曾经在地下室与老鼠为伍，甚至曾经梦想成为一名作家和编剧。是的，他们不会知道这些事情的，而我对他们的过往也没有半点兴趣。我生活在自己的空壳中，不与任何人为伍。没有人知道今天是我的生日，这让我感到庆幸。毕竟接受他人敷衍的祝福，对于我而言也是一种负荷。我喜欢和他人保持尽可能少的联系，因为他人就是自我的尘网。

　　下午第一堂下课后，郑海羽来办公室找我。我领着他去了阳台，因为这里没有别的人。还没等我说话，他便开口给我要钱，说自己想要给另外一个女孩买个生日礼物，但不敢向父母开口。我没有多问什么，而是直接从口袋掏出了钱，递给了他。在他临走之前，我从办公室的抽屉中拿出了《快乐王子》，也递给了他。他摇了摇头，说自己不喜欢读书，然后转身就离开了。我站在原地，看着他消失于转角，而眼前是朦胧山色。我又返回办公室，重新阅读《快乐王子》。读完后，心生一丝悲哀，这么多年过去了，我的生活居然和童话中的王子产生了某种微妙的精神互文。也许，我所经历的一切都是盲目而虚妄的，而书中所写的那些故事才是真实而不虚的。我渴望在虚妄中领悟生活的本来面目。我渴望认识我自己。

海羽是我同父异母的弟弟，但他在学校从来不叫我哥哥，而是喊我郑老师。从北京回来后，父亲领着他来看我。那是我第一次见他，却好像是相处了很久的家人。某个瞬间，我意识到了其中的缘由：他和我长得太像了，仿佛是我少年时代的镜像。从小到大，我都渴望有一个人可以和我一起分享玩具、蛋糕与孤独。因此，当我注视到他清澈眼神中的安静时，突然觉得自己不是独自活在这个世界了。自此之后，我经常带他出去玩，出去吃大餐，也会陪他做作业，帮他补课。虽然母亲一直反对我和他过多来往，但根本无法阻隔我对他的疼爱，这种疼爱像是弥补这么多年来我所缺乏的爱。只有在不计回报地付出爱的时候，我才觉得自己的心不是冰冷沉重的灰船，而是有潮涨潮落的深海。

海羽走了没多久，汪老师来到办公室，坐到我的对面。他是我高三时候的语文老师，而我则是他当年的语文课代表。如今成为同事，他却依然把我看成那个不经世事的学生。他的头顶秃得差不多了，啤酒肚却比很多年前扁了，依旧穿着多年前那件泛出馊味的旧衬衣，浑身散发出一股夹杂着茶味、蒜味和烟味的混合气息。明年他就要正式退休了，但他又好像心有不甘，总是有着各种各样的抱怨。他曾经告诉我，他还没有来得及回味，自己的大半生就耗在了这里，一晃而过。今天，他坐在我的对面，脸色凝重，异常沉默，和他往日的行为风格迥然不同。因为办公室有其他老师，我不便直接去问，于是给他发了一条短信，问他其中的缘由。他看到短信后，没有立即回复，而是看了看我，把头转向一本辅导书。半晌后，我收到了他的回复。他说检查结果出来了，肺部长出了恶性肿瘤，已经是晚期了。我想要去安抚他，又不知道该从何处说起。我看着他，而他则摇了摇头。没过多久，他起身离开了办公室。我又收到了他的一条短信。他告诉我，他自己浑浑噩噩地过了大半辈子，什么也没有留下，就像一阵风。又嘱咐我，不要把他患病的消息告诉别人。我没有回复他，而是举目四望，看了看办公室其他人的面孔。不知为何，我似乎看到了自己生活的尽头。

下班前，我的手机响了，上面显示一个陌生的号码。手机的归属地是北京。我离开了办公室，再次去了阳台。我接通了电话，里面传来了那个陌生而熟悉的声音。我知道，我已经等待这个声音太久了，以至于我都不知道自己等待的究竟是什么。

那个人说，祝你生日快乐，每一年到了立冬这一天都会想到你，我是立夏生日，你是立冬生日，这是多么奇妙的联系啊。她的样子突然立体地显现在我的脑海，我在手机这一端喊出了她的名字。然后问道，当时你为什么突然消失了？她说她当时突然害怕了，不知道该怎样去做，她请求我的原谅。我说，我从来没有怪过你，如果我是你，我也会那么做的。

之后，我们的语气都变得平静下来。她在电话里简述了自己这几年的种种：放弃了之前的那份工作，考上了文学博士，嫁给了一个大学教师，已经怀孕三个月，过上了暂且安稳的生活。她问我过得如何。我说，我现在中学教书，已经看到了未来几十年的日子了，不知为何，最近经常拷问人生的意义。她没有接我的话，而是问我把那个酝酿了很久的故事写出来了吗，她说她已经等了很久了。我说我已经对那个故事失去了兴趣，或者说我对生活也早已经失去了兴趣。我们的对话陷入了短暂的沉默。她说她上个月刚出版了一本小说集，打算给我寄一本。我祝贺了她，然后把地址发给了她。

挂断电话后，我的心像是灌满了生铁，异常沉重，发出了只有我自己能听见的轰鸣声。我背着包，离开了办公楼。走在路上，寒风钻入我的体内，吟唱出悲凉之曲。我挂上耳机，黑暗中传来我最爱的歌曲，是 Leonard Cohen 的 *Hallelujah*。这首歌让我暂时忘记了悲喜，仿佛是我未说出口的祷词。这么多年过去了，我依旧喜欢着苏立夏，她是投在我心海中的幻影。每次和她的联系多一分，那根扎入灵魂深处的刺也会深一点。我们共有的记忆像是我可以躲避浮躁喧哗的乌有宫殿。我不得不亲手摧毁那座记忆宫殿，但我又无法真正地开始行动。我总是止步于幻想。也许除了那些记忆之外，我真的是一无所有。也许，我喜欢的只是一种幻觉，而我们又不得不以幻觉为生。

回到家后，艾筎还没有下班。我吃了三颗核桃，喝了半杯牛奶，随后换上运动装，去小区外的操场跑步。只有在跑步的时候，我的心才能全神贯注，才能意识到自己并不是行尸走肉。跑了十二圈之后，我便拖着浑身沸腾的身体再次回家。打开门后，艾筎已经在家了，正在做饭。冲完澡，换上睡衣后，我走到客厅，而晚饭已经准备好了。我拥抱了她，她也为我准备好了蛋糕。吃饭的时候，我给她分享了今天的所见所闻所想。我无意间提到了苏立夏的那个电话。我看到了她脸上微妙的变化。她换了语调，逼问我和苏立夏还有什么瓜葛，让我坦诚交代。我心中突然升起了一股无名怒火，与她吵了起来，声调越来越高。她一把将生日蛋糕打翻在了地上，而我将面前的红酒杯也砸碎了。她跑进了卧室，反锁上了门。这个家突然变得异常压抑，我无法呼吸了，于是打开了家门，逃离了这片狼藉。

我避开了所有的灯火，走入一片黑暗之地。我站在黑暗的中央，看不到一丝光亮。此刻，我多么想擦掉这个世界的浮华。

这只是奢望。白昼还会降临,生活还要继续。今天是立冬,漫长而无望的冬季才刚刚开始。她没有错,错的全是我。这些年来,所有的错,都是我一人酿成的:我是我自己最严苛的审判官。或许,这才是活着的真实滋味。

突然间,我看到了一颗遥远的星,散发着微弱白光。我扬起头来,仿佛在夜空中瞥见了自己的命运。不知为何,我的心中升起了一股暖意,也突然找到了那个隐藏了多年的故事。这个故事的主人公是一个在世界迷宫中寻找出口的盲少年。

乘风记

我向星辰下令，我停泊瞩望，
我让自己登基，做风的君王。

——阿多尼斯

第一天

是的，我又被这无名沙漠围困了，但我不能停止漫游的脚步。如果在此刻停下，我的身体便会长出根须，扎进这无垠沙漠的深处，那么我将永远走不出这幽暗之地。在坠入幻象前，我听到有人呼喊我的名字，如此悠远，又如此清朗。我从梦里跳回到现实，将目光又移到了窗外——大团大团的白云如层峦，如雪地,又如鹤群,时间仿佛在此刻找到了具象的居所。透过层层白云,我看到了流动的田野以及散落其间的村落。半晌后,我重新收回了目光,闭上眼睛回味刚才的碎梦。等回过神后,我又翻开了手边书,进入阿巴斯的精神世界。在这本名为《樱桃的滋味》的书里,这位伊朗的电影大师,或者说我的精神导师,讲述电影与人生,讲述诗歌与生活,讲述存在与时间,讲述我想要知道的一切。这么多年过去了,他依旧是我最喜爱的导演,依旧是我最想要成为的那种人。然而,越是了解他,距离他就越发遥远。

半个小时后,广播上传来了飞机即将降落的消息。我收起了书本和桌板,闭上了眼睛,等待着黑暗中即将而来的沉落——肉身的沉落会给魂灵带来飞升的幻觉。在接下来的黑暗时分,前半生的关键段落以蒙太奇的手法在我头脑一一闪现,而我依旧抓不住这意义的吉光片羽。我又想到了《神曲》,想到了三十五岁的但丁在黑暗森林中迷路的场景。今天,我也三十五周岁了。没有祝福,没有祈祷,更没有了希望。唯有那片走不出去又看不见的黑暗森林。

飞机落地后,我睁开了眼睛,不知道该如何面对即将而来的日子。我已经有三年没有回过家了,也差不多忘记家的感觉了。出了机场,我坐上了开往西安市区的机场大巴。在钟楼下车后,又叫了一辆网约车,前往城东客运站。一路上,我无心浏览车外流动的城市景观，心里想着的是那部已经搁浅了三年多的电影。那部电影已成了我的心病，或者说，成了我摆脱不掉的影子。我多么渴望自己是没有影子的人。客运站没有想象中那么拥挤，我也很快就买到了开往清河县的车票。半个多小时后，我上了车，给母亲发了一条信息。又看了看微信，除了清歌之外，没有收到其他人的生日祝福。有些失落，更多的则是释然。我没有回复清歌的信息，而是戴上了耳机，把此刻的自己献给了勃拉姆斯的《第四交响曲》。

越是靠近清河县，关于过往的记忆就越发清晰，仿佛黑白电影一帧接一帧的画面：我是观看的人，又是被观看的人；我是镜子，又是镜像。

走出客运站，我第一眼就看到了母亲，向她挥了挥手。母亲和上次送我走时穿的一模一样，只不过看起来枯瘦了半圈。我拉着行李来到了母亲面前，她的脸上挤出了笑，说，嘉树，我还以为你再也不回来了啊。我说，妈，咋可能呢，他还好吧。母亲说，好着呢，今天你爸亲自下厨，给你好好过个生。我说，都不是娃娃了，过啥生呢。母亲笑道，不管你多大，在我们这里都是娃啊，你的出生日，就是妈的受难日。我原本想要拥抱一下母亲，而她却转过了身，留给我的是疲惫的暗影。坐上出租后，我们看着天上皱巴巴的乌云，没有什么多余的话。天气预报今晚有雪，而我已经有三年多没有见过真正的雪了。我多么希望大雪可以淹没我心头的泪之地。

到了小区门口,我有种微微的眩晕感,而关中县城的特有气味唤醒了我体内的记忆野兽。小区的门房也换了人,不再是那个温厚的铁大爷,而是个冷冰冰的猫头鹰般的中年男人。我问母亲铁大爷的去向,母亲叹气道,他走了,心梗走的,刚才那男的是他的小儿子。见我一脸灰色,母亲又补充道,他走的前两天还有说有笑的,还关心你的电影啥时候上映呢,咋说走就走了呢。见我没有接她的话茬,母亲便收起了哀叹,说了说即将而来的风雪,感叹着时间的无情。快到家时,母亲又叮嘱道,你爸也老了,不要再和他闹别扭了。我点了点头,头脑中还回荡着他上次厉声呵斥我的声音。

一进家门,父亲主动迎接了我,说,小树,你终于回来了啊,我最近老梦见你呢。我问他是什么梦。父亲说,好奇怪,老是梦见你小时候,梦见你坐在树上不愿意下来,梦见你在风中吹口哨。我说,因为我长大后,你心里也没有我了。父亲提高了嗓门,又很快压了回去,说,你这娃胡说啥哩,这么大了还不明事理。母亲给我使了个眼色,笑道,你父子俩一见面就这么热络的,把我都晾在一边了啊,我可吃醋了啊。父亲似乎明白了母亲话中的意思,苦笑了声,说,等会儿午饭后,咱爷俩去学校里散散步,好好聊聊。我点了点头,把行李放回了自己的房间。

午饭后，父亲和我步行了十分钟，便到了鹿鸣中学门口。父亲和保安打了声招呼，领着我进了校园。这里是父亲工作了三十多年的地方。打从我有记忆起，父亲就常常领着我来学校散步。他说自己把一生都献给了这所学校，可到头来却仿佛是一场空，特别是退休以后，这样的感受越发强烈。我说，至少你还培养了那么多的学生啊。父亲说，哎，不顶用的，以前过年时家里还热热闹闹的，一退休，就没人来看你了，连句问候都没有了，更可笑的是，有人在路上还避我呢。我说，这不就是现实啊。父亲说，我现在没用了，谁也不需要我了，这样也好，落了个清闲。我瞥见了父亲眼神中的缤纷大雪。我们绕过了图书馆，越过了食堂，穿过了教学楼，来到了学校的操场。我们绕着操场散步，时不时说上两三句闲话。

不知为何，我突然想到了苏滢。在上高二的时候，我们常常会绕着操场散步，吐露着各自的心事，谈论着各自的梦想。那时候，我就已经下定决心考电影学院，而苏滢则想考外语学院，学西班牙语或者意大利语，将来做一个外交官。某个春风沉醉的夜晚，我在黑暗中牵了她的手，随后交换了各自的吻。至今，我依旧记得她眼中的星辰与吻中的樱花。后来，她没有考上外语学院，而是上了本省一所二本院校的会计专业。而我呢，也没有考上电影学院，去了广州一所艺术院校读影视编导专业。上了大学后，刚开始我们还会有电话联系，后来就消失在了各自的生活里，但我从来没有忘记过曾经的誓言。过去，是我如今的暗影，拖着我无法继续前行。

离校前，我用手机拍了好几张照片。自从上了大学后，让我投入最大热情并持之以恒的事情就是摄影。有时候用专业相机，有时候用普通手机。当这些器材都无法捕捉对象时，我的眼睛就是最精致的欲望器官。父亲依旧不理解我的工作，抱怨我把时间都浪费在无用的事情上。我说，我最近想拍新电影了，摄影可以帮助我思考。父亲说，你上一个电影费了那么大的劲，最后还不是黄了。我说，每个电影都有自己的命，我不能因为上一个没出，就不做下一个了吧。父亲说，小树，听爸说，你还是过正常日子吧，不要再被电影搞得神经兮兮的。我问，那你说什么是正常日子啊？父亲说，你要买房买车，你要结婚生娃，这才是正道，电影就当是业余爱好吧。我原本想要反驳他，但话到嘴边又咽了回去。我不想让上次的争执重新上演，于是垂下了头，和他默默地走回了家。

晚饭，父母为我准备了生日蛋糕，为我唱起了生日歌。闭上眼睛后，我许下了自己的愿望，随后睁开了眼，吹灭了蜡烛。母亲问我许了什么愿。我说，我只希望咱们一家三口平平安安，健健康康的。吃了些蛋糕后，母亲从抽屉里取出一个红本交给了我，说，小树，这是我和你爸这些年的积蓄，都给你，你攒着去买房吧。我摇了摇头说，你们的钱留给你们，我自己的钱够花呢。母亲叹气道,总不能一辈子租房吧,没有房咋娶媳妇呢,没有房咋在社会立足呢,没有房咋能过安心日子呢。我说,妈,我好着呢,等我的电影出来了,就能买个大房子,到时候把你和我爸都接过去。母亲说,哎,好吧,我就等着这一天哩。随后,我陪父母坐在客厅看电视,而户外传来的爆竹声不断提醒着我的失败。旧年快要结束了,我的心里丝毫没有喜庆,有的只是焦灼、浮躁,甚至是恐惧。这些年,我已经忘记了快乐的滋味。

十点半左右,我洗了热水澡,之后躺在自己的床上,回想着关于这个县城的一切。尽管肉身疲惫,却没有丝毫睡意,于是穿好了睡衣,打开了笔记本电脑,建立了一个新文档。面对眼前的空白,我不知道该从何处起航。明明是有创作的热情,却找不到那个可以带我去远航的海上方舟。自从上个电影被搁浅后,我进入了旷日持久的迷惘,写不出一个像样的剧本。虽然其间接了一些 MV 的活儿,但那些不是真正的作品,也不能从根本上治愈我的恐慌症。我关掉并删掉了这个空白文档,这或许是我删掉的第一百个文档了——故事还没有诞生,我便宣告了它的终结。也许,电影的窄门早已经向我关闭,只不过我的不甘心让我无法接受这样的命运。我又打开了那个名为"时间之间"的文档,写下了第三百四十五首诗歌。也许是受到了阿巴斯的《随风而逝》的启发,我也尝试写诗,而诗歌为我创造了另外一种影像空间。我从未让任何人读过我的诗歌,甚至连我也不愿意回看那些瞬间的产物。不得不说，诗歌短暂地疗愈了我，但伤疤从未真正消失，就像河流离不开河床，就像星辰离不开星空。

今天是我三十五周岁的生日。除了空荡荡的风从体内吹过之外，什么滋味也没有，什么风景也没有，唯有一颗悬浮在空中却摇摇欲坠的心，等待着奇迹的降临。我站在黑暗森林的边缘，可以选择前进，也可以选择后退，但终究还是要进入那片密林，终究要与那三头野兽相遇，终究要进入那地狱和炼狱，如此才能抓得住来自黑暗深处的光。在我闭上眼睛的瞬间，我似乎看到了彗星划过黑暗的灿烂瞬间，也看见了黑衣人为我带来了夏日的水果与冬日的葬礼。

第二天

我梦见了自己的死亡，但我并不害怕死亡，只是常常听见黑衣人向我宣告命运的神谕。死亡，也是生活的一种奇迹。在梦里，我知道自己是在做梦。对我而言，这些梦是另一种形式的启示录。在这个梦里，我从白色巨轮上跳了下去，跃进了海洋。无限透明的蓝包围了我，淹没了我，吞噬了我，而我的身体慢慢地变成了水，慢慢地融进了海洋。在消失的前一刻，我从梦里游了出来，回到了现实的陆地。在床上空坐了半晌，随后起身倒了杯水，拉开了窗帘。想象中的大雪并没有降临这座小城。相反，昨天的阴霾已被此刻的晨光所驱散。我打开蓝牙音响，开始播放拉赫玛尼诺夫的《第二钢琴协奏曲》。自从工作后，每天清晨我都会与音乐独处一段时间，这也是我放空自己的方式。

早饭后，父亲递给了我一些红包，说，你也好几年没回孟庄了，这次给屋里的小孩都发些压岁钱。又补充道，他们要是问起结婚的事情，你就说快了，没必要和他们较真。我点了点头，收下了红包。我的婚姻问题已成了父亲的心头病，甚至让他在亲戚面前抬不起头。然而，我对婚姻始终保持游离的态度。我见过太多破裂的婚姻。我害怕建立婚姻，甚至害怕与别人建立亲密关系。我都忘记了该如何去爱另一个人了。这些年来，我甚至不知道该如何爱自己。我是自己的陌生人。

记得研究生毕业那年，我把自己当时的女朋友春晓带回了家。母亲对春晓相当满意，会拉起她的手，说说闲话，甚至把早准备好的金戒指都交给了她。春晓开始并不接受这个礼物，但终究是拧不过母亲，接受了这份信物。与母亲相比，父亲就显得相当冷清严肃。吃完年夜饭后，父亲当着我们的面询问春晓的家事。春晓笑了笑说，伯父，我七岁的时候，父母就分开了，我就一直跟我妈过。父亲说，哎，这也没啥，以后你俩好好过，我们把你看作自己的亲女儿呢，我老两口到时候帮你们带孩子。我们在家待了五六天，看起来相处得还算融洽。谁知刚回到广州的第二天，春晓便提出了分手。在我的追问下，她给出了一个让我愧疚至今的回答——她偶然间听到了我父母的对话，大意是，父亲对她的原生家庭不满，抱怨以后可能会拖了我的后腿。最让她无法接受的是，父亲说单亲家庭出来的孩子或多或少都有心理问题。在她说完后，我走过去紧紧地抱住她，不让她离开我。她推开我，最后撇下了我，只剩下我的影子陪着我。春晓从我的世界消失以后，我很久都没有从这种痛苦中缓过神，那种丧失感至今仍占据着我的心。自此之后，我与父亲的联系变少了，但我从来没有给他道明其中的缘由。并不是因为我不想交流，而是因为我害怕父亲，即便到了现在，这种害怕仍长在心里，开出从未枯萎的蔷薇。

在我小时候，父亲经常把两句话挂在嘴边。一句话是，你必须要活出个人样，否则就对不起我们；另一句话是，你再不听话，我就把你撵出去。直到现在，这两句话都刻在我的心底，从未消散。这些年来，我越是想要靠近父亲，距离他就越发遥远。在我和他之间，没有一座桥梁。

收拾好行李后，我们便前往孟庄。父亲开车，我坐在副驾驶位置，母亲则在后排落座。车出了县城后，父亲打开了音响，里面传来了八九十年代的老歌。母亲跟着歌哼了起来，时不时还会飙高音，父亲也时不时跟着唱上两三句。也许是看到了我眼神中的生疏，母亲停了下来，说，小树，这些歌你都忘了吗？

你小时候最爱跟着我唱歌、跳舞了。我苦笑了声,没有说话。其实,我从未忘记这些歌,但我已经不想回望过去的欢乐时分了。或者说,我已经丧失了快乐的能力。即将而来的春节对我而言不是享受,而是煎熬,因为我害怕看见那些亲戚好友,害怕他们的嘘寒问暖,害怕他们提及我的过往与未来。眼前的这条通往孟庄的路太熟悉了,熟悉到让我有些恍惚,有些恐惧。

　　上中小学的时候,我经常回孟庄过节假日。我的很多快乐记忆都与这座村庄息息相关。上了大学后,特别是工作以后,我就很少回村子了。奇怪的是,关于村庄的记忆却越发鲜活,时不时会在我的梦境中生长出新鲜的枝蔓。大学的毕业作品,我拍的就是我的童年生活,讲述一个男孩与一座村庄的往事。当然是阿巴斯的电影启发了我,但我还是试图在电影中摸索自己的叙事风格。那部名为《风》的电影获得了学院的优秀毕业作品。在本科指导老师程年的推荐下,我参加了花城的一个大学生电影节,并且拿下了当年的最佳短片奖。那段日子,我活在光里,看不到即将而来的漫长黑暗。父亲把我获奖的消息告诉了每一个他认识的人,也把我获奖作品的视频链接发给了他们。这个消息很快就传遍了孟庄,很多人也陆陆续续地看了这部以孟庄为背景的电影。他们在其中辨识到了自己的面孔。父亲说他前前后后大概看了二十多遍,他记得其中的每一个细节和每一句台词。那时候,他不止一次对别人说,我儿子以后要拍更多的电影,要拿更大的奖,要去法国戛纳电影节和意大利威尼斯电影节呢。当然,这些也是我当年的心声,如今看来,自己是如此可悲又可笑。这么多年过去了,我所谓的电影事业并没有什么起色,而父亲也不再提及那些往日的荣耀,仿佛那是当下耻辱的见证。整整有十年了,我再也没有看过那个短片,但其中的每个画面都未曾蒙尘。我没有勇气面对过去的自己,也没有勇气面对镜中的自己。我害怕看见镜子。

大约半个小时后,我们来到了孟庄。父亲把车停在了家门口,而我嗅到了既熟悉又陌生的村庄气味。我大口地吸了一口气,又缓缓地吐了出来,以此作为某种独特的唤醒仪式。也许是因为好几年没有来过了,村庄显得比记忆中要低矮了半分。还没有走进门,便听到了祖父在里面的咒骂声:狗日的,过个年都不让人消停了,快滚出去吧。父亲原本想直接进门,又退了出去,敲了敲门。祖父的骂声消失了,替代的是命令声:进来,把门关上。我们进了家门,走进了祖父的房间。看到我后,祖父迟疑了半响后,骂道:你这碎怂终于回来了,我还以为见不到你了。我说,爷,你刚才和谁说话哩,咋凶巴巴的啊。祖父说,还有谁啊,就是黑白无常啊,他们最近老来叫我的魂啊。我问他黑白无常的样子。他说,奇了怪了,他们和我长得一模一样。我没有再继续追问下去,而是从包里取出了一条烟,递给了祖父。祖父乐呵呵地擦了擦上面的字,说,还是我孙子知道疼我,不像你爸你伯，特抠门，老让我戒烟。我给他点燃了其中的一支烟。祖父也示意我来一根。我看了看父亲的眼色，随后接了烟，自己点燃。在层层烟雾里，祖父问我有没有把媳妇领回来。我摇了摇头。他又问我这两年拍电影了没。我又摇了摇头。祖父停了半晌，把手中的烟捻灭，说，好娃哩，也不急，一辈子长着哩，过得开心最重要。随后，祖父又开始给我唠叨自己年轻时候的故事，特别是以前在战场上的种种经历与见闻。这些故事我已经听了好多遍了，每次的版本都有细微的差别。但我喜欢祖父的故事，仿佛那里包含着我的过去与未来。

正当祖父讲到他是如何当上炼钢英雄时，我听到了窗外有人呼喊我的名字。虽然好久没有联系了，但那个声音是如此熟悉。我走了出去，看见堂弟站在院子里泡桐树下，拎着塑料袋，袋子里装着爆竹和冥币。我说，嘉河，几年不见，你更富态了啊。他笑道，哥，你可别攮我了，我就是混日子哩，不像你这个大学教授呢。我说，啥嘛，哥离教授还远着呢，现在只是个讲师罢了，讨口饭吃。他说，反正在我心里你就是教授，就是我永远的偶像。我说，没有啥是永远的，人这辈子太短了。嘉河没有再说话，而是和我一起走出了家门，走向了未知的虚空。

在大伯的带领下，我们一起去后坡上坟，一起请亡故的亲人和我们回家过年。一路上，嘉河和我聊他的生活，聊他的过往和未来，我则在旁边应和着他，几乎不谈论自己。嘉河是大伯的儿子，从小到大都是他们捧在手里的宝贝疙瘩。最让我羡慕的地方就是他有两个姐姐，遇到事情还有个商量的人，不像我这个独生子，什么事情都只能独自承受，连个说话的人都没有。我特别害怕父母老去，害怕自己无法独自承受他们的衰老与病痛。

嘉河比我只小半个月，他是我小时候最好的玩伴。也许是因为血缘关系，我们两个人小时候长得很像，甚至有好些人以为我俩是双胞胎。他们的看法让那时候的我格外开心，因为我连做梦都想拥有一个同胞兄弟。那时候，我一放假就尽量回孟庄，其中很大的原因就是找嘉河玩。我们是彼此的影子，而孟庄就是我们的乐园。当然也有不和的时候，有一次我们因为玻璃球而打了起来，我把他的新衣服撕烂了，而他则在我的脸上留下了抓痕。当天我就宣布和他断绝关系，宣布自己再也不会回孟庄了。两天后，我便后悔了自己的决定。接下来的周末，父亲又把我送回了孟庄，我第一时间便去找了嘉河，并把父亲给我买的玩具水枪送给了他。那时候，我们以为长大是一件非常遥远的事情。上了中学后，我们的关系就疏远了，但还时不时会聚在一起闲谈胡扯。中考落榜后，他也没有去复读，而是在家里晃荡了几年，随后又跟着亲戚去西安学了修车，后来在镇子上开了个修车厂，结了婚，有了两个孩子，过着家长眼中的正常生活。而我呢，去了南方读大学，后来又去北京电影学院导演系念了研究生，毕业后又回到本科母校任教。如今的我，两手空空，只留下了些许对电影的热情的灰烬。我想要去写真正的电影剧本，却发现自己的生活是如此匮乏，如此经不起艺术的审视。

　　大概过了二十分钟，我们走到了坡上的墓地，空中时不时传来爆竹的声音。这里埋葬着孟庄的人，他们曾经生活在这个村庄，如今在此安眠，佑护着生者。大伯把我们领到了曾祖父母的合葬墓，烧了些冥币和黄表纸，随后点燃了爆竹。磕完头后，我们又去了祖母的坟前，同样的程序，同样的祈祷，同样的沉默。看到祖母的名字后，我忍不住流下了眼泪，心里默念道，婆，我们接你回家了。之后，大伯对我说，嘉树，你带着你两个弟，给你小叔烧些纸去吧，我们在路口等你。我走在前，嘉河与嘉海跟在后面，绕了一段路，找到了小叔的墓。没有墓碑，只有两棵柏树守护着小叔。烧完之后，我看到了一只黑鸟从空中划过，没有留下任何痕迹。回去的路上，大伯骂道，这该死的成娃太傻了，好死不如赖活着啊，要是活着，也快五十岁了。父亲和三叔都没有接大伯的话，他们三兄弟又默默地走了一段路。下坡时，大伯又叹道，不过活着也没啥意思，早晚都要走的，最后还不都是埋在后坡上，哎，这辈子不过就是一场风罢了，我们最后都会变成土。我问大伯是不是有啥心事。大伯想了半晌，说，都没心了，也就没事了。我们不再说话，而是领着看不见的亲人们一起回家。

午饭后,我们在院子里摆好了桌子,桌子上是笔墨和对联纸。祖父走出了屋子,绕着桌子转了三圈,拿起了毛笔,冥想了半会儿,随后在纸上写出了对联。写完后,嘉河把上面的字念了一遍,带着对联回了家。接下来,祖父又依次给我们家、三叔家和邻里好几家都写了对联,每一家写的内容各不相同。写对联的时候,祖父的眼神露出了罕有的光,而我们也被这光所照亮,所启明。

祖父以前是村子里的会计,兼做村里丧事的主事,写得一手好毛笔字,最大的喜好就是读唐诗宋词,至今每天都会翻阅床头的《全唐诗》或《全宋词》中的一本,这也是他房间仅有的两种书。他说过,只有逃到古代世界,才会忘记曾经的恐怖生活。我问他曾经经历了怎样的恐怖,他摇摇头,不肯说一个字。在我小时候,祖父会教我读《唐诗三百首》,也教我写毛笔字。小学毕业时,我已经把那三百首诗背得滚瓜烂熟,但毛笔字始终没有多少长进,也许是因为我确实没有写字的天赋吧。除此之外,祖父还领着我在夜里捉蝎子。他打着手电筒走在前面,我跟在他的后面,手里拿着玻璃瓶。我们穿过了田野,去果园、去山丘、去后庄寻找蝎子的踪迹。夜晚的孟庄与白天的孟庄是两张完全不同的面孔,而我也在黑暗漫游中慢慢地看清了自己的心。有一次,祖父说要带我去墓地,说那里的蝎子特别多,问我敢不敢去。我迟疑了,但还是点了点头。来到墓地后,我看到了忽明忽暗的微光,听见了窸窸窣窣的细语。我的心提到了嗓子眼,害怕有东西会突然扯住我,然后把我拽入地下世界。祖父对我说,别害怕,等你长大了,就知道鬼没啥可怕的,人比鬼更可怕啊。我拉住祖父的手,心慢慢地恢复了平静。那天晚上,我们收获了很多蝎子。那个晚上之后,我不再害怕黑夜了,甚至会在黑夜里看到某些奇迹的降临。此时此刻,祖父已经老了,已经无法领着我穿过黑夜来认识外面的世界,但他教会了我如何与黑暗共处,教会了我如何透过黑暗中的镜子来重新审视自己。

也许是心境的缘故,我觉得孟庄今年的年味比往年淡了很多。小时候最期盼过年,因为可以穿新衣服,可以吃鱼肉牛肉,可以收压岁钱,还可以在门口放烟花爆竹,在零点的时候伴着春晚的钟声尖叫欢呼。那时候的我,总以为来年要比往年更好,而如今的我对时间也没有了往日的热情。也许,我体内的钟表,已经没有了指针。

晚上十点半左右,祖父便去里屋睡觉了。我和父母坐在电视机前,看着春晚,有一搭没一搭地说上两三句话。这种短暂的陪伴让我心安又心灼——没有我在身边的漫长日子里,他们两个人已经没有多少话可以说了,沉默填满了他们的心。特别是在退休后,衰老已经住进了他们的神色里。我提议他们去广州和我一起生活，这样还可以有个照应。父亲当即否决了这个建议，说，你先成家了再说吧，我们已经习惯这里了，哪里也不去。停顿了半响，又说，我们的根就在这里，你却一直在外面飘着，不知道何时才能扎根。我没有继续说下去，而是起身离开了房间，走向了户外的黑暗。

外面有稀稀落落的爆竹声，有星星点点的欢笑声，而我抬起了头，看见黑暗深处的月光。这月光跟二十年前我看到的月光相比没有多少变化，但我变了，我变成了自己的陌生人。特别想对着黑暗呐喊，却发现自己已经丧失了呐喊的勇气。那一刻，我明白了笼中鸟儿为何歌唱。

第三天

大年初一。在鞭炮声中，我醒了过来，头脑沉沉的，有点感冒。打开手机后，看到了很多群发的微信祝福。原本一条也不想回复，转念又变了主意，于是编辑一条祝福短信，也群发给微信里的每一个人。收到了母亲转来的微信红包，并且附了一句话——只愿你快乐。收了红包以后，我给母亲发了一个拥抱的表情。在家庭群里，我也象征性地发了一个红包，随后收到了他们表示感谢的各种微信表情。这个微信群已经有三年了，平时没什么动静，一到春节就有人在里面发红包，这也算是我们如今联络感情的重要方式了。对于有的亲戚，我依旧停留在少年时代的印象。这次回家，我已经做好了足够的心理准备来重新面对他们，或者说重新认识他们。

吃早饭前，我把母亲准备好的饭菜献到供桌上，换上了新香，跪在垫子上磕了三个头。曾祖父母在我出生前都已经去世了，但从他们遗像的眼神中，我看到了似曾相识的困惑。祖母是我上研一那年夏天离开的。为了不影响我的学业，他们并没有把祖母去世的消息及时告诉我。等我返回孟庄后，迎接我的不是我的祖母，而是后坡上的一座新坟。大伯告诉我，祖母咽气的时候还唤着我的小名。当天下午，在父亲的陪伴下，我去了后坡，在祖母的坟前烧了些纸钱。看着眼前的灰烬，我沉下了身子，坐在她的坟前啜泣，第一次体验到了肝肠寸断的痛苦。父亲在一旁劝我，但我根本听不进去他的话。我想要给祖母说说自己这些年来的痛苦，却找不到合适的语言，唯有这哭泣是最合适的表达。寒风捎来了祖母的细语，而我也止住了眼泪，收起了悲痛。从地上站起来后，我感觉自己的肉身也比往日轻盈了，但魂灵却愈发沉重。在我的记忆里，那是我唯一一次情感上的失控。如今，我依旧忘不掉祖母坐在村头等我回家的场景。在好多个梦里，祖母说要领着我去一个没有痛苦的地方。这么多年过去了，我几乎每天都会在某个时刻想起她。特别是有过不去的心坎时，我就会想到祖母，想到她对我说的那句话：别怕，有婆呢，没有过不去的坎，人这一辈子就是一阵风啊。在我心里，祖母并没有死，而是以另外一种方式活在了人间，就像这来来往往的风。

吃完早饭后，我跟着父母一起去亲戚家拜年。先是二爷家、三爷家，之后是大伯家、三叔家，最后是三个堂叔家。我把提前准备好的红包发给亲戚家的小孩们。无一例外的是，他们都问我啥时候结婚，又问了些工作上的事情。我已经提前做好了准备，给出了最为恰当而又礼貌的回答。只有三叔和其他人略微不同，他问了一些关于电影的事情。他说他把我的那个电影短片不知看了多少遍了，问我何时才能拍新电影。我说，之前有个项目都谈好了，剧本演员都准备好了，但临拍前投资方撤了钱，这些年都在等新的机会。三叔说，哎，做啥都不容易，我们种西瓜的，也是看老天爷的脸色吃饭。迟疑了半晌后，我问他为啥不给自己再找个伴，这样还能好过些。三叔苦笑道，不怕你这文化人笑话，我这辈子只能和你三娘过，我跟其他人都不合适，我心里只有她这个人。也许是看到了我脸上的不解，三叔又说，你三娘心太狠了，现在我连个能说话的人都没了，每天晚上只能对着墙上的照片说说话，掏掏心窝子。五年前，西瓜的行情特别差，投进去的钱基本上都打了水漂，半年的血汗也白费了，再加上和三叔拌了嘴，灰了心，三娘想不通，于是喝了农药，死在了家里的床上，穿着非常体面的衣服，还留下了一封遗书。三娘死后,三叔有将近半年时间都没了话,头发也白了一大圈。如今三叔最大的愿望就是给嘉海在县城买个房,再让儿子娶个媳妇生个娃,这样对三娘也算是有个交代。嘉海高中没毕业就回了家,跟着三叔一起种西瓜。嘉海和三叔越来越像了,他说自己这辈子算是完蛋了,他最大的愿望就是以后要让自己的孩子上大学,不要再过这样的恓惶日子了。很多年前,这也是三叔的愿望。

给亲戚拜完年已经是午后四点了。经过一轮轮的拷问,我终于有了可以喘息的时间,于是喊上嘉河,绕着孟庄散步闲谈。小时候,我们两个人有说不完的话,彼此是对方的树洞,分享了很多小秘密。比如,我把我暗恋的故事讲给他听,而他则把从他父亲那里偷来的钱给我俩买了雪糕。那时候,我是那个说得更多的人,而他则像是镜子中的另一个我。如今,我俩的关系发生了某种倒转:大多数的时间都是他在说,而我在听。我喜欢听他的那些话,无论是吹嘘还是夸张,都具备生活的真实质地。也许是因为长久沉浸于电影的缘故,我觉得自己悬浮在了空中,距离真实的生活越来越远——是某种抽象的理念支撑着我活下去,而不是具象的生活。不知为何,我越来越不理解我的生活了,我成了自己的陌生人。在讲完自己的创业史后,嘉河突然降低了声调,说,哥,我感觉你变了啊,这次回来心里装了好多石头。我摇了摇头,说,没啥事,就是有点感冒。嘉河说，哥，我虽然没啥文化，但很多事也懂，你是个导演，这些年却没啥作品，是不是这个事折磨着你。他的话戳中了我的心，我眼睛一酸，但还是止住了眼泪，说，你说得对，这种感觉就像是被判了死缓，不知道啥时候是个头啊，感觉也没啥可以拍的了。嘉河说，你就拍你啊，以前那个短片拍的就是你啊，还拍了咱们这个村子。我说，那样的片子拍出来，又没人看，也不会有人投资的。嘉河拍了拍我的肩膀，提高了音调，笑道，哥，我是你的第一个观众，咱们村里人都是你的忠实观众。我苦笑了一声，没有接他的话。我们走出了村子，走向了村东头的原野。

嘉河的话其实点醒了我，因为我确实好久没有观照过自己了。大学时代，拍电影意味着一种平静的快乐，一种纯真的热情，后来拍电影成为一种极为繁复的资本游戏，而我只能充当流水线上的监管。不，甚至连监管也不是，顶多算是流水线上的产品罢了。有好多年，我研究每一个商业爆款电影的叙事方法，记了很多的笔记，也写了一些类似的剧本，并且投给了很多认识的电影公司。我期盼着自己有朝一日也能拍出那样赚得盆满钵满的商业片，有了一定的话语权后，就可以去拍自己想要的艺术片。然而，这样的奇迹时刻并没有降临于我，投出去的剧本也基本上没了音信。唯一庆幸的是，我还有个看起来相对稳定的工作。以前有人问起我的工作，我毫不犹豫地说是导演,如今我只告诉他们我是大学老师。当有人说我是导演时,愧疚便淹没了我。与此同时,我特别害怕看见同龄导演推出作品的消息——他们斩获奖项或者票房大卖无异于不动声色地提醒着我在艺术与商业上的双重失败。拍出好电影的念头从未消失,但也持久地折磨着我干涸的心。自从上个电影被撤资后,我已经丧失了表达的欲望。也许,我再也拍不出电影了。我心有不甘,也想慢慢认领了这样的命运,但另外一种声音始终折磨着我的心,让我不得安宁。

走到一片麦田后,嘉河突然提议给我录上一段视频。我摇了摇头,说自己不习惯被拍摄。嘉河说,哥,以前都是你拍别人,现在我拍下你,你看看镜头中的自己,或许会有灵感。我执拗不过,便答应了他。并不需要特别的情节设计,我只是在麦田里走路,头脑中回荡着来来往往的风。在被摄影机注视的五分钟里,我觉得自己成了另外一个人,觉得自己是在表演我的幻身。以前大学上过表演课,也知道很多关于表演的相关理论。然而,当我自己表演自己时,我突然有种被黑暗照亮的快乐,以及快乐背后的惶恐。拍完视频后,嘉河打算给我播放。我阻止了他,说,等回家了,你通过微信转给我,我现在不想看。嘉河点了点头,于是两人继续在麦田漫游。

没过多久,我听到了背后有人呼喊我的名字。我转过了头,看见一个老头瘸着腿向我们走来。我认了半天,也没认出他。嘉河小声对我说,是光明叔,嗯,就是那个"半成品"。我无法将眼前这个糟老头和记忆中的光明叔联系在一起。那时候,光明叔可是孟庄最英俊的男子,是人尽皆知的能行人。我藏住了心中的惊愕,故作镇定地说,光明叔,过年好哇。光明叔放下手中的垃圾袋,苦笑道,好个屁咧,黄土都快埋到嗓子眼了,阎王爷天天喊我去报到哩。也许是看到了我脸上的尴尬,光明叔又说,嘉树,听说你现在在外面弄大事哩,把你从外头拿的好烟让叔尝尝。我摇了摇头,说自己不抽烟。嘉河则从口袋中掏出了烟,递给了他。光明叔点燃了烟,尝了一口,说,这烟不行,比当年在上海抽的烟差得多了。说完后,他又吸了一口,眼神中多了几分精神。嘉河说,不抽算了,你那么爱上海,回这个破村子干啥哩。光明叔笑道,你这娃还横得不行,我也是随口说说罢了。抽完烟后,光明叔又给我们讲了他当年的光辉事迹。临走前,我塞给了他两百块钱。他推回给了我,说,我不要你的钱,我又不是叫花子,你的好心叔领了。说完,光明叔转身离开了我们。

看见他走进树林后,嘉河告诉了我事情的大致轮廓。离开孟庄后,光明叔先后去广州、苏州和杭州打过工,后来又去了上海。因为和人闹事而被捅了刀子,坏了腿,也没了可以待的地方,只能回到孟庄。回到村子后,原本找了个媳妇,安宁日子没过多久,他就因为犯了事而被送进了牢房。等出来后,媳妇跑了,他父亲也死了,只剩下腿脚不便的母亲。他和母亲共同生活了好多年。等母亲死后,他在这个世界上也没了依靠。如今他也老了,靠捡垃圾卖垃圾过活。听完关于光明叔的这些事后,我有种被刺痛的感觉——也许有一天,我也会成为无依无靠的老人。我不能深想自己的未来。或许,我是一个没有未来的人。

晚上,我们在大伯家相聚。大伯母和母亲为我们准备了一大桌饭菜。祖父落座主位后,大伯他们才入席,我们这些晚辈也坐到了各自的位置上。祖父举起了酒杯,说了和往年同样的祝福,和我们碰了碰酒,一家人在一片祥和中喝掉了各自的杯中酒。接下来便是漫无目地闲谈,主要是大伯和父亲说话,其他人偶尔会应和两句。不知从何时起,谈话的主题又落在了我身上,而我也知道自己逃不过这一劫。大伯母说,我们嘉河都两个娃了,嘉树你也该找个媳妇了吧,你爷还等着抱孙子呢。祖父睁开了眼,说,我可没说这话,你不要给我寻事。大伯母笑道,大,你大孙子现在是大导演大教授嘞,让他把你接到大城市里住上几天,感受感受外面的大世界,也好好享享福啊。祖父看了看我,说,我哪里也不去,哪里都没孟庄好。大伯对大伯母说,就你事多,好好吃你的饭吧。大伯母笑道,咱这大侄子干大事哩,我这大妈也觉得脸上有光啊,嘉树,听说你搞电影赚大钱了,你可别忘了我们啊。我说,大妈,等电影上映了,我第一时间请你去看。大伯白了她一眼,而她笑了笑，没有再说话。大伯立即把话题转向了别处，而我也瞥见了父母神色中的尴尬。我看到了自己的可笑。但我并没有痛苦。或者说，我为自己的痛苦戴上了欢喜的面具。没有人能看清真正的我，就连我也看不清迷雾中的自己。

临睡前，我又开始读阿巴斯的《樱桃的滋味》。今天是我回家的第三天，而我所读的篇章也是第三天。在阿巴斯的文字里，我又回到了至纯至真的艺术领地。看他如何来讨论电影，谈论诗歌，议论人生。这是一种享受，也是一种逃避。他的声音，无论是电影还是文字，时不时会把我从黑暗中召唤出来，看看外面的亮光。我过上了一分为二的生活，却找不到缝合它们的针线。没有多少困意，于是放下了书，打开了电脑，重看阿巴斯的电影《特写》。在两个男主人公的身上，我都看到了自己的影子。看完电影已经是十一点多了，于是我建好了文档，把心中的五个场景都写了出来，但我还没有找到这些场景的内在关联。关掉电脑后，我又躺在黑暗中，等待着奇迹的再次降临。

第四天

也许是因为睡太晚的缘故，早上起床后头木木的，感冒也没有见好，整个人灰灰沉沉。天气也灰灰沉沉的，预报中的大雪还没有降临，而我的内心已经下雪了。这大雪掩埋了欢喜与悲痛，只剩下冷冰冰的荒地。

清歌以前就说我是一个冷冰冰的人，对人对事都没有太多热情。她是懂我的，我也许是爱她的，可我们终究还是在生活的密林中失散了彼此。我不会忘记曾经的誓言，那是内心坚不可摧的存在。自从分开后，我就一直戴着爱的镣铐。我打开了微信，找到那个对话框，点开了她的头像，依旧是我在三联书店给她拍的照片。对话框依旧是前几天她送给我的生日祝福，而我并没有回复她，也不知道该如何回复她。以前我们是无话不说的亲密恋人，如今却成了无话可说的陌生人。如今想想，所有的问题都在于我。我太过于自我，对她的关注和关心都不够，两个人的心也因此越来越远。我终究不懂得如何去爱人。以前遇到问题时，我总是为了避免言语上的争执和冲突，选择视而不见，对她的心不够呵护。在经历了长达半个月的冷战后，她提出了分手，而我也立即点头同意，没有任何纠葛与纠缠。那是个雪天，我们一起去吃了日本料理。刚开始两个人都有说有笑，回避问题的核心。在快要结束的时候，她哭了，而我强忍住了心中的痛苦。分别的时候，她拥抱了我，说，咱们虽然不在一起了，但依然是很好的朋友。我点了点头，目送她离开。当车子消失在拐角后，我的心突然破碎了，眼泪模糊了冬日世界。直到此刻，我还会时而想起她，想起我们曾经把彼此视为另一半的美妙时分。也许以后，我再也不会爱上其他人了。或者说，我从来也没有真正地爱过人。

起床后，打开了蓝牙音响，里面传来德彪西的《牧神午后》。我冲了一杯感冒冲剂，打开了笔记本电脑，为下学期的电影赏析课准备课件。上一个学期，我给学生们讲的是法国新浪潮电影大师及其代表作。这个学期，我将要给他们讲意大利电影史。我是喜欢这份教学工作的，因为它帮我梳理清了电影史的脉络以及电影理论。更为重要的是，这份工作让我在这世上有了所谓的身份与地位。然而，依旧无法解决深层次的焦灼——我想要拍电影，但不知道该从何处拍。更为可怖的是，对电影懂得越多，越无法轻易地拍电影。每个学期末，我都会给学生们布置写电影脚本或拍电影短片的作业。看他们交上来的作业，大部分比较青涩但又充满了热情，而这也恰恰映衬出我当下的匮乏，验证了我的无助。有学生也会在课下问我有没有拍电影，我只能摇摇头，说自己还没有遇到合适的题材。当然，这也是我的心里话。从学生们的眼神中，我读到他们的失望。他们钦羡的是有作品的老师，而不是纸上谈兵的理论家。我当然理解他们的心境，因为我在学生时代也曾经有过同样的想法。

写了三页课件，电话突然响了起来，是一个陌生号码。我犹豫了片刻，随后接通了电话，传来嘉海的声音。他在电话那头和我先寒暄了几句闲话，之后便进入了主题：哥，你能不能借我两千元,救救急啊。我问他发生了啥事,又问他家人知不知道。他说,哥,没有这钱,我会死的,我以后再给你好好说。我让他来家里取,他说我们在村西头的小广场碰面吧。我穿好了羽绒服,出门的时候碰见了祖父,他问我出门干吗。我顺嘴把嘉海借钱的事情说给了他听。祖父厉声道,一毛钱都甭给,那货染上了赌瘾,迟早会把家败光。我点了点头,走出了家门。

快到小广场时,我就看到了嘉海向我摆手。我走了过去,问他急要钱干啥事。他说,哥,不瞒你说,这是我欠的钱,再不还他们会来家里闹事的,这个年都过不去了。我说,你以后再别赌了,你看你爸多不容易的。嘉海挤出了笑,随后取出手机,加了我的微信。我给他微信转款两千元,说,这是我给你的,你不用还了。嘉海上前抱住了我,说,还是我哥对我好,你这算是救了我的命,我以后给你开车当司机去。之后,嘉海马上把钱转给了另外一个人。他深深地吸了一口气,随后缓缓吐了出来。他从黑包掏出了拍子和乒乓球,说,哥,咱俩以前就打过乒乓球,今个再来上几场,看看我有没有进步。我点了点头,把手机放进了他的黑包。好多年没摸过乒乓球了,刚上手还有些生疏。抡了几场下来,我又找到了当年的手感。

嘉海比我刚好小十岁,他是他家里的老幺,前面还有两个姐姐。两个姐姐学习都不好,中学没毕业就去别处打工,于是他家里的希望都寄托在他一人身上,但他在学习上并不怎么开窍。记得大二那年暑假回村子，三叔让我给嘉海补习数学。在他家的院子里，我给他讲暑假作业上的题。讲了两三道题后，我发现他的底子特别差，需要从最基本的运算从头讲起。我拿起他的数学课本，从最基础的知识讲起，他听得倒是很认真，但就是不得要领。没过多久，我便失去了性子，嚷道，你以前咋学的，连最基本的都不会，笨死了。三娘走了过来，二话没说就拧着嘉海的耳朵，把他拧到了树前，让他好好反省反省自己。看着他默默流眼泪的样子，我瞬间就后悔了自己刚才的举动。我想要给他道歉，却放不下脸面，只能僵持在原地。那也是我最后一次给嘉海补习功课，这么多年过去了，我都无法原谅当年自己的错误，也无法忘记那个在泡桐树下哭泣的男孩。如今这个男孩已经长成了大小伙，他距离我如此之近，又是如此遥远。起了一阵风后，我们便结束了游戏，回到了各自的家。

　　午饭后，我陪祖父和父亲一起看电视。孟庄的年味已经淡了，但电视上仍是热热闹闹的欢庆声。记得上小学的时候，电视机是我最好的朋友。每次放学后，趁着母亲不在家，我就会偷偷打开电视机，看上几集动画片。听到母亲的脚步声后，我会立即关上电视，拿起手边的书来佯装阅读。母亲肯定知道我的鬼把戏，但她也是选择睁一只眼闭一只眼。那时候最大的愿望就是住进电视机里，过上无忧无虑的日子。长大后才意识到自己的无知和可笑。自从上大学后，我再也没有主动碰过电视机。与我相反的是，祖父以前对电视机充满敌意，收音机才是他的日常宝贝。祖母去世时，祖父把收音机当成她唯一的陪葬品。头七过后，父亲没有给祖父买新收音机，而是给家里添了一台彩色电视机。父亲给祖父讲了讲电视机的操作方法。祖父看了看说，你赶紧把那玩意儿拉回去吧，你妈都走了，我也估计快要见阎王爷了，现在就是等着死了。过了一周后，父亲再回去，发现祖父已经迷上了电视。祖父最爱看的是各种各样的新闻，其次是秦腔，再次是古装片。有一天，他对我父亲说，有了这玩意儿，日子也不难熬了，你妈也爱看这电视。我们都默认祖父是可以看见祖母的，而我们都看不见。这次回家，祖父白天大部分时间也都盯着电视机看，和我们也没多少话可说。其实并不仅仅是祖父，村里好多人都举着各自的手机，沉浸于各自的世界。人与人之间也不像往年那么热络了，我们宁愿对着手机说话，也不愿和人交流。我自己也是如此，患上了无法治愈的失语症。

　　下午三点多，大姑一家和小姑一家先后脚回到了孟庄。她们把带的年礼给各家送了之后，便回到了家，各自给祖父一个红包。我给大姑家的孙子发了个红包，那小孩用普通话说了声谢谢，并告诉了我他的名字——浩浩。我又问他上几年级了，他说四年级。又说了一些闲话后，浩浩和我也熟络了些，没有了之前的拘谨。浩浩对我说，叔，我婆说你是拍电影的，最爱听别人的故事了。我点了点头，笑道，你是不是有啥故事要给叔讲啊。他笑了笑，把我拉到了院子里，说，你要是拍电影了，可要让我当主角啊。我强忍住心中的笑，一本正经地说，好，我答应你，不过我先要听听你的故事。浩浩点了点头，给我讲了自己的故事——有一次，浩浩在县城看到了滑板，想让妈妈给他买，妈妈说只要你的成绩考全班第一就给你买。他记住了妈妈的话，开始格外努力地学习，在期末时真的拿到了第一名，而当妈妈把滑板买回给他时，他却完全没了兴趣，转手把滑板送给了他的表弟。断断续续讲完后，浩浩又补充道，叔，我现在觉得学习很有意思，我以后也要上大学，以后也要当导演。我问他为啥想要当导演，他说，人都会死的，我想给这世上留些东西。我问他为啥有这样的想法。他说，我爷死了好几年了，我现在都想不起他的样子了。说完后，我看到了他眼角涌出的泪水。我摸了摸他的头，问他想不想看我之前拍的短片。他用力地点了点头。

随后，我把他领到了房间，陪着他重新看了一遍《风》。我已经好久没碰过这个片了，它是一道虹光，也是一道伤口。再次进入早年的那个世界，我又重新与更纯真的自己相遇了。看完之后，浩浩问我片中的男孩是不是我。我说，是，他演的是我小时候。浩浩说，如果我认识小时候的你，咱俩肯定会成为好朋友的。我笑道，咱俩现在也可以做朋友啊。浩浩笑了笑，说，好啊，叔，你们大人的世界，我不太懂。我说，我有时候也不懂。浩浩又说，我也觉得自己是风，是老天爷吹在这世上的风。我摸了摸孩子的头，听到了风中的细语。浩浩想要买风筝，于是我带着他去了村东头的超市。

买了风筝回来，只见男人们在院子里打起了麻将，而大姑、小姑和母亲则在灶房里做起了晚饭。我在麻将桌前看了一会儿，有了些许倦意，准备离开。父亲叫住了我，让我帮他搓一会儿。我想借故走开，但大伯拦住我说，咱们孟家男人，哪个不爱打麻将呀，快坐快坐，不要婆娘兮兮的。我上了桌，连输七八场后，被父亲换下了桌。我又去了灶房，和姑姑们谝闲传。看着小姑歇了下来后，我提出了心中的疑惑：我小姑夫咋没见人呢？问完后，小姑的脸色长出了青苔，而我也看到了母亲眼中的难堪。小姑停了半响后说，哎，你那姑父不争气，进局子了。我突然记起，好久之前母亲曾经在电话上提过这个事。我立即向小姑道歉，说自己不是有意揭她的伤疤。小姑说，也没啥，这事全村人都知道了，也不差你一个，我现在就是个笑话。也许是看到了我的尴尬，于是小姑笑了笑说，人的命天注定，没啥大不了的，你在大城市生活，不知道这里的苦啊。我说，姑，谁都不容易，我也有自己的苦啊。小姑说，人都苦啊，啥时候才能找到甜啊。大姑故意打岔，说，你姑侄俩抱怨啥哩，来，我给你俩一人喂一口糖。我俩都笑了，于是把话题转向了别处。

暮色降临时，她们把饭菜端到了客厅里，而他们也把麻将收了起来，坐上了饭桌。大姑父拿出两瓶泸州老窖摆在了桌上，说，咱哥几个好久没喝了，今个喝个够。大姑说，就知道喝喝喝，上次差点把命喝掉，这次又喝，不如喝死算了。大姑父瞪了她一眼，打开了白酒，给在场的每个男人都斟满了酒。和昨天的场景类似，又是同样的流程，同样的话。我撒谎说自己有胃炎，喝了一杯后便不再动杯。今天是大姑父的主场，基本上都是他在唠叨，而其他人只有听话的份儿。大姑父开了将近二十年的货车，据他说自己去过全国大部分的省份，见识过各种各样的人。从哈尔滨到昆明，从青海到厦门，他说自己只要路过某个城市，就会抽空买点当地的特色。他还给我们讲了一些路上的奇景和奇遇。在大姑父喝酒的片刻，三娘说，明娃哥，你说你去了这么多的地方，咋不在大城市住下来哩。大姑父笑道，你们不知道吧，去了那么多地方，最后还是觉得自己的狗窝最美，自己的老婆最亲。大姑骂道，这么多娃娃在跟前，胡说啥哩。大姑父又端起了一杯酒，和我父亲一饮而尽。在某个瞬间，我在大姑父忧伤的眼神中看到了曾经的山河倒影。

晚上八点的时候，他们才从酒桌上散了。大姑和表哥把大姑父扶上了车，嘉河与嘉海也把各自的父亲扶回了家。父亲坐在客厅的沙发上，说自己酒量大，让我们不要操心。我给父亲倒了一杯茶水，让他醒醒酒。父亲不喝茶，他说自己好久没有这么痛快了。接下来,他开始不停地说话,谈论自己的过往,议论自己的人生。我知道这是父亲喝醉后的常态。我没有像往常那样离开他,而是坐在他旁边,听他的絮叨和抱怨。讲着讲着,他骂起了我,骂我是个不听话的娃,骂我是个不正常的人。母亲过来想要劝阻他,想要把他领回房间。我说,妈,你甭管,让他一次说个够,说够就痛快了,就安歇了。父亲又抱怨了很久,之后躺在了沙发上,打起了呼噜。我从父母屋里取了一床被子,盖在他身上,随后回了自己的房间。在我临睡前,母亲进了房间,让我不要把父亲的话放在心上。我说,没事的,妈,他说的也都在理,这些年,我确实让你们受委屈了。母亲叹了叹气,走出了房门。

我关掉了灯,与眼前的黑暗对峙,与自己的绝望共处。在尝到眼泪的咸涩后,我突然想到了海。想到了我和清歌曾经一起看过的大海,想到了我们曾经坐着白轮船,驶向光明岛上的白色灯塔。如此清晰,又如此模糊。我在黑暗中打开了微信,看了看清歌的头像,想了半晌,随后删掉了她的联系方式。

在夜航中,我把自己献给了想象中的空海。

第五天

起床后,母亲喊我一起去看村东头的老姑。老姑是祖父的姐姐,今年九十五岁了,是孟庄年龄最长的老人。我问要不要给老姑些钱。母亲说,要给,当然要给,你老姑身体硬着呢,脑子也灵光着呢,现在都是她家拿事的。又补充道,只可惜命太硬了,唯一的儿也没了。我没了话,体内的大雪纷纷而落。

关于老姑,我最深刻的记忆就是她坐在自家门口的榆树下打花花牌。每次看到我之后,就说,我娃来了啊,来,老姑给你拿好吃的。有时候是点心,有时候是石头馍,有时候则是桑葚、梅子、橘子和苹果等水果。在我心里,她就是真正的魔法师。小时候,我时不时会去老姑家,看她玩牌,看她逗猫,看她剥玉米或者洗洋芋。每次去她家,老姑都会给我准备些礼物,听我讲发生在县城的故事。老姑几乎每次都和我说同样的话:老姑活了一辈子啊,都没出过这个村子,我就爱听你们讲讲外面的事。为了哄老姑开心,我也时不时会编造好多故事。有好几次,我许诺要带老姑去县城游玩,最终也只是停留在了口头上,从未兑现。我已经有好几年没见老姑了,但我时不时会想起她,甚至是梦见她,梦见她曾给予我爱的馈赠。

不到二十分钟,母亲和我便走到了老姑的家。进门后,迎面而来的是两只花猫。文成哥从里屋走了出来,看见我后,喊道,婆,你的小树终于来看你了。文成哥是老姑的大孙子,他的头发灰了一层,腰背也弯了一些,但眼神中的光依旧还在,只不过笼着灰蒙蒙的雾气。我说,文成哥,你这腿是咋哩,之前见你还好好的啊。文成哥苦笑道，哎，去年在建筑队干活，从高处摔下来了，命是保住了，就是腿有点瘸，干啥都不利索了。我说，你要好好休养下啊，不要干重活了。他说，咋能休养嘛，只要一天不干活，就心里慌，就害怕没饭吃，咱这就是贱命，没办法。也许是看到了我的担忧，文成哥又说，也没啥事，扛一扛就过去啦。

之后，他把我们领到了房间。老姑穿着棕色带花的棉袄，靠墙坐在火炕上，眼神游离。看到我后，老姑说，我娃回来了啊，来，坐炕上，跟老姑拉拉话。她嘱咐文成哥拿些橘子和苹果。我没有上炕，而是侧身坐在炕沿上。老姑早已经没了当年的精气神，说话断断续续，偶尔还会出神。更多的时候是我在说话，而她只是在静听。我给她讲了一些自己在大城市的事情。突然间她回过了神，说，俊才以前也去过这些地方啊，他去过好多好多地方啊，不像我，哪里也没去过，什么也没见过，这一辈子就完了。我问她俊才是谁。她笑道，俊才是你老姑父啊，我真的是老糊涂了，你当然没见过他。我听说过老姑父的一些事情，不过这是我头一次听到他的名字。他们的故事听起来像是某些电影的情节——新婚不久，他要去上前线打仗，她则留在村子里等待他的归来，然而直到战争结束也没有他的任何音信。余生的每一天她都在等他回来，独自抚养他们的孩子，没有改嫁，也没有招亲，等待成了她唯一的信仰，从少妇到老妪。

他们的结婚照,如今就挂在老姑家炕头的墙上,凝视着房间的每一个人,像是祝福,也像是诅咒。

临走前,我把红包塞给了老姑。老姑说,哎,我都没处用钱了,还是我娃乖,等下次你回来,老姑就埋在后坡了,到时候去那里看看老姑。我握住她的手,不知道该说些什么,唯有两颗眼泪掉在床单上,开出了花朵。

回去的路上,突然发现孟庄早已不是我儿时的样子了,很多人也叫不上名字了。对于他们而言,我也是这里的陌生人。回到家后,父亲说等过些年,他和母亲就把县城的房子卖掉,然后搬回孟庄住,毕竟他的户口还在孟庄,毕竟他们以后都要埋在孟庄。因此,只要村子里有丧事,父亲都会主动行礼金上门户。如果沾亲带故,他还会特意从县城赶回来,加入送葬队伍的行列。父亲说,现在老了,更想回家了,这辈子太快了,最近老梦见小时候。放空了半晌后,父亲又感叹道,小树,等我们老了,等我们不在了,你以后该咋办啊,你的户口都不在这里了。我说,我才不要土葬哩,我老了,就让他们把我的骨灰撒进河里或者海里。父亲眉头一紧,说,你就是太天真了,我们当年应该保住那个娃,这样你现在至少还有个伴。我当然知道父亲所说的那件事——那是计划生育最严的时候,母亲怀了二胎,最后被人举报了,而父亲为了保住自己的铁饭碗,同意他们把孩子做掉。父亲说这些年最对不起的人就是母亲,而他常常在梦里看见那个孩子，听见那个孩子喊爸爸妈妈。父亲说这是他这一辈子最大的罪孽，等以后死了也在冥河里洗不干净。我也假想过当初要是有个弟弟或者妹妹，也许现在的我可能会过上另外一种生活。如今的我害怕想象自己的晚年生活。如今的我，特别害怕提起未来二字。

　　吃完午饭后，父亲开车带我们去永乐村。每个大年初三，我们都会去永乐村的大舅家聚餐，因为这天也恰好是外婆的生日。外婆共有四个孩子，分别是会英、会国、会军和会丽，而他们分别是我的母亲、大舅、二舅和小姨。快到永乐村时，母亲说，你外婆都瘫了小半年了，等会儿你当着你妗子们的面，多给你外婆些钱。又补充道，你这个大妗子不好惹啊，上次还和你姨闹了一架，你待会儿见她客气些，不要提过去的事。我问母亲她们吵架的缘由。母亲说，还能为啥，不就是为了你外婆的事情，说到底还是为了钱，现在的人都钻进钱眼了，啥都不认了。我说，妈，要不你把我外婆拉回咱家过吧，反正家里那么大地方，我也不在家，外婆要花的钱，我来掏。父亲说，小树啊，你这么大了咋不懂人情世故啊，这样会被村里人笑话死的。我当然明白他们的意思，便没有再多讲。我还没有见过这个大妗子，但从母亲以往的言谈中便知道她是一个不好惹的人物。好多年前，我之前的那个大妗子跟着收苹果的商贩跑了，把两个娃留给了大舅。大舅独自把两个女儿养大。她们后来也都嫁了人，留下大舅独自过活。后来在村里人的介绍下，大舅才与现在这个大妗子认识并结婚。大妗子的前夫是出车祸没的。在没见她之前，我已经从母亲和小姨那里听了很多关于她的事情，多半是些糟心事。据小姨说，这个大妗子是个扫把星，对我外婆不好，常常给外婆脸色看，有一次甚至动手打了她。我说，那我大舅人呢，他怎么可能坐视不管？小姨说，你大舅就是个蔫货，一辈子没见过女人似的，都被那婆娘骑在头上了，真不是个爷们。虽然我对小姨的说法心存怀疑，但还是对这个大妗子留下了比较糟糕的印象。

到了永乐村后，我们绕了好几个弯才到了大舅家。还没看见人，他们家的狗倒是先跑出来迎接我们。等我们走进去后，一个矮胖女人走了出来，握住了母亲的手，说，姐，你们终于来了哈，我把吃的喝的都准备好咧。看到我后，女人上下打量一番说，这就是传说中的大教授啊，我大外甥这么俊啊。我笑了笑，喊了声妗子。她笑道，人都说外甥打灯笼——照舅，他舅要是有嘉树的百分之一那就好了。说完，她领着我们进了后屋。

走进去后，我看见外婆靠着轮椅的后背，眯着眼睛，而旁边壶里的水也快要烧开了。大妗子摇了摇外婆，说，妈，甭睡了，看你干大事的孙子来了。外婆睁开了眼睛，看着我，想了半会儿才说，树，你咋现在才回来啊，我以为再也见不到你了。

我从口袋里取出了红包，当着大姨子的面给了外婆。大姨子说，我外甥不愧是干大事的，出手就是阔绰啊，姨子以后也想着跟你沾沾光。然后，她把母亲叫了出去，说有些事要和她商量。父亲也跟着她们一同出去了，屋里只剩下外婆和我两个人。我蹲在外婆的身旁，握着她的手，说，婆，你身体好些了吧。外婆说，都好着呢，就是脑子不太灵光了，很多事都记不清了。我说，他们都对你好着呢吧。外婆愣了半晌，说，都好着呢，就是年龄大了，不中用了，是别人的拖累了。我说，婆，你不要这么想，你把儿女养这么大，他们孝敬你是应该的。外婆说，哎，话是这么说的，人还是得自己有钱啊，这样才不用看别人的脸色。沉默了半晌后，外婆又问我把媳妇找下了没，说她在死前还想吃上我的喜宴呢。我哄她说过完年就去领证，并把清歌的照片拿给她看。外婆点了点头说，一看就是个好女子，对了，树，你去村东头，把你老舅接过来吃饭，他一个人在家也怪可怜的，快去，你老舅以前可爱你了。

我和大舅一起去村东头接老舅过来吃饭。在路上，大舅问我这些年的情况，我敷衍地回答了几句话。我从小就和大舅不亲，也没和他交过心。在我的印象里，他从来没有送过我礼物，也没给过我压岁钱和零花钱。然而，他那时候却老爱摆出大人样来教育我，动不动还给我讲些人生大道理。有一次，我实在憋不住心中的怒气，冲他喊道，你看你都过成啥样子了，还好意思来教育我啊，没事就多照照镜子吧。说完后，我看到了他眼神中的尴尬和痛苦。母亲厉声让我给大舅道歉。我没有说话，而是转身离开了家。自此之后，大舅有很长时间都没和我搭过话。直到现在，直到我长成大舅当年的样子，我才理解了那些话刺痛了他的心。但我从未后悔说过那样的话，因为我也不想被他的话所伤害。此时此刻，我们走在去老舅家的路上，寒暄了几句后，就没了多余的话。

不到十分钟，我们就走到了老舅家。老舅家的门上了锁。大舅掏出手机，拨打了老舅的电话。过了半晌，老舅才回了家。看到我后，他说的第一句话是：老舅把你的那个电影看了七八遍了，我给每个熟人都说过你。我说，拍得不好，让你们见笑了。老舅说，你这就是谦虚了啊，你要相信老舅的眼光，我可是念过高中的人啊，当年要不是去当兵了，现在也是知识分子。又补充道，我最羡慕你们这些艺术家，我以前想当作家哩，作品没有写出来一个，日记倒是写了一大堆。我说，老舅，我想看看你的日记，想了解你以前的生活。老舅说，好啊，你拍电影，说不定还是好素材哩。我说，我也是这么想的，我妈以前总说你的人生是个传奇。老舅说，好，那等我死了，那些日记都给你，也算是留个念想。我说，你还能活好久好久呢。老舅笑道，活得够够的了，现在每天一睁眼，惊奇自己居然还活着，该看的已经看过了，也没多大意思了。

我们在老舅家坐了一会儿，说了些闲话，喝了点清茶。老舅如今一个人生活，因为以前当过兵，每个月都有些补助。他的老伴五六年前因脑梗死走了，而他唯一的儿子去了重庆，去帮他的孙子看孩子了，好几年都不回来了。老舅以前在重庆也待过一段日子，因为不看人脸色，和儿子孙子都闹翻了脸，最后还是回到了村子，独自过活。说了自己的一些往事后，老舅话锋一转，对我说，靠谁都靠不住，只能靠自己啊，现在把钱赚美，以后谁的脸都不看。说着，老舅特意瞅了瞅大舅，大舅的脸上露出了一丝难堪。大舅说，舅，我对我妈已经尽心了啊，你看我这两年都快没人形了啊。老舅没有说多余的话，而是给大舅和我各发了一根烟。我们三个人默默地抽完了手上的烟。

再次回到外婆家时，二舅家和小姨家的人也都到场了。小姨还特意从镇子上买了生日蛋糕。外婆嚷道，我都是快老的人了，给我花那些冤枉钱弄啥哩。小姨说，妈，对你好是我们的义务，那些虐待老人的都是要下地狱的。大妗子说，会丽，你把话可要说清楚，你说谁虐待老人了啊，我供妈吃供妈穿，给她端屎倒尿的，我在我亲妈跟前都没这么伺候过哩，人说话要有些良心啊。小姨说，人在做天在看，老天爷不会饶过那些坏人的。大妗子说，是啊，老天爷不会放过那些只会血口喷人的东西。母亲见状拉了小姨一下，让她少说点话。小姨住了口，没有再往下说，而是重新向我们挤出了笑脸。

吃饭的时候,我们围着桌子坐了一圈。给外婆唱完生日歌后,我们每个人都分到了一块蛋糕。我不怎么吃蛋糕,于是把自己的那块给了旁边的小舅。刚开始,我们的聊天还算平顺。但当谈到外婆的养老问题时,四个儿女之间又出现了分歧,他们相互抱怨,相互推诿,最后演化成了彼此的怨怼。在他们休战的间隙,大妗子说,让我说啊,妈现在这状况,咱们应该轮流看,一家一个月,儿女都一样,不能因为会国是大儿子,就全部让他一个人担着,你们都是妈一把屎一把尿拉扯大的啊。小姨说,我们家的事,还轮不到你一个外人来插嘴。大妗子霍地站了起来,冷笑道,好好好,你们亲亲一家子说,我走,我现在就走,我再回来就遭天打雷劈,就让你哥打一辈子光棍去吧。她转身离开了饭桌,走出了家门。大舅指着小姨嚷道,你这怂女子,赶紧给你嫂子道歉去,把她拉回来。小姨说,她不会走的,她就是做做样子罢了。大舅正准备说话时,老舅突然把杯子摔在了地上,发出了刺耳的声音。老舅站了起来,拉着外婆的轮椅,说,姐,咱走吧,你就跟着我过,我那些钱虽然不多,但够咱姐弟俩过活,再不行咱俩就搬到养老院,不用再看这些白眼狼的脸色了。老舅边说边推着外婆向大门走去。大舅说,好我的舅哩,你以后还让不让我在这村子里混啊,还让不让我活了啊。老舅没有说话,继续推着轮椅往外走。大舅走上前去拉,老舅抬手给了他一个嘴巴。整个院子格外宁静,唯有几只麻雀在歌唱。

从头至尾,我都说不出一句话。我想要逃离,却无处可逃。在外婆的脸上,我看到了因为伤心绝望而显得异常平静的大海。更荒谬的是,我们在场的每一个人都拥有着同样的表情。我们都活在各自平静的绝望中,等待着不存在的拯救。

回到孟庄已是夜里八点多了。我们在老舅家开了很长时间的家庭会议。经过长时间的讨论与争执,终于订出了一套赡养外婆的方案,并且写了一个类似于红头文件的决定。子女四人分别在上面签了字,按下了手印。从老舅家出来后,每个人都没了话,每个人都被生活掏空了心。

回到家后,母亲突然哭了起来,劝也劝不住。等心情平复后,她对我说,人老了,没尊严了,到处都看人脸色,活得还不如草不如风,也不知道为啥一辈子就完了。我不知道该怎样安慰她,只是静静地坐在她身边,如同浮雕。母亲说,哎,你说人这一辈子到底图啥哩,养娃算是白养了。又说,也许你是对的,把自己过好就行了,不要把希望寄托在别人身上。我说,妈,我都想好了,你这次和我一起去广州吧,我租的房子大,能住下的,你们刚好也散散心。母亲说,哎,我们早都没心了,等你以后有娃了,我到时候帮忙去给你看娃,现在我还脱不了身啊。我点了点头,再也没有说话。

临睡前,我摸了摸自己的心,依然可以感受到心跳。突然想到外婆很多年前讲给我的故事——为了逃荒，外公和外婆从河南一路乞讨，带着孩子们经过千难万苦，才来到了关中平原，才慢慢地在这片土地扎下了根，慢慢地开枝散叶。亲人们给我讲的人生故事，我从来也没有忘记，而是会在某个时刻突然从心底长出来，等待着最后的果实。我知道那里有我的来路，也将是我的去路。如今的我，似乎没有了路。也许，我们所有人都没有路。所谓的路，只是存活的幻象罢了，而我们都以幻象为生。

第六天

今天初四，孟庄的年味不剩几分了。好些人都离开了孟庄，去往各家承包的西瓜地。有的是在隔壁村，有的是在邻镇，最远的已经把西瓜种到了别的县。西瓜是很多家庭的收入来源，每年成功与否在此一战。是的，他们把每年出门种瓜称为远征。

大伯六十七岁了，已经种了将近二十年的西瓜，今年又在香坊镇承包了十八亩的瓜地。我问他什么时候才能罢手。他说，活到老，干到老，农家人没有歇息的日子啊。我说，嘉河现在有本事咧，可以养活你们了。大伯说，他把他自己顾好就不错咧，我们现在就是给自己挣棺材钱哩，到时候身体垮了，弄不动了，谁也不拖累。沉默了半晌，大伯又说，还是你们好，老了还有养老金,不发愁,不像我们,老了也没人管你死活。我不再说话,而是陪大伯抽完了一支烟。大伯走后没多久,嘉海又来看我。他说,哥,你放心,等我今年把瓜卖了,一定会还你的钱。我说,不用还了,你有啥事就微信联系我啊。嘉海说,今年在外面承包了三十亩地,如果卖得好,估计在县城能付个首付,到时候就能结婚了。我问,你要去县城生活了啊?嘉海说,也不是,我媳妇要求的,也是现在的行情——要在县城有房,要给八万八的礼钱,要有面包车或者轿子车,这三个一件都不能少。我点了点头,问他是不是要急着结婚。嘉海说,这么大了再不结婚,就要被村里人的唾沫星淹死了,不像你这城里人,想咋过就咋过,别人也管不着。我笑了笑,没接他的话。嘉海脸色突然沉了下去,说,哥,活着咋这么累哩,心里的山越长越大,快把自己压垮了。我说,哎,都累,每个人都不容易,活着就是受累啊。临走前,嘉海对我说,哥,给你说个事,我发誓以后再也不赌了,以后要好好过日子了。

嘉海走后,我回房间收拾好了行李。之后,我去了祖父的房间,给墙上的祖母上了三炷香,默念道,婆,我还会回来看你的,请你保佑这个家平平安安,也请你保佑我们顺顺利利。祖母一直微笑地看着我,而这也是她生前留下的唯一照片。祖父说,哎,你婆走了后,我每天晚上都能看见她,她说她在那边等我好久了。又说,我应该对你婆好些,过了一辈子,感觉都不懂她。我说，那是因为你太爱我婆了。祖父说，你们年轻人爱用这个字，我活了一辈子了，从来都没说过这个字，现在也弄不清爱是啥，啥是爱，或许我从来没有爱过人吧。祖父又点起了他的旱烟，在吧嗒吧嗒声中陷入往事的泥淖。父亲越来越像祖父了，而我也越来越像父亲了。在祖父的身上，我看到了自己的未来。抽完烟后，祖父脱下自己的手表，说，小树，爷没啥可以给你的，就把这个表给你，以后留个念想。我说，爷，这表你留着，这可是你的宝贝啊，你好知道时间啊。祖父说，我都快见阎王爷了，时间早都不重要了，等我死了，你不用飞回来看我，别浪费那钱，过好自己的日子就行。我说，爷，你还能活很久很久哩，你身体都好着呢。祖父说，黑白无常天天夜里叫我哩，你婆在那头等我太久了，我也该走了，人这辈子就是一阵风，来去都没影。说完后，祖父帮我把表戴到右手腕上。我没有再说话，而是在祖父旁边坐了大半个晌午。不知为何，我预感这将是我们最后一次面对面说话。我有好多话想和他说，但又不知道从哪一句话开始讲起。沉默成为我们最后的交谈。

吃完午饭后，我们坐上了车，离开了孟庄。看着车窗外渐远渐小的村子，心中有某种难言的不舍。小时候每次返城，都会期盼着下一次的归乡。然而到了此时此刻，我已经不知道下一次将会在何时，也早没了少年时代的热烈憧憬。等孟庄从眼前消失后，我才收回了目光，和母亲说起了往日故事。幸好有记忆作为我们的避难所，这样在困顿之时至少有个可以停留的地方。母亲说，哎，太快了，你明天就走了，感觉还有好多话没来得及说啊。我说，妈，你想和我说话，随时都可以给我打电话啊。母亲说，以前总盼着你长大，等你长大了，我们又都老了，走不动了，也熬不久了。父亲说，别这么伤感的，等忙完这段日子，咱俩去广州看小树。我说，是啊，我就在那里等你们，你们在的地方就是我的家。说完后，父亲打开了电台音乐，里面传来了齐豫的《橄榄树》。这是母亲最喜欢的歌。她跟着哼了起来，父亲和我也跟着唱了起来，那片橄榄树仿佛出现在了我们眼前。唱完后，我看到了母亲脸上的泪水，而橄榄树也消失在了晶莹的泪光里，变成了此间的风。

父亲把车停到了渭河岸边。我们下了车，沿着岸边散了会儿步。三个人没怎么说话，静听着冰冻河流下的浅吟低唱。父亲说，我们等会儿去看看你林老师，你也有好些年没有见到他了。要不是父亲的提醒，我大概已经忘记林老师了。不，我并没有忘记他，关于他的记忆一直存在于我世界的某个角落。当初要不是因为他，我有可能会走上另外一条道路，一条所谓的正常人的道路。

林老师名叫林梦生，是父亲的好友，也是我高二、高三的语文老师。记得刚上鹿鸣中学时，我对学习有了逆反心理，名次也从全班前五名落到了中游水平。我尤为不喜欢数学，而当时身为数学教研组组长的父亲显然比我还要焦灼，一有空便帮我补课，还给我制订了非常详尽的学习计划。他越是逼得紧迫，我对数学的抵触就越是强烈。高一下半学期的期末考试，我的数学没有及格，总成绩也滑到了全班倒数。接下来的暑假，父亲和我的关系剑拔弩张，有好多天我们都说不上半句话。某天，林梦生来到了我家，在和父亲的交谈中了解了我的情况。临走前，他邀请我有空去他家，和他的儿子林森一起学习。我当然知道林森，他是我们全年级的前三名，是鹿鸣中学响当当的人物。我和林森距离特别遥远。第二天，我便在父亲的带领下去了林老师家，和林森一起学习。他们家的氛围相当轻松，林森对我也非常热情。那个暑假，他帮我补习数学，而我和他一起爬山、游泳和滑旱冰，两个人也偷偷上网吧打游戏。暑假结束后，林森成了我最好的朋友，而我呢，对数学也重新燃起了热情。高二时，林梦生成了我的语文老师，而我也成了他的语文课代表。一个偶然机会，我发觉林老师以梦生为笔名在文学刊物上发表过好些诗歌和小说。在我的坚持下，他让我读了他的一部分作品。我问他为何要保守这个秘密。他说，在这个小地方，写作会被当成怪物的，我太了解小县城的人了，我不想被他们另眼相看。我似懂非懂地点了点头。自此之后，林老师在我心中又多了一层光环，而我也喜欢上了阅读和创作。我会把自己写的诗歌拿给他,而他会给出相应的评价。高二快要结束时面临着分科,父亲坚持让我报理科,说以后出来好找工作。而我想报文科,因为我那个时候爱上了文学和电影。我把自己的想法告诉了林老师,他可能是那时候唯一懂我的人。林老师找父亲谈了很久,父亲最后同意我报了文科。当我拿到大学通知书时,我把这个消息第一时间告诉了林老师。大学毕业后,我和林老师的联系也少了。这些年由于没有拿出像样的作品,我也不好意思再去找他谈论文学和电影。

半个多小时后,我们来到了林老师的家。看到我的瞬间,林老师的眼圈红了,说,你这娃,我以为你把老师都忘了呢。我说,这些年没闯出啥名堂,也不好意思来找老师。林老师说,你都是大学老师了,都是人尖尖了,有啥不好意思的。我说,林老师,这些年你还在写诗吧。他说,早都不写那些玩意了,以前写的也扔掉了,没多大意思。看我不说话,林老师问,你还在写吗?我点了点头,说,第一次看阿巴斯的电影,还是在你家看的,和林森一起,看的是《何处是我朋友的家》,到现在他都是我最喜欢的导演,那时候你给我们看了好多电影啊。林老师说,以前我就知道你会成为艺术家的,现在你把事也弄成了。我说,要不是因为你的指引,我都不知道该走哪条路呢,当然现在混得也不好。他说,好好弄,你也会拍出了不起的电影的,我一直对你有信心的。我问他林森现在过得怎么样。他说，都好着呢，他研究生毕业后就去墨尔本了，现在有两个娃了。说完后，林老师取出了自己的手机，给我看林森一家人的照片。高中毕业后，林森去南开大学读计算机专业。刚开始，我们偶尔还会电话交流，后来也没了话，便断了联系。看到以前最好的朋友变得如此遥远，其实并没有太多的遗憾，更多的则是祝福和祈愿。毕竟，每一个人只能陪伴你走完一段路，而你的路需要你一个人独自走完。临走前，林老师把林森的微信推送给了我。我并没有主动去加他为好友，因为我们最好的记忆留在了高中，以后只能过好各自的日子，不再需要彼此的陪伴了。

回到家后，我休息了半晌，回想着这几日的所见所闻。之后，我打开了电脑，在新建的文档上想要记住一些灵光瞬间。在我刚刚写完一页纸后，突然接到了李海的微信电话。我没有接通电话。过了十几分钟后，我给李海打了过去。他说，啊，你这大导演忙的啊，连伙计的电话都不接了啊，今晚咱们四大天王好好聚聚啊。我还没来得及说话，他便挂断了通话。之后，李海拉了微信群，里面的另外两个人是安庆和家奇。李海把微信群名改为四大天王后，便在群里发了一条消息，就是今晚聚餐的地点和时间。我们四个人在群里就东拉西扯地聊上了天。上高二那年冬天，我们四个人参加了学校的汇报表演，共同唱了西城男孩的 *You Raise Me Up*，赢得了观众们的一致好评，最后拿下了二等奖。自此之后，班上的女生们喊我们是四大天王，我们为此得意了整整半个学期。后来，其他人早已经忘记了这事情了，但我们四个人都没有忘记当年的高光时刻。再后来，我考上了影视专业，李海考上了本省一所重点大学的会计专业，安庆考上了湖北一所师范院校的文学系，而家奇在补习了一年后，上了本省一所二本院校的法律专业。那时候，只要我们四个人放假回到县城，就会时不时聚在一起聊天吃饭，说说各自的生活近况。后来，他们三个人陆续结婚了，而我都是第一时间从北京或者广州赶回来，以伴郎的身份分别参加了他们的婚礼。印象最深刻的还是李海的婚礼，因为新娘不是别人，而是苏滢。李海没有提前告诉我具体情况，因此见到苏滢的瞬间，我整个人都有点蒙，想要逃离现场，然而理智让我出色地履行完了作为伴郎的职责。看到我后，苏滢说，你来了。我说，你也来了。除此之外，我们再也没有别的交流。在他们都结婚后，我和他们的交往也越来越淡，甚至几乎没有了来往。有了微信后，也只是偶尔会在朋友圈里给他们点个赞。我们四个人有整整五年没有相聚了。我还没有做好重新相聚的准备。

晚上六点半，我们坐在了一家湘菜馆的包间里。除了我们四个人以外，李海带来了苏滢，家奇带来了文珍。李海问我为啥一个人来的。我说，我没结婚，也是单身。李海笑着说，大导演最不缺女人了吧，那些女演员排着队等你选呢。我苦笑了一声,没有搭他的话。李海又问安庆怎么没带媳妇来。安庆说,哎,离了,去年离了,现在是光杆司令一个,也算解脱了。家奇笑道,太羡慕你俩了啊,一个人过多自在的,不像我们这么多牵牵绊绊。说完后,包间里冷场了十秒钟,每个人都在等其他人说话。家奇说起了最近的房价,我们才围绕这个主题说了说各自的看法。家奇说,我去年在西安买了套房,今年在清河再准备买一套独院。李海说,我在县里也有两套房了,也想在西安买套,给娃以后做准备。安庆说,你们都有钱啊,我在西安就一套房,打算在咱们县城买一套,为以后养老做准备。李海说,你才多大,就想养老的事情了。安庆说,哎,都是中年人了,总要想长远一点呗。李海问,嘉树,你在那边怎么样啊。我说,你们都比我混得好啊,我现在在广州,还是租房住呢,每个月光房租就四千多呢。他们露出了惊诧的神情。家奇说,你别骗我们咧,你可是大学教授,还是导演,钱挣得没谁多呀,你可别糊弄我们。李海说,那你也在咱们县城买套房,以后咱哥几个都退休了,聚起来也方便。我点了点头,没有再说话。我们又说了各自的工作,基本上都是抱怨,抱怨自己的失意,抱怨人心的复杂。从头至尾,我都没有和苏滢说半句话。我们都巧妙地避免了交流。吃饭间歇,我们几个人喝掉了两瓶西凤酒。

　　吃完饭后,我们又去了隔壁的KTV。经过几首歌的热场后，我们四个人又共同唱了西城男孩的那首歌。不知为何，这首歌搅动了过往许多苦涩与欢乐。李海为我们叫了一扎啤酒。我也放松了神经，和他们猜拳喝酒。烟也不离手，一根接着一根，好像对堕落突然上了瘾。时不时地，我还独自拿着话筒唱首情歌。酒越喝越多，人却越来越清醒，仿佛鱼找到了他的海。在唱陈奕迅的一首歌时，我突然失去了控制，哭了起来，别人再怎么劝也不顶用。不知道从哪个点开始，我趴在了桌子上，没法开口说话了，黑暗缝住了我的嘴。在吵闹声中，我进入了另外一个宁静的应许之地。我感觉自己被圈进了笼子里，无法逃离，无法脱身，也无法呼喊。黑暗慢慢地降临于我，囚禁了我。

等我再次睁开眼后，发现自己已经躺在了家里的床上，身体里如同灌满了铅般沉重。我站了起来，喝了杯水，打开了笔记本电脑。想要写字，却发现大脑里空无一物。我想要找人说说话，于是拿起了手机，发现通讯录里都是熟悉的陌生人。我特别想念清歌，却发现自己删除了她所有的联系方式，也记不得她的电话号码了。我打开了手机的录音机，自己和自己说话。这并不是我第一次做这样的事情，因为录音机上有将近一百条自己的录音。我从来没有勇气去听过去的录音。这多么像我后来的电影创作啊，都回避了自己真正的心，回避了自己的恐惧与欢乐。我戴上了耳机，从第一条录音开始听起。慢慢地，我在过往的讲述中捡起了被我遗忘的碎片,并在黑暗森林中寻找到了那条路。

关于下一部电影,我突然有了比较完整的想法。于是再次打开文档,在上面敲出了第一个字、第一句话以及第一个篇章。

第七天

我又梦见了那片令人恐怖的沙漠。不过,我没有因为眼前的海市蜃楼而慌了手脚,而是按照指南针的方向继续前行。心里的声音告诉我不能就这样倒下,因为倒下就意味着死亡。不知过了多久,我终于看到了一片绿洲。快要抵达绿洲时,我从梦中逃了出来,回到了现实世界。我把我的梦告诉了母亲。母亲说她也曾做过同样的梦。吃早饭时,母亲说,这几天过得也太快了,感觉没说几句话,你就要走了。我说,等你们闲了,你和我爸就去广州看我,我到时候带你们好好逛逛。父亲说,大半辈子都守在这个县城了,也该出去逛逛了,等以后走不动了,哪里也去不了了啊。母亲说,不管咋,你还是要找个伴,领不领证都无所谓了,妈的心才能放下。我点了点头,没有说话。

吃完早饭,母亲帮我整理好了行李,父亲开车把我们送到了客运站。父亲在车站门口等候,母亲则把我送进了车站。离别前,母亲走了上来,主动拥抱了我。在我的印象里,这是母亲第一次拥抱我。我说,妈,你们要好好的,我也会好好的。

母亲点了点头，没有说话，而是抹掉了眼泪。我转过身，离开了母亲，走向了检票处。泪水模糊了我的世界。等我走向大巴时，我透过玻璃，看见母亲依旧站在那里，仿佛一棵树，向我挥挥手。我不敢再看她了，于是戴上了耳机，随手播放了 Leonard Cohen 的 *You Want It Darker*。过了半晌，车子启动了，而我也摘掉了耳机，看着不断倒退的冬日风景。随后，我又打开了阿巴斯的《樱桃的滋味》，进入这本书的最后一章，章名为"第七天"。我想在我回家的七日与这本书的七日，一定存在着某种微妙的关联，或者说奇妙的互文，或者说偶然的奇迹。在荒原上跋涉了太久，我似乎看见了不远处的绿洲。

到了西安钟楼后，我又换上了机场大巴，去往飞机场。候机时，我读完了手中的这本书。于是坐在大厅，观看来来往往的旅客。晚上七点十五分，开往广州的飞机准时起航。我看了看祖父送我的手表，心里涌出了无限的温柔。我体内的钟表时刻提醒着我时间的存在，也提醒着我爱与死的存在。我凝视着飞机外的温柔夜色，回味着这七天来的种种细节。突然间，我有种被黑暗照亮的感觉，明白了自己下一部电影的内容——一个电影导演回家七天的所见所闻，而叙事结构也是以这七天为彼此的界限。这部电影将是一种怀念，一种告别，也是一种顿悟和一种重生。以前所经历的无意义，在此刻都充满了关于意义的召唤。我闭上了眼睛，等待着人生的再一次远航。

废墟国王

一

临睡前,他又拨通了女儿的电话,迎接他的依旧是服务台的关机提示音。他对着话筒骂了一句脏话,便将手机扔到床头,房间里发出了沉闷的响声,仿佛是对他人生的嘲弄。

也许,女儿再也不会回来了。临走之前,她对着上天发出了毒誓,要与他断绝父女关系。她收拾完行李,头也不回地离开了这个破碎之家。他没有拦她,只是站在房间内,透过玻璃,看着她的愤怒与决绝,整个人都无动于衷。再次看到女儿的照片时,他突然对今天在一怒之下所撂下的狠话而后悔。当他冲出家门,跑到村东头时,女儿已经消失了。他拨打她的电话,刚开始时是拒接,后来变成了关机。他想打一辆出租车去追她,可摸了摸自己的口袋,发现只有五块钱。他杵在寒风中,空气中的颗粒敲打着他的心。他叹了口气,迈着酸痛的腿,向家的方向走去。今年夏天手术时已经取出了那颗钉子。但如今,他依旧能感觉到那颗钉子在骨头之间转动的摩擦。回家之后,他坐在沙发上,面对着哄闹的电视节目,无心观看,又不舍关掉。接下来的几个小时,他又给女儿打了几十通电话,依旧是关机状态。临睡前,他才关掉了电视。深夜与寂静同时将他围困,心中的巨石也慢慢地沉落海底。

他躺在床上,听着炉中的火焰声,辗转反侧。最后,他摸着黑,从柜子中取出白酒,打开瓶盖,倒入杯子。他坐在黑夜中,一边用酒灌醉自己,一边又想理清混乱的思绪。在想到终极答案的前一刻,他扑通一声躺在沙发上,而黑夜也立即裹住了他,领他进入了温柔的梦之乡。

二

第二天睁开眼时,眼前的世界像是被光切成了无数碎片,而他整个人也四分五裂地瘫软在沙发里。他的头仿佛灌满了铅灰,使了很大力气才从自我的衰败中爬了起来。他坐直身子,头脑中像是布满冷风的荒原,空荡无物,又无处可栖。他试图回忆昨夜的梦,但除了黑乎乎的天空外,什么也没有记住。他原本以为梦是他最后的乐园,最后的安息地,但这一丁点的权利也被世界剥夺了。他突然站了起来,从床头上拿起手机,拨打了女儿的电话。不出所料,传入耳中的依旧是"对不起,您拨打的电话已关机……"。

他放下手机,打开电视,然后去户外简单洗漱。

今天是农历年的最后一天。外面零星传来炮仗声、锣鼓声以及孩子们的嬉闹声。他没有置办年货,更没有买炮仗、购春联。每一年的年关对他而言似乎都意味着某一种丧失。前年年底,他酒后开摩托车,拐弯时撞到了电线杆,摔断了腿。去年年底,在一场撕破脸的双人战争后,媳妇带着小女儿离开了这个家,再也没有回来。原本以为今年会相对太平一点,没想到的是,大女儿也离开了他。如今,再也没有什么可以失去的了,再也没有什么可怕的了。很多年前,他肯定没有想到如今的自己会沦落到如此地步。那个时代的天都是晴朗的,那个时代的人都是朴素的。而如今,他抬起头,满眼都是冷冰冰的灰色景象。

天气预报今晚有雪。不知为何,他仿佛期待这场雪已太过长久。

他回到了房间,母亲已经把饭摆到了茶几上:酸辣白菜、凉拌咸菜以及炒土豆片。他早已经厌倦了这"老三样",但还是拿起了馒头,哼哧哼哧地往嘴里塞,仿佛只有这样才能止住心中的绝望。母亲盯了他好久之后，问道，童童也走了吗？他抬起头来，看着她，想要说些什么，最后只是点了点头。不知是嘲讽，还是安慰，她又说，这女子和她妈一个德行，白眼狼，走了就走了呗。听到这话，他把手中的碗撂在桌上，对她喊道，要不是你，我今天也不会走到这个地步。她没有再说话，表情凝重，端着盛放玉米粥的碗，离开了房间。

对刚才所说的话，他有些后悔，但并不内疚。如果不是母亲的存在，如果不是她把这个家变成垃圾堆，她们肯定不会离开他，村里人也不会把他叫作垃圾王。也不知道从什么时候起，母亲开始把外面的垃圾捡回家。他反对了很多次，但到了最后，总会妥协。因为母亲会把卖掉垃圾的钱分给他一部分。刚开始的时候，他要她的钱还会有些愧疚。后来，他习惯了这种愧疚，也习惯了院内堆起的垃圾。也不知从何时开始，他觉得自己的人生就是垃圾。

也许，是从父亲去世的那刻起，他们的生活就开始转航，开始迷失，慢慢地走向破碎般的虚无。事到如今，当年父亲离开的场景依旧历历在目。当时，他和母亲正在麦地里除草，忽然听到邻居张叔急切的喊声。他有种不祥的预感，而这种预感很快得到了验证：父亲骑自行车过十字路口时，被突然冲出来的四轮车撞倒在地，然后从身上碾了过去。听到噩耗后，母亲当场昏倒在地，整个人像是摔碎的瓶子。看见父亲尸首的瞬间，他感觉自己体内一部分也随之死去,另外一部分却在急速成长。他突然明白自己以后要撑起整个家了。

葬礼的时候,三个姐姐如同失魂的野鬼,肉身像是浮在空中,而连绵的哭声似乎是她们活着的唯一证明。他没有掉一滴眼泪,没有悲痛,没有绝望,只有一种强烈的丧失感,好像死神把他的命也拿走了一部分。葬礼结束后,他晚上独自站在泡桐树下,对着空荡荡的院落哭泣。只有母亲和树听到了他的软弱与恐惧,而那棵泡桐是他和父亲共同栽植的,说好的要一起在树下饮茶下棋,然而没有一次那样去做。一切都来不及了,死亡带走了所有誓言。又过了些日子,他们表面上继续过平静的生活,然而一切都悄然变化:母亲开始捡垃圾卖废品换些零花钱,而他则去拜师学木匠活。

三

父亲死的那年,他刚满十八岁。那一年的时间显得特别臃肿漫长。此时此刻,他突然忘记了自己的年龄,只知道自己随时都在为死亡做准备。等他在心底算出自己的年龄时,眼前的玉米粥都凉了。他扬起头来,将剩下的半碗粥一饮而尽。他把茶几上的碗筷端到厨房,放在案板上。母亲又出去捡垃圾了,而他则不想去任何地方。或者说,他也没有什么地方可去。很多人看见他这个垃圾王便会绕道而行。他以前是有朋友的,他以前也是受人欢迎的,但不知道从何时开始,那些笑盈盈的人一个个哭丧着脸,从他的世界里消失不见了。

再次回到房间,他无所事事,又不想看电视,于是从抽屉里取出相册,翻看过往的岁月。首先出现在他眼前的是张四人合影:媳妇丽珍牵着大女儿童童的手,他抱着小女儿欣欣,他们身后是盛夏午后的游乐园。这张照片是五年前拍的,那时候,每个人脸上都是由内而外散发出来的喜悦。可如今的他只体会到苦涩的滋味,再也没有遇到过真正的快乐。

我为什么会走到今天这一步呢?他问自己。他在心底搜索着各种答案。然而,往事不提供答案,只提供那些破碎的、似真似假的画面。他观看着那些画面,像是在打量另外一个人的生活。他想要知道自己的生活到底从哪一步开始出现了问题,开始变质变坏。

也许是在十七岁那年,在决定辍学回家的那刻起,他的生活就一步步地走向了深渊。那个时候,他还在上高二,除了数学之外,其他学科的成绩还很不错。当时,他心中憋着一口气,一心想要考上大学,摆脱农村,去城市生活。然而,他的梦很快便破碎成灰。当时在去学校前,他想向父母要一些生活费。母亲没有说话,只是把一罐咸菜与一包馒头装进他的书包。父亲把熄灭的旱烟放到桌子上,整个灰暗的房间显得更加逼仄难闻。虽然只沉默了短短几分钟,但感觉半个世纪都悄悄走过了。

父亲说,屋里一毛钱也没了,你再撑一撑。

他没有说话,背着书包,蹬着自行车,离开了家。

平时,他大概要骑行两个小时才能到学校。然而那一次,他却觉得前方的路特别漫长蜿蜒。路似乎永无尽头。如果有尽头,尽头也只是灰烬。在独自去学校的途中,天渐渐地暗下去,周围偶尔会传来寒鸦的歌唱,而他的心盛满了黑夜。那是他生命中最煎熬又最黑暗的一次长路。等到学校后,天色已经完全暗下来,他心中的黑暗却被一些微光照亮了。他似乎看清楚了未来的路。

周一上午,期中考试的成绩公布了,贴在学校的公告栏上。他的总成绩位列年级的第十名,而那也是他最好的一次排名。之后,班主任找他谈话,对他寄予厚望,说他一定可以考上重点大学。像往日一样,他只是一味地点头,并没有多余的话。他原本想要说出自己生活上的困难,但仅存的自尊心让他选择了沉默。周四的午饭,所有的咸菜与馒头都被他吃完了。一直熬到周五放学,其间他什么也没有吃,头脑里是空荡荡的风。回家前,他把床上的被子与枕头交给了下铺的同学,把剩下的东西都打了包。他没有和舍友们解释什么,只是带着沉重的心选择回家。他再也不打算回校学习了。

回到家后,他一口气吃了四个馒头,喝了两碗苞谷粥,心中的怨气也消散了一大半。之后，他才把自己辍学的决定告诉了父母。母亲摇了摇头，抹了抹眼泪，没有说话，只是收拾好碗筷端了出去。父亲也没有说话，掏出一根烟，递给了他。父亲帮他点燃了烟。那是他生平第一次抽烟，整个肺部像是被大雾罩住了。他们面对着面，没有言语，而他学着父亲的样子，抽完了烟。

父亲说，从今个开始，你就是大人了，再过些日子，就给你寻个媳妇。

那个夜晚，他失眠了。他睁着眼睛，观看眼前的黑夜，不知道自己该去往何处。等曙光再次降临时，他却进入了睡眠。

直到如今，他对当年的那些场景记忆犹新，反而对眼前的事情往往记不住了。也许，这就是衰老的征象。他点燃了一支烟，想起了当年父亲那支烟的味道。但是，他却记不清楚父亲的神态。他坐在沙发上，仍旧翻看旧照片，试图寻找出蛛丝马迹。然而，过往的时间像是立在他面前的迷宫。他既找不到来时的路，也看不清楚未来的方向。

四

辍学的那段时间，他整日把自己关在房间，害怕看见人，害怕遇见光。他看到自己不断地后退，一直退到无路可退。以前，他想永远地离开这个破村子，讽刺的是，最后却像怪物一样被圈住，无法挣扎，也无力挣扎。他过于敏感了。别人无意间的一句话，甚至是一个不解的眼神，都会刺痛他脆弱的心。他不得不出去干活，不得不面对自己的处境。以前，他梦想成为医生，或者是法官。然而如今的他，除了当农民之外，已经没有了其他的路。从小到大，他打骨子里看不上农民，瞧不上他们的愚蠢与贫穷。为此，从小学开始，他就勤奋学习，努力摆脱周围的环境，想要去往更广阔的世界。可笑的是，他最终还是没有摆脱命运的诅咒，最终成了自己所嘲讽的那种人。

他一直觉得自己是格格不入的异类。刚开始时，他还保持着学生时代的习惯，喜欢学习和阅读。在农活之余，他会去县城的图书室借书，开始读文学书，并且沉溺其中，仿佛是泛舟海上的船员。那个时候，他最爱的小说是《白鲸》，最爱的诗集是《草叶集》。文学为他提供了短暂的精神避难所，让他可以与庸俗生活保持足够多的距离。后来，他用省出来的钱，从邮局专门订阅了两份文学杂志。每次拿到杂志后，他都像是一个圣徒那样拿着放大镜，从头读到尾，生怕遗漏其中的任何一个细节。他读书越多，越看不上周围的人，心中的石头也因此越来越沉重。他一直感觉有种神圣的东西在召唤他。

父亲去世的第二年，他把自己的绝望变成了一部短篇小说。写完后，他又反复修改了七遍。等一切就绪后，他便按照文学杂志上的地址，把手稿寄给了编辑部。剩下的日子，他用阅读来冲散心中的焦灼，这种焦灼来源于心中无望的等待。等待越久，心中的光也越发黯淡。半年后，他依旧没有收到任何消息。他并没有为此而死心，反而更激发了创作的热情。接下来的几年里，在忙完农活之余，他总是把自己关在房间里，闷声闷气地写小说。除了母亲之外，没有人知道他在写东西。五年之内，他写了二十二个短篇小说，全部寄了出去，最后却没有收到一个回复。在旷日持久的等待中，他的心卷入了冰风暴，热情也最终熄灭了。

猫头鹰起飞的那个黄昏，他突然厌倦了封闭的空间，厌倦了阅读和写作，更是厌倦了自己。他走进厨房，看到母亲站在案板前切白菜。火焰的舌头从炉灶中吐了出来，似乎点燃了他心中积蓄已久的怨愤。于是，他回到房间，把所有的稿纸都抱在怀中，再次来到厨房。他把它们统统喂给了大火。他的心中同时升起了毁灭与重生的双重快感。看着那些纸化为灰烬，他深吸了一口气，仿佛和另外一个自己达成了和解。母亲站在旁边，看着眼前所发生的一切，不说一句话。那些稿纸中还藏着他写了一半的小说。等所有的一切成为灰烬时，他突然觉得自己走进一个没有出口的黑暗森林。

自此之后，他再也没有碰过一本书，也不再写任何小说。那是他生平见过的最大的一场大火——他的梦因那场大火而变成废墟。

五

此时此刻,他坐在沙发上,回想以前所写的小说。不幸的是,除了一星半点的细节之外,他已经忘记了那些悲凉的故事,只剩下悲凉的滋味。那些文字就像水消失在了海里,就像沙消失在了沙漠里。这些年来,作为个人的他,早已经消失在了人群里。在好多个梦醒时分,他忘记了自己的名字,忘记了自己是谁,也忘记了自己身处何地。

但是,他对最后那个未完成的故事却记忆深刻。在那个具有童话色彩的小说中,生活在废墟王国中的快乐人们,有一天突然收到了国王驾崩的消息,而迎接他们的将是未知的明天。不知道为何,他对那个未完成的小说产生了浓厚的兴趣,心中又突然涌出了表达的欲望。他放下手中的相册,从女儿的房间取出新的笔记本与签字笔。之后,他坐在沙发上,在茶几上摊开本子,手中则握着笔,慢慢地进入某种无我的状态。这么多年过去了,他的心灵越来越粗糙,已经忘记了如何准确表达自己。他的正对面是一面沾满灰尘的镜子。他努力回想小说的第一句话,始终找不到那几个字,而整个故事却在头脑中慢慢成形。

他在潜意识中流亡到另外一个王国,而他是被这个世界罢黜的国王。

突然，手机的铃声把他拉回到了此岸的世界。来电的不是别人，而是他的前妻丽珍。他放下笔，深吸一口气，然后接通了电话。还没有等他开口，尖厉的斥责和咒骂声便灌入耳膜。她首先质问他为什么要对大女儿说那么难听的话，他还来不及回答，她又说自己过完年要回来转户口，要和那个男人正式结婚。虽然早有这样的预感，但他的心还是被她所刺痛。他对她说，你不要再回来了，看见你就觉得恶心。她说，呵，把你想得美的，我也不想见你，跟着你过是我上辈子造的最大的孽。他感受到了她言语背后的寒流。接着，她便警告他要按时把小女儿的生活费打到她的银行卡上，否则她会去法院起诉。他没有接她的话，而是要求与小女儿通电话。她答应了他的请求。之后，他听到了小女儿陌生的声音。他让女儿喊爸爸，女儿却迟疑了很久，才吐出了那两个字。他又问女儿过得好不好。女儿说，过得好，这个爸爸对我很好，你就放心吧。听到女儿天真的话，他的心也立即死掉了。临了，女儿让他给钱，说只有这样才能好好学习，只有这样才能考上大学。他知道那是丽珍教的话。他没有再说话，而是挂断了电话。

在她离开的那段时间，他几乎走到了崩溃的边缘，常常想到死。刚开始时，他每天给她打无数个电话，发数不清的短信，而她只是偶尔地回复他。一次又一次地告诉他一切都结束了，一次比一次说话决绝难听。他想要见到她,当面向她解释一切。但是,她从来不给他任何解释的机会,也从来没说自己的具体位置。后来,他在电话上乞求她,威胁她,辱骂她,甚至扬言要杀了她。她始终无动于衷,没有任何回头。有一次,他突然觉得自己一无所有,苦涩堵住了胸口,在电话上突然崩溃,痛苦哀号。她没有说话,更没有安慰他,他只是听到了她冷笑背后的嘲弄。挂断电话后,他才顿悟,她之所以还愿意接他的电话,愿意和他保持联系,只是为了看他出丑,是为了惩罚他。随后,他瘫软在床上,整个人进入沉梦。

继而,他发了一次高烧,差点要了命。等病好了之后,他也放下了她,也不再主动联系她。他们偶尔会通电话,但主要是轻描淡写地谈论两个女儿的生活与学习状况。后来,他甚至不愿意去接她的电话。他从心里把她驱逐出境。只不过因为女儿们的缘故,不得不和她保持最微弱的联系。

不知道从何时开始,他们的感情走到了这种绝境。一开始并不是这样子的。一开始,他们是互敬互爱的,他们曾相约要白头偕老,一起解决生活中的难题。然而,人是善变的动物,没有人能预料到下一秒的场景。在他们刚相识相恋的时候,整个世界都充满了光。他们结婚那年,他三十岁,而她只有二十一岁。之前,别人也给他介绍过一些对象,但由于各方面的原因,最后都没有成功。他明白最重要的原因还是因为他家境贫穷，又早早地没了父亲。眼看着整个村子就剩下他这一个光杆司令了，而他也认定自己将会孤独终老。其实，他和母亲并不着急，但他的三个姐姐却心急如焚，四处张罗着给他找对象，尽早解决他的终身大事。后来，在大姐的陪伴下，他们前往商洛山区的一个远房亲戚家。在那个亲戚的介绍下，他第一次遇见了她。

他始终记得第一次看见她的场景：她披着浓密的头发，戴着用柳条与野花编织的花环，弯着腰，在河水中捉鱼。他站在旁边观看，几乎入了迷，而身旁的亲戚喊出了她的名字。她抬起头，摇了摇手，整个人的身上都铺满了阳光。也就是从那个瞬间开始，他便爱上了她，在心里发誓要对她百般呵护。他们在这个无人惊扰的山区待了整整三天。他给她家人留下了钱，带她一同走出了大山长河。

小学毕业后，她就再也没有读书了，也因此对有知识的人心存敬畏。他上过高中，又读过很多书，甚至偷偷写过东西，在村子里算是有文化的人。刚结婚那一年，他欣赏她淳朴的美，而她则倾慕他的学问，经常询问一些问题。他庆幸自己得了一块宝，而以往所遭受的苦难仿佛都是值得的。那些日子，他对生活充满了热情，卖命地干活，想要摆脱生活的窘境，想要为她提供好的物质生活。他从来不让她下地劳动，只让她守在家里，做做饭而已。

也许，事情的转变是从大女儿出生开始的，自此之后，他们的感情向糟糕的方向沉落。生完小孩后，她像是变了一个人，开始指指点点，对他的一切都表示不满。每次他坐在她的旁边，她便像怨妇一样开始抱怨生活，抱怨自己命运不济。他不知道该说些什么，只能静坐在房间沉默。他越是沉默，她越是暴躁，越爱找他的碴。也就是从那个时候起，他开始猛烈抽烟，也经常独自醉酒。对她稍微冷淡时，她又质问他是否已经移情别恋。以前，他时时刻刻都想与她在一起，慢慢地，他却开始寻找各种各样的理由来疏远她。唯一没变的可能是，每个夜晚，他都会抱着她一同入睡。孩子慢慢地长大，而他们渐渐地沦为熟悉的陌生人。后来，他们睡觉时也不再拥抱。他有种不祥的预感，有一天，她终将会离开自己，而他无法阻拦她。有一次，他在醉酒后打了她，而她抱着孩子消失了整整三天。等她回来后，他看到了她眼中的蔑视与愤怒。第二年的夏天，他们的第二个孩子在县医院诞生。当得知又是个女孩时，母亲没有说话，而是直接离开了病房。随后，他在丽珍的眼中看到了薄薄的一层灰。

也许，丽珍选择离开这个家，与母亲有很大的关系。刚结婚的时候，母亲对她还很客气，处处让着她，不让她干重活。大女儿出生后，母亲对她变得挑剔起来，处处看她不顺眼：不爱做家务，不下地干活，整天捯饬自己的头发，买了很多花里胡哨的衣服，等等。当然，母亲的这些话都不是当她面说出来的，而是在他面前不停地唠叨和抱怨。她当然能看出母亲对她的不满，她们之间的战争似乎一触即发。

她对他的母亲也有太多的抱怨，最大的抱怨就是母亲经常把外面的垃圾捡回家，家里总是有一股腥臭味，而整个院子像是一个垃圾厂。她曾经扬言要烧掉那些垃圾，但终究没有去做。有一次，他和她去县城买东西，把小女儿交给母亲来看管。等回家之后，却发现门已经上锁了，院里传来阵阵哭声。等打开门后，他发现小女儿被绳子绑在泡桐树上，瘦弱的身体根本无法挣脱。她跑了过去，解开绳子，抱住女儿，之后便给他一个恶狠狠的眼神。等母亲从外面捡垃圾回来，她抱着小女儿从房间里冲了出来，嘴里吐出很难听的话，让母亲去死。母亲没有回话，而是直接躺在了地上，眼泪弄湿了满脸。他走了过去，将丽珍推倒在地，打了她。之后，丽珍抱着女儿声嘶力竭地哭了起来，环绕在他们面前的是各种垃圾。

也就是与丽珍对视的那个瞬间起，他觉得他们走到了尽头。

六

如今回想起来，他依旧无法确定自己的日子到底是从哪里开始走向了衰败。也许自诞生之时，他的命运便受到了某种诅咒。刚开始时,他把自己的这种厄运归咎于母亲,他怨她生下了自己,他怨她把丽珍逼走,他怨她没有供自己上大学。甚至有很长一段时间,他都没有心平气和地与母亲说过一句话。自从丽珍走了之后,母亲把更多的垃圾捡回家,而院中的垃圾也越堆越高,成了垃圾山。村里的人几乎不和他们来往了,以各种形式孤立他们,但他还是听到了那些可怕的流言蜚语。他们生活在垃圾中间,靠着垃圾生钱,枕着垃圾睡觉,而他觉得自己和这些垃圾并没有多少区别。他想要摆脱垃圾,却又依赖这些垃圾。

他自己就是垃圾人。很多年前的那个未完成的故事或许正是对他命运的绝妙讽刺:那个废墟国王永远也不会死去。

自从丽珍离开以后,他和母亲都获得了一种古怪的自由。以前那些压在心头的矛盾消失了,很多困惑不见了,他和母亲也不干涉彼此的生活。他一直认为那样的平静生活会延续很久,然而新的问题却不断涌出来。比如,大女儿童童的学习成绩一落千丈,刚上中学不久便谈起了恋爱,开始化妆,甚至学会了撒谎与旷课,而他也时不时接到老师的电话,训斥他,让他教育好自己的女儿。当他扮演起教育者的角色时,女儿会立即戳穿他的面具,说,你没有资格说我,你气走了妈妈和妹妹,你也毁了我。在女儿的面前,他始终挺不起自己的腰板。当他要伸出手来打她时,她扬言要去自杀,要去找妈妈,要永远摆脱这个垃圾之家。他放下了手,摇了摇头,走出了房间,重重地关上了门。

在他感觉自己的生活快要决堤时,另外一个女人却意外闯入了他的世界。她的名字叫青草,是三姐夫的远房表妹,离异多年,独自生活。由三姐夫牵线,他们在县城见面,吃饭,无所不谈。逛金店的时候,他给她买了一个金戒指。当天晚上,他便把她领回了家。母亲看到她后,没有说话,只是把手中的土豆扔到了地上。青草顺势拾起了土豆,然后放到了桌子上面,第二天便为他们做了土豆西红柿。

刚到这个家不久,青草便禁止母亲把垃圾捡回家。也许是因为疲惫,母亲那段时间确实不再出门捡垃圾了,而他也把家中的垃圾全部清理干净。院子重新变得明亮了起来,青草在墙角开辟了一个小花园,里面种上了芍药、月季与蜀葵。他感觉自己的心也变得明亮干净。但是,她总是提出物质上的要求,让他给自己买各式各样的东西。刚开始时,他挖空心思去满足她。然而,她的要求却越来越高,态度也越来越苛刻。当她提出要一部新手机时,他拒绝了她。第二天,她离开了他。走的时候,她掏走了他口袋里所有的钱。他并没有拦她,因为从第一天开始,他便预料到了这样的结果。

在她走后,母亲似乎又恢复了精力,重新捡起了垃圾,垃圾被一点点带回家,摞成堆,而他则把一堆堆垃圾运到垃圾场,换上几个钱，买酒买烟。那个花园中的花朵还没有开花，便已经被垃圾淹没——这些垃圾，就是他们的生活所开出的花朵。

也许，这个世界真的不需要他这样的垃圾人。他真的不知道该如何面对生活带给他的种种难题。有很多次，他想要重新开始，想要重新直面人生。但屡屡受挫，从没有迎来所谓的黎明。此时此刻，他站了起来，伸了伸懒腰，把相册放回原位。他刚一走出房门，外面的冷风就钻入他的体内，摇晃着体内的黑暗森林。他没有缩回去，而是走出家门，惊走了门外的几只麻雀。

这个破旧的村庄在乌云的遮挡下显得更加凄冷，偶尔传来的炮仗声让他的心揪在了一起。不远处，两个男孩在马路旁边抱在一起摔跤。其中一个把另外一个压在身体下，手抓住对方的脖子，而其他几个围观的男孩在一旁欢呼雀跃。他走了过去，赶走了围观的男孩，把那两个扭打在一起的男孩分了开来。还没等他说话，那两个男孩便一边骂他是垃圾王，一边坏笑着跑开了。看着他们消失的背影，他仿佛看到了自己的童年，而那是多么久远的事情了啊。如今的他与那个时候的他可能是完全不同的两个人。

今天是农历年的最后一天，而他此时此刻独自站在十字路口，望着黑压压的云，特别想要找一个人说话。但是，他却不知道该说给谁听。他觉得自己是这个世界上最孤独的人。整个村子都没有可以好好说话的人。整个世界都抛弃了他。

他又回到了家,把三个菜包子放进烤箱。之后,他又坐回沙发,拿着笔,想要找到那个未完成的故事的第一句话。直到闻到包子的香味,他依旧找不到出口,很多年前的那种诉说的天赋好像也抛弃了他。他放下了笔,取出包子放到碗里。他打开电视,全是关于春晚和春运的各种新闻。电视上的热闹世界好像与他的生活没有什么关系,但他喜欢看到别人脸上的快乐,即使是伪装的快乐。他没有快乐,甚至没有伪装快乐的能力。

吃完包子后,他换了音乐频道,上面播放着他听不懂的古典音乐。他躺在沙发上,盯着电视屏幕,眼前的世界越来越模糊。在梦中,他看见了年轻时的父亲,而他自己还是个孩子。父亲带他去森林打猎,一路上都能闻到夏日的气息。他们看到了一只麋鹿。他们躺在地上,被一簇灌木丛遮挡。父亲用猎枪对准了麋鹿,然后移开,把猎枪交给了他,让他射杀那头生灵。他摇了摇头,但终究抵不过父亲期待的眼神。他瞄准了麋鹿,开了枪。三声枪响后,那头麋鹿倒在了溪流旁。他跟着父亲去看麋鹿。惊奇的是,鹿却不见了。等他转过头,发现父亲也不见了。面对眼前的森林,他找不到了回去的路。只能大声地呼喊,然而没有任何人回应他的求救。

从梦中醒来后,他发现自己已经睡了一个多小时。音乐频道开始播放流行音乐。从厨房里传来不规律的切菜声。他关掉电视，去厨房给母亲打下手。这么多年过去了，这个家又只剩下他们母子俩。母亲已经老了，头发白了很多，背也驼了，眼神中的光也黯淡了下去。但她的心中还有一股坚不可摧的精气神。也许正是这股精气神让他有了片刻的安全感。记得小时候，他和母亲在坡上给羊割草，而他不小心崴了脚，坐在地上哭泣。母亲安慰他，然后背着他，小跑着去医疗站。那是多么长的一段路啊，但他并不害怕，因为母亲把他捧在了手心里，会时时刻刻地保护他。他趴在母亲的后背上，闻到了她头发散发的香草味。这么多年过去了，他仍旧记得当年的种种场景，记得母亲头发上的香草味以及趴在她后背上所做的短梦。这么多年过去了，很多东西都变了，有的东西却从未改变。

之后，他又和母亲一同包水饺。像往年一样，母亲在其中一个水饺里包进了一枚硬币。谁要是咬到这枚硬币，谁就会在来年走运，这是母亲每年除夕夜都会说的一句话。虽然他并不相信这些说法，但还是期待来年会有好的兆头。

年夜饭很快就准备好了。之后，他和母亲面对面，各自吃完了碗中的水饺。他们都没有咬到硬币。下一顿就能咬到了，母亲说。吃完饭后，母亲并没有和他一起看电视，而是拉着架子车，走出了家门。他知道自己再挡也没有用，只是问她去哪里捡东西。今天是除夕，烟花爆竹之后会留下一些垃圾。每年的这个时候，母亲都会有很大的收获。他原本打算和母亲一同出去，但户外的寒冷挡住了他。他只是嘱咐母亲早去早回，注意安全。

七

母亲离家后，他给王斌打了电话，邀他来家里喝酒。王斌被村里人叫作半成品，没人愿意和这个半成品打交道。王斌是他的小学同学，初中没毕业就在外面的世界流浪闯荡，至今还没有结婚，一辈子要打光棍。在这个村子里，王斌是他唯一的朋友，而他俩似乎都被整个村庄所排斥所孤立。半个小时后，王斌带着两瓶白酒来了，他也已经把母亲调好的凉菜端到了茶几上。他们一边喝酒抽烟，一边聊天看电视。王斌去过很多地方，见过很多世面，不论是吹嘘的还是真实的，他喜欢听那些没有边际的故事。他没有去过什么地方，半辈子都窝在这个小地方。更多的时候，他只是一个聆听者。他觉得王斌是另外一个自己。喝过几杯酒后，突然觉得自己有很多的话要说。于是，他把郁结在心中的很多东西讲给王斌听。他说得越多，酒下肚得越快，而整个头颅像是随时要炸裂的气球。

没过多久，他便倒在了自己的醉梦中。

不知道过了多久，他才迷迷糊糊地睁开了眼睛，而眼前的世界也变得摇摇晃晃。王斌已经走了，茶几上放着散乱的盘子和瓶子。房间中塞满了酒气和烟气,而电视上的春晚依旧是喜气洋洋的景象。他又躺了一会儿,之后坐了起来,给自己倒了一杯热茶。慢慢地,他才恢复了一点点理智。房间有些冷,于是他给炉火中又加了几块煤。忽然间,他才发觉已经晚上十一点了,仿佛有什么东西堵在了胸腔。

他走了出去,户外下着大雪。院子中的垃圾也被雪覆盖住了,整个世界的肮脏都被大雪覆盖了。他敲了敲母亲的房门,没有任何回应。他突然有一种不祥的预兆。他走进房间,穿好衣服,带上手电筒,出了门。户外的雪把天映得发亮,而他整个人都被刺骨的冷所围困。大雪似乎封住了整个村庄,封住了所有的路,而他必须走出一条路,找到迷失的母亲。鞭炮声越来越响了,而窝在胃里的酒似乎又正被酝酿成熟,他有一种分崩离析的感觉。

大概走了十分钟,他突然被脚下的砖块绊倒,重重地摔倒在地。他想要爬起来,但未知的力量把他捆绑在地上。他失去了平衡,无法移动自己垂死的肉身。他睁开眼睛,面对着无尽的夜空,看着雪花慢悠悠地降临在他的身体,仿佛要揭开那命运的第七封印。那个瞬间,他仿佛看见了自己的心神。他不再挣扎,而是获得了一种久违的平静。与此同时,他看见了那个废墟国王的最终命运。

同　尘

从大火中逃离出来后,她转过了头,看到身后的房屋瞬间倒塌。其他人还没来得及清醒,便葬身火海。她独自一人站在热浪滚滚的废墟前,举目四望,满眼荒凉,周围没有一个人。她想要逃离,想要离开现场。然而,黑夜封锁了所有的路,也封锁了她的视线。她无法逃离到任何地方,因为无形的黑夜已把她捆绑在原地。她想要呐喊,想要让别的人听到自己的求救声。不幸的是,黑夜也已经封锁了她的声音。她不再有任何挣扎,而是静静等待黎明的到来。她突然明白了,黑夜就是她的命运,而她无法逃离命运这座囚笼。

她还是从梦中走了出来。整个人躺在黑暗中,睁着眼睛,回想着关于梦的种种细节。这一年来,她经常梦到同样的大火、同样的场景以及同样的挣扎。她从来没有把这个梦告诉过任何人。她也不知道该告诉谁,该从何说起。她宁愿待在梦中,也不愿意回到可怕的现实。在现实中,她必须独自面对冰冷无光的世界。

她伸手从床头柜上抓到了手机。荧光映亮了她的眼睛,而她凝视着自己眼中的黑暗。再过三分钟就三点钟了,而她的头灌了铅似的沉重,没有丝毫睡意。她摸着黑,轻手轻脚地穿好了衣服,不想惊醒女儿的梦。在女儿的梦中,也许就没有无尽的黑夜。她打开门,外面的寒气一股脑地钻入她的体内,发出轰鸣声。她打了一个寒战,把拉链拉到尽头。

她推开前房的门,屋内的药味扑鼻而来。这么长时间以来,她早已经适应了这种带有末世气息的药味。正如她所料想的那样,丈夫翻来覆去,睡眠已经把他挡在了门外。她没有打开灯,而是直接坐在沙发上,借助夜色,凝视丈夫的无眠。如今,黑暗已成了他们的明灯,而沉默则成了持灯人。

她对丈夫说,你去隔壁睡吧,我来照看他。

丈夫没有说话。过了一会儿,他才叹了口气,离开了床,坐在了她的身旁。她伸出左手,抓住他的右手,而他的骨骼在黑夜中显得特别突兀。刚结婚的时候,他还是个愣头愣脑的胖小伙,而她则是个不经世事的傻姑娘。头几年,他们经常会为鸡零狗碎的事情吵架,甚至彼此动手。每一次,她都带着委屈和抱怨回到娘家,发誓要和他断绝所有关系。但不到两天的工夫,他便会上门来接她回家。每一次,母亲都会象征性地骂他两句,而他则发誓不再动粗。有一次,她和婆婆发生了口角,而她最后则把所有怒气都撒在了他的身上。那一次,他没有退让,而是和他母亲站在同一个战壕。她摔碎了房间中所有的玻璃杯,用铁锤敲碎了眼前的镜子。那面镜子是她的嫁妆。他走入房间,没有说一句话,一把将她推倒,而她躺在破碎的玻璃中间,整个人也因剧痛而破碎。那一次,她以为他们的婚姻也会就此破碎。然而,她的预想破灭了。在医院住了一周后,带着缝了六针的伤口,在母亲的陪护下,她重新回到了他的身旁,因为娘家已经没了她的位置。接下来的半个月,她都没和他说过半句话,一直到她得知自己怀孕的那刻为止。也就是从那个时刻起,他再也没有对她动过粗,甚至不再和她拌嘴。等到儿子出生后,他仿佛换了个人,整个人清瘦了一圈,粗粝的眼神也多了份柔情。

此时此刻,她抓住他如柴的手,仿佛溺水的人抓住了最后一根稻草。

他突然问道,你知道今天是啥日子吗?

她在黑暗中摇了摇头后,说,不知道,我已经容不下日子了。

他说,浩浩已经出事一整年了。

她没有再说话,也不知道该说些什么。她躺在儿子身边,听着他微弱的呼吸声,想象着他的梦。也许,他在梦中已经没有了疼痛,那里只有色彩缤纷的乐园。或许,他已经失去了做梦的能力。医生曾经说他还有可能醒来,但可能性特别小。刚开始,她还对此抱有很大的希望。渐渐地,这种希望被时间冲淡、蒸发,而她所能抓住的只是希望的幻影。她依旧不愿意彻底放弃,只要儿子还有一丝生机。

丈夫在沙发上睡着了,发出沉闷的呼噜声,而她则毫无睡意,睁着眼睛,头脑中空洞无物,如同荒原,而往事则如同裹着砂砾的寒风。二十多年前,在儿子刚出生的那一年里,他们三个人睡在同一张床上,丈夫偶尔也会打鼾,但那鼾声是沉稳的,是甜蜜的。那时候,她会踢他一脚,而他会立即收住声音。那是多么难得的快乐时光啊,虽然身体很累很虚,但未来的生活却塞满了希望。如今,依旧是他们三个人共同睡在一个房间,然而一切都变了,希望已经沦为绝望了。此刻,丈夫的鼾声反而让她短暂地摆脱了空虚与害怕。

她转过身,聆听着儿子的呼吸。一年来,儿子没有再说一句话。他就躺在床上,脸异常僵硬而冰冷,整个人在逐渐萎缩,仿佛被时间慢慢拉入黑洞,而她则对这种衰败毫无办法,只能眼睁睁地看着生活一步步地走向尽头。以前,儿子也是一个胖小伙,如今却只剩下一具空皮囊。她曾经多么希望儿子会突然开口说话,哪怕只是喊她一声妈妈,她悬挂在刀刃上的心脏也会立即停止不安。时间每过一天，心中的光亮就会黯淡一丝。如今的生活只剩下黑暗的物质，无光也无热。这种只剩下绝望的希望，每一天都在掏空她的肉身和灵魂。或许，这个毫无生机的家庭也只剩下空荡荡的家具了。不知为何，她还是心存一线希望，奢求儿子会睁开眼睛，喊她一声妈妈。

很多年前，她就经历过类似的焦灼与痛苦。那时候，儿子已经快三岁了，却不会说一句话，甚至连简单的爸爸妈妈都喊不出来。她和丈夫带着儿子去过好几次医院，但基本上没有什么效果。她更确信儿子的状况与出生不久时误打的一剂过量的青霉素有直接关系。那一针本来是没有必要打的，但婆婆为了止住孩子的高烧，坚持让镇上的一家小诊所给孩子下了一剂猛药。高烧是立即止住了，但为日后的灾难埋下了伏笔。知道真相后，她立即去找婆婆，当着全家人的面，说了很多恶毒的话，将儿子的问题全部归咎于婆婆。自此之后，她再也没有和婆婆说过一句话。她以为儿子会变成哑巴，终生被其他人欺负。可没过多久，她的生活却出现了一丝转机。那一天，她正在院子里洗衣服，儿子突然跑了过来，一手拉着她的衣角，另一只手则指着树下的斑鸠，喊了一声"妈妈"。她转过头来，喜极而泣，抱住儿子，心中的石头也落在了地上。斑鸠飞走了，只剩下一片疏影。

此时此刻，她多么怀念那只斑鸠与那片疏影，而当时的情境仍然历历在目。她恳求奇迹再一次发生，又不知道该向谁去恳求。以前，她都会把自己遇到的苦恼告诉自己的母亲。母亲即使给不出好的意见，也会是一个好的聆听者。母亲的存在让她觉得自己的身后还有一份坚实的依靠。五年前，母亲因中风而摔倒在地，至此再也没有起来，也没有留下一句话。母亲去世后不久，父亲在全家人的反对下，与一个来路不明的女人生活在了一起，并且将母亲的全部遗物清理出门。从此，她再也没有回过那个家，父亲也再没有和她联系过。

邻居张婶是一个虔诚的基督徒，曾经送给她一本《圣经》，并带着她去教堂，去做礼拜，去唱圣歌。去了两次教堂之后，她便拒绝参加任何宗教活动，也拒绝相信任何神灵。她想，如果上帝真的存在，如果上帝是仁慈的，那么，他不会将这么多的灾难降临在我的头上。她将书退还给了张婶，并且不再与其来往。此刻，她伸出手来，想要去抓住儿子的手，告诉他不要害怕。但是，还没有来得及落下，她的手便缩了回去。他的身上带有寒光，而她则突然产生了一种末世的感觉。她转过了身，凝视着看不见的白墙，祈祷着奇迹的降临。

清晨六点半，她便起床进了厨房，而丈夫依旧躺在沙发上，用枕头盖住了脸。儿子又比昨天瘦了一圈，他的眼睛深陷下去，仿佛两口深井，嘴微微张开，想要说些什么，却始终吐不出一个字。儿子正一步步地被拉入死亡的深渊，而她却拉不住他的影子。她已经尽力了。整个家已经被掏空了，还借了亲戚朋友二十多万元。原本还想靠卖西瓜和酥梨的收入来缓急，但今年的瓜果行情又特别糟糕，所卖的钱还不够投入的成本。儿子每天的医药费又不能断掉。她在白天打各种小工来挣钱，还要时不时地靠亲戚朋友的接济来生活。以前，她是多么骄傲的人啊，从来不会去求别人，更不会去看别人的脸色。如今，生活的残酷把她仅存的骄傲捏碎揉烂，她整个人像是从云中掉入了泥潭。每一天，她都想把泥巴涂抹在脸上，这样别人就不会再看到她的绝望。丈夫曾想过靠借高利贷来生活，但被她一口拒绝了。只要有一丝希望，她就不愿意把这个家完全交给魔鬼。

等到她从厨房回来时，丈夫已经起床了，正在用毛巾给儿子擦身体，身旁放着还未处理的排泄物。她把稀粥放到电视机旁，然后把那些秽物扫入簸箕，最后倒入塑料袋。她走出家门，将塑料袋扔进垃圾箱。外面起雾了，看不见远处的风景，只能瞥见近处的实物。邻居张婶穿着红色棉袄，躬着身体，清扫家门。张婶看见了她，直起腰板，说，浩浩好些了吧。她没有说话，只是摇了摇头。她已经害怕甚至是厌倦了诸如此类的关心。每一个关心都如同一个咒语，只能加重她心中的罪恶感。虽然她将儿子所遭遇的灾难归咎于很多人，并且为此而责难他们，但她明白自己这样做只是为了逃避——逃避自己的责任。儿子走到今天这一步，自己是罪魁祸首。是她将儿子一步步地推向生命的刑场。她避免回忆往事。因为，她想得越多，越发现自己是唯一的罪人，发现儿子本应该有一条完全不同的路。

她携带着户外的浓雾回到了房间。丈夫正在给儿子喂稀粥，这是他唯一的食物，也是存续生机的唯一方式。粥越来越稀，而他吞咽的表情也越来越痛苦狰狞。她转过头，看见了镜中的自己——衰老、丑陋，甚至有些令人作呕。她赶紧转过头来，不敢直视真正的自己。她突然想到了很多年前的事情。那同样是一个冬天，她刚参加完儿子的期末家长会。令她绝望的是，儿子所有的科目都不及格，数学只得了十二分，排名仍旧是全班倒数第一。最令她难堪的是，她要当着老师和全班家长的面做出自我检讨，同时要立下承诺，保证儿子下次至少有一门科目及格。从讲台上下来时，她看到了那些人脸上的鄙视和嘲弄。那一刻，她多么想从地上挖出一条缝，然后把自己整个都埋进去。回到家后，儿子正在院子中央玩陀螺。她走了过去，不由分说地把陀螺踢飞，拽着他回到了房间。她取出了考卷，摆在儿子的面前，让他当着她的面去做那些数学题。令她愤怒的是，他一道题也不会做，只是一个劲地抠手指。她一个巴掌打在他的脸上，而他不敢发出声响，只是默默地流泪。也许是因为自卑的原因，他从小就学会了隐藏自己的痛苦。她越看他越不顺眼，感觉他就是她的耻辱，他就是上天对她的惩罚。她扒掉了他身上所有的衣服，让他赤裸着身体，跪在镜子面前，反省自己的错误。他哆嗦着,脸上挂满了泪痕,什么话也没有说。那个时候,他只有十岁,却承受着那个年龄不应有的痛苦。也许是因为自己太要强了,但儿子一次次的出丑让她的颜面丧尽。那一次,儿子得了急性肺炎,差点送了命。她认为,儿子的智力缺陷来自小时候的那场青霉素事件,所以她对婆婆的抱怨甚至愤恨从未真正消减。她不想让儿子受人欺负,所以她必须对他狠心,对他下得了狠手。直到如今,她才意识到自己所犯下的错误,她不应该强行地改变儿子的生活。他有自己的命。然而,一切都来不及了。如果儿子能够醒来,她一定向他郑重地道歉。或许,她现在所做的一切,都是在为自己的虚荣而赎罪。此刻,她看着生命中最重要的两个男人都在经受苦难的折磨,自己却无能为力,而痛苦早已经流进了她的血液。

丈夫放下碗,说,家里又没钱了,要不我去借高利贷吧,我们明年就能还完。

她说,不要,高利贷就是吸血鬼,我今天就出去借亲戚的。

丈夫嗫嚅道,要不,要不……要不咱们放手吧?

她没有说话,而是回了厨房。她又要开始做午饭了,只有干活才能让自己短暂地休息。其实她也想过好多遍放手了,但仍旧跨不过心中的那条河,即使桥早已经存在。

一年前,她正在陪女儿练电子琴,突然接到一个陌生的电话。她把手机拿到了户外,才听清楚对方的声音。电话是县医院打来的,说她的儿子现在进了急救室,让他们赶紧来。挂了电话,她的心像是被铁锤重重一击,突然间不知所措。她立即把丈夫叫了出来,把刚才的通话内容告诉了他。琴声戛然而止,女儿从房间走了出来,拉住她的衣角。之后,丈夫开着面包车,带上银行卡,拉着她们母女一同前往县医院。一路上他们没有说一句话,而她紧握住女儿的手,心中塞满了不祥的征兆。

到了医院后,丈夫先交了费用,之后便在手术单上签了字。她看到了儿子的躯体,不敢看他的脸。他的身上裹着一层白色的床单,像是未破茧的蚕蛹。她还没有来得及说话,整个人就瘫软在地上。医生们并没有在意她的失控,而是将孩子推向了手术间。她坐在地上,突然发现儿子距离她越来越远,最后消失在黑暗的尽头。她的眼泪流干了,魔鬼的手捂住了她的嘴,让她无法出声。她一直盯着墙上的钟表,每过一秒,心就会被指针戳痛一次。两个小时后,医生们从手术室里走了出来。她问手术的情况。医生说,病情稳定,但情况复杂,还需要留院观察。另外一个医生则补充说,你们也要做好心理准备。不知为何,这种模棱两可的回答让她更加恐惧。过了很久,她才在病房看到了儿子。她喊了他的小名,但他没有回答,仿佛是步入了别的世界。他的头上缠满了绷带,只露出了眼睛和嘴巴。她想去碰他,告诉他不要害怕,但被护士阻拦了。他们只能在病房外等待。在镜子中,她看见了死神。

亲戚朋友们也闻讯赶来，陪在她身边，和她说话，不让她胡思乱想。在交谈中，她才大致上理清了来龙去脉。出事的晚上，儿子和他的那些狐朋狗友一起喝酒吃肉，直到凌晨一点，才回奶奶家去住。奶奶给他开了门，随口说了他两句，他却推出了摩托车，消失在了夜色中。奶奶并没有拦他，也拦不住他，类似的事情发生过成百上千次了。这一次，在去往姨妈家的途中，他的车却撞上了一块石头。由于惯性他被扔了出去，头部撞在了电线杆上，整个身体摊开在大地上，眼前是血红色的天空。六个小时后，附近撵兔的村民才发现了他，立即给医院打了电话。如果事发时能及时送到医院，颅内就不会有那么多的淤血，而手术的难度也会大大降低。

她在人群中看到了婆婆，婆婆脸上挂满了哀痛。她走了过去，对婆婆嚷道：你为啥不拦住他？现在好了，他躺在这里了，你也满意了吧？！

婆婆瞪着她，眼神中也是凶光，回道：只能怪你，他是你儿子，你为啥不让他回家？你为啥不给他开门？你为啥不给他家里的钥匙？！

她不由自主地向后退了一步，不知道该说些什么。要不是姐姐及时扶住了她，她肯定会摔倒在地上。婆婆坐在走廊的长椅上，一边叹息，一边抹眼泪。她则坐在另一侧的长椅上，等待命运的审判。要不是和儿子长期地冷战，要不是把儿子挡在门外，要不是发自内心对他的蔑视，也许，眼前的一切都不会发生。是的，这场事故真正的元凶就是她自己，最终的罪人还是她自己，这是她最不愿意承认的事实。仅仅因为儿子让她失望，让她没有面子，她便放弃了作为母亲应该履行的职责。她坐在医院的走廊中，来来往往的喧哗让她异常煎熬。她已经做好了最坏的打算。这时，医院又向他们宣布，需要再动一次开颅手术，需要亲属签字同意。她问医生，手术成功率有多大？医生说风险很大，有可能会成为植物人。她又问医生，如果放弃手术呢？医生看着她，平静地说，那你们就要做好心理准备了。从医生办公室出来后，她和丈夫都没有说话，沉默地走出了医院。在停车场，丈夫突然拉住了她的手，小声说道，还是放弃吧，孩子不用遭那么多罪了，咱们的生活也是紧紧巴巴的。她突然甩开了他的手，给了他一巴掌，说，哪怕只有万分之一的可能，我也要砸锅卖铁，给他治病。丈夫没有再说话，而是跟在她的身后，仿佛是她摆脱不掉的影子。

第二次开颅手术后，儿子始终处于昏迷状态，随后被送入重症监护室。接下来的每一天，他们都必须支付高昂的医药费和看护费，很快便掏空了家里所有的钱，能借的人也都借了一圈。她每一天都如坐针毡，不知道第二天到底该怎么办。她宁愿自己永远在梦中，永远不要清醒。但是，她不得不面对眼前的一切。活着的每一天都是煎熬。原本沉默的丈夫变得更沉默了，眼神里铺满了一层灰，而头发也在几天内白了好多。与丈夫不同的是，她则变得特别爱说话，哪怕是自言自语，哪怕是没有人聆听，说话能让她暂时地减轻内心的恐惧。在那些日子里，她经常梦到自己处于一个深井中，很多人在井口呼唤她的名字，但她就是不愿意回应，不愿意从井中出来，只想与黑暗为伍。刚开始，还有很多亲戚朋友来医院陪伴他们。后来，人越来越少，最后只剩下他们夫妻两人。她并不为此而苛求他人，相反，她不需要他人的陪伴。三个星期后，儿子被推出了重症监护室，但始终没有醒来，虽然他的眼睛偶尔也会睁开。他们把孩子拉回了家。唯一能做的就是等待，同时在等待中一点点地耗光这个家。不久后，丈夫卖掉了家中的面包车、收割机和四轮车。与此同时，她停掉了女儿的钢琴课和舞蹈课，也卖掉了那台电子琴。为此整整两个月的时间，女儿都没有理会她。

刚回到村子时，很多人来到他们家，安慰他们，为他们带来鸡蛋、牛奶和各种水果，有的人临走时还会给她的口袋塞一两百块钱。慢慢地，很少有人再来这个家了。她也听到很多风言风语，甚至有人说她之所以有今天，是因为前世造了孽，今生要让孩子来偿还。她关上了门，想要把一切不快和恶意的东西都挡在门外。慢慢地，他们与整个村庄断绝了联系，很少有人再和他们来往。他们这个家像是海中的一座孤岛，即使被大海淹没，也不会有人留意。

如今想来，丈夫当时的想法是理智的。如果当时没有动第二次开颅手术，儿子也不用再遭那么多的罪，而这个家庭也不会在泥潭中越陷越深。然而生活没有那么多的假设。她想，生活给了我什么，我就必须接受什么，因为我是个没用的人。

吃完午饭后，女儿陪她一起收拾厨房。这一年来，女儿沉闷了很多，不再撒娇，也不再欢笑，脸上的表情与十一岁的年龄完全不符，以前的开心果如今却忧心忡忡。为了给家里省钱，女儿甚至不再吃零食，也不再要任何玩具了。她心中对女儿有一种内疚，却不知道如何来弥补。洗刷完碗筷之后，女儿对她说，妈，学校要求订一套课外阅读书。她点了点头，表示答应。女儿又说，如果家里没钱，我可以不订，我可以给老师说明情况。她摸了摸女儿的脸，说，家里有钱，该买的书一定要买，我们一定会供你上大学。说完后，她想要抱抱女儿，而女儿却闪躲了。

她推开家门，骑着电摩，驶向北方。浓雾散掉了，迎面而来的风像刀子一样切割她的脸。经过路口一个拐角时，几只麻雀从寒枝飞向了低空。她隐隐约约地感觉今天会是一个转折点。但她并不知道这种古怪的想法从何而来。村子空荡荡的，除了几个捡柴的老人以外，看不到其他的人影。天空低沉，而她把自己的心提到了高处。她时时刻刻提醒自己，要注意眼下的每一条路。她决定去见自己的父亲。自从与那个叫作黑凤凰的女人结婚后,他就再也没有出现在她的视野,即使外孙处于生死攸关之际。很多时候,她甚至怀疑那个人不是她的亲生父亲,或者可以说,他不配成为她的父亲。从小到大,她从未在他那里得到过所谓的爱,他的生活总是被赌博、烟酒、绯闻与荤话塞满。母亲死后,父亲这个形象也已经名存实亡了。但是,她心中的火焰并没有熄灭为灰烬。

半个小时后,她来到了父亲的家门口。刚把车停到槐树下,还没有来得及转身,便听到身后有人喊她的名字。她转过身来,黑凤凰已经站在了她的身后,一脸浓妆也遮不住的衰老。她还没说话,黑凤凰便一把把她搂进怀里,拍打着她的肩膀,让她要坚强。不知为何,这种拥抱让她既恶心又温暖,而她又不知道如何摆脱眼前这个戏精。这么久以来,她太需要拥抱了,然而给她拥抱的却是自己极度厌恶的人。是的,自从母亲去世后,再也没有人抱过她了。他们像是躲着瘟疫那样躲着她。黑凤凰放开了她,说,我都对你爸唠叨很多次了,但他总说忙,没时间去看孩子,你别怪你爸,他心里全是你们啊。

他一天到晚忙啥呢?她问。

家里摆了两台麻将机子,一天到晚都离不开人啊。黑凤凰说。

她没有说话,而是穿过前屋,走过中院。还没有到后屋,便听到了噼里啪啦的麻将声。

她掀开了窗帘,赌徒们以异样的目光打量着眼前这个闯入者。之后他们又开始玩弄手中的麻将。房间中有十二个人,其中八个分成两拨,围着两张麻将桌大吼小叫,而另外四个人则扭着脖子,转着眼珠,观看热火朝天的桌上战斗。每个人的脸上都写满了亢奋与疲惫。也许是因为屋内的炉火太旺,空间内充斥着呛人的烟味和脚臭味。父亲看见了她,没有立即反应,而是坐等到一场牌局的结束。她杵在那里,像是被遗弃的动物。伴随着麻将声,父亲从墙角走了过来。她跟在他的身后,来到另外一个阴森森的房间。这个房间以前是母亲的卧室,如今却成了蛛网满眼的杂货室。

父亲说,孩子太不幸了,我不敢面对现实,所以就没去看他。

她说,没事,我来是想向你借一点钱,以后会还你的。

父亲说,才开了两个麻将桌,现在连本都没收回来,等有钱了,我给你送过去吧。

她没有再说话,而是转过身,离开了那间阴森的房间和那个阴冷的男人。出门的时候,黑凤凰又喊了她的名字,但她没有回头,而是直面如刀的冷风。在风中,她尝到了泪水的咸涩味,但她不允许自己哭泣。她骑着电摩,向另外一个方向驶去。她今天必须借到钱,否则这个家就要完全瘫痪了。她太累了,整个人已经被挖空了。路过铁道时,她突然想到了多年前的一场事故:火车碾死了一个流浪汉,鲜血染红了满地的积雪,如同盛开的红梅花。那个死亡事件突然迷住了她。她把车停在了轨道旁,独自坐在轨道上,等待命运的审判。不知过了多久,火车的汽笛声把她从幻觉中惊醒。她立即站了起来,从轨道上跳了下来,骑着车逃离了梦魇。一路上,火车的轰鸣声伴着风哨声在她的脑海中回荡,唱着可怕的歌谣。

二十分钟后,她来到了姐姐家的门口。门前的黑狗伸长脖子,对她汪汪直叫。她小时候被狗咬过,打心里害怕这种猛犬。她站在风尘中,举目四望,不知所措。这时,姐姐从屋里走了出来,脸上挂着一道愁云。她知道,姐姐又和男人吵架了。姐姐并没有邀请她进屋,而是和她一同站在风中。姐姐像是立在她面前的一面镜子。还没等到她开口,姐姐便说,上次借给你三万元,你姐夫和我吵了整整三个月了,我家里实在也没啥钱了。

姐,我家里连十块钱也凑不到了,你能不能再借我一点儿?她哀求。

姐姐没有说话,而是转过头,回到房间,把她一个人扔在了风中。她走到房檐下,与那条安静下来的黑狗面面相觑。三分钟后,姐姐走了出来,把五百块钱飞快地塞给她,说,我的亲妹子,这也是最后一次了,不要让你姐夫知道。她点了点头,推着车子准备离开。姐姐喊住了她。她杵在原地,姐姐走了过来,拉住她的手,说,你们尽力了,是时候放手了。

她没有说话,而是带着姐姐的嘱咐离开了这个败落的村庄。眼前的景物像是冷冰冰的怪物,好像随时都能将她吞食。她害怕回家，但她又不知道该去往何处。在儿子小的时候，她经常骑着自行车，带他去镇子上赶集。那时候家里很清贫，但儿子很容易得到满足，一个陀螺或是一把水枪就能让他高兴很长时间。如果时间能倒流，她多么希望此刻还能载着儿子去镇子上赶集，去买他想要的任何东西。一切都来不及了，时间像刀尖一样戳在她的胸口，连痛苦也变得如此麻木。

刚回到家，女儿便出门迎接她。她再也控制不住，紧紧地抱住女儿，泣不成声。女儿一边拍着她的后背，一边小声说，妈妈，我不要读书了，我不要你花钱了，我也可以出去打工了。听到女儿平静的声音后，她慢慢地止住了哭声，对女儿郑重地说，家里有钱，你只要好好读书就行，别的不用多想。女儿点了点头，没有说话，而是跟着她走进了内屋。女儿继续写数学作业，而她坐在对面，看着女儿专注的神情。转眼间，十一年都过去了，这个小姑娘早已不是那个哇哇大哭的婴孩了。她承认，女儿的诞生曾经缓解了她的焦灼，甚至说，她把自己所有的希望都寄托在女儿的身上。儿子太让她失望了，初中没有毕业就辍学了，之后到处游荡，有影无踪。女儿没有让她失望，学习成绩优异，又有艺术天赋，简直就是上帝赐予她的天使。多年的晦暗心情因女儿的出现一扫而空，她又可以昂头挺胸地站在人群中间了。她早已经放弃了那个笨拙的儿子，很多时候都不愿意多看他一眼。她所有的目光都凝聚在女儿一个人身上，后来甚至对儿子的吃喝住行也不闻不问。如今想来,她因为儿子没有满足她的虚荣心而疏远他,正是她的冷漠才导致了今天的恶果。她不敢再往下深想了,于是便去给家人准备晚饭。

晚饭前,丈夫从外面回来了。他走到厨房,对她说,我今天去借钱了。

从哪借的?她问。

就是高利贷,我不能让你们饿肚子啊。

她沉默,将一捧冷冰冰的白菜帮子倒入油锅。晚饭后,他们坐在沙发上,女儿进卧室看动画片,这是孩子所剩无几的乐趣了。她把今天的种种境遇告诉了丈夫,但没有提自己想在铁轨上寻死这件事。丈夫握住她的手,说,如果这样下去,咱们也没活路了。她明白他的意思,她想要告诉他不要绝望,一切都会好起来的。但她到底没有说出那句自欺欺人的话。丈夫在夜色中点燃了一根烟。他的样子在烟雾中变得更加飘忽不定。他就坐在她的面前,而此刻的他们距离如此遥远。她已经读不懂眼前这个男人了。

十一点半了,女儿已经入睡。而她和丈夫坐在房间,面前是不断萎缩的儿子。墙上钟表所发出的嘀嗒声让她更焦灼烦躁,她想要让时间停止,想要做些什么来缓解心中的闷气。于是,她站了起来,从柜子中取出了相册。她坐在丈夫旁边,翻看过往的回忆。那时候的时间是彩色的,每一张有儿子的照片都充满了欢乐。在其中一张照片上,她挽着丈夫的胳膊,丈夫抱着儿子,而儿子的手上则举着自己的画作。她仔细地看了看,那幅画上有一条蓝色的河流,有红色的太阳与黄色的云朵,而河岸上有三个灰色的人影。她不得不承认,儿子虽然学习成绩很差,但是对色彩敏感,有很高的绘画天赋。很久之前,儿子对她说自己以后想学画画,想当一个画家。她立即否定了他的想法,说,把主课学好就行了,画画顶个屁用。一直以来,她都以最粗暴生硬的方式来对待儿子,而把温柔与温暖都留给了女儿和其他人。如今,她想要弥补这一切,但一切都晚了,时间无法逆流成河。她把相册放回原位,再一次坐回丈夫的身旁。她抬头看了一下钟表,午夜已经降临了。丈夫突然抓住他的手,像是自言自语地说,该结束了吧?我们该放手了吧!她明白他的意思,她没有做出任何回应。过了很久,她才放开了他的手。

丈夫说,睡吧,都这个点了,明天还要干活。她说,你说人活着到底有啥意思嘛,到头来还不是一死。丈夫说,为了娃们,咱都要活下去啊,活着就有希望,活着就是光。她没有说话,而是关掉了灯。黑暗早已经住进了她的身体。

她又做梦了。在梦里,她知道自己是在做梦。在梦里,她带着儿子穿过密林,涉过原野,终于来到荒芜的河岸边。河流在低唱,而彼岸在召唤。儿子紧紧地握住她的手,说,妈妈,带我一起走,我一个人害怕。她说,孩子,你要好好活着,妈妈就在对岸等你，咱们还会再见的。那条白色灵船终于来了。她放下了儿子的手，登上了船。等船开动后，她取出了白丝带，在风中向儿子挥舞告别。之后，她转过身，望着河对岸。风中传来儿子的呼喊声，但她不能回头了，她必须到彼岸去了。那里才是她的家。

终究是从梦中走到了现实的岸。黑暗中传来儿子的喊声，如此微弱，又是如此刺耳。然而，她早已经习惯了这样的场景。如果可能的话，她宁愿把自己的命换给儿子。儿子急促的挣扎声响彻整个房间，而他们只能待在一旁任凭儿子独自受苦。他们什么也做不了，唯有无用的祈祷。再后来，声音退潮了，呼吸消散了。在这可怕的寂静中，儿子离开了这个家，离开了这个村庄，离开了这个世界。此刻，儿子的脸上是平静的渊面。她想要哭，却早已流干了眼泪。丈夫握住她的手，说，走了好，咱娃终于解脱了，咱娃再也不用受苦了。丈夫结结实实地哭了一场，仿佛要把这些年的委屈全部倾泻出来。之后，他们守在儿子身旁，为他祈福，直到长夜消散，直到时间长出了最后的青苔。

她睡在儿子的身旁，丈夫睡在沙发上。她侧着身体，握住儿子的手，除了刺骨的冰冷，什么也没有。她想要去温暖他，但一切都迟了。她抓住儿子的手，不愿意放开。不知过了多久，她才沉入梦境。在梦里，只有她一个人看到了那场大火，而其他人都在大火中沉睡。她想要叫醒他们，却发不出一点声音。正当无助绝望时，突然天降暴雨，熄灭了火焰。她从梦中走了出来，放开了儿子的手。

天亮后，丈夫从邻居家借来面包车，他们要送儿子最后一程路。他们不想再打扰儿子，不想给儿子举行任何形式的葬礼。九点整，他们便到了殡仪馆。十一点半，儿子便成了一缕青烟和一把骨灰。走出殡仪馆，她抬起头，深吸了一口气，仿佛看到一只黑鸟消失在天尽头。自始至终，女儿都拉着她的手。

一路上，她紧抱着骨灰盒，哼着以前唱给儿子听的童谣。丈夫将车停到了河岸边，他们准备把骨灰撒入河流。然而，河流却结了冰，映出天上的霓虹。三个人久久地站在河岸边，等待着奇迹的降临。不知道过了多久，她抱着骨灰盒，返回车内。

在回家的路上，她对丈夫说，等冰融化了，咱们再来。

丈夫没有说话，而是一直盯着前方的路。眼前的路似乎没有尽头，而她却看到了生活的尽头。在这尽头里，竟然生出了些许微光。耳旁的风中，她听到了儿子的歌声。

时间三重奏

第一部分：章鹭

这是你死去的第七天。

你肯定不知道，我甚至有些嫉妒你，因为你不再为生所困。在死的瞬间，你或许领悟到了自由的真谛。

有智者说，死是生的终点与起点，死就是生，生就是死。无论如何，我都无法认同这种观点。对我而言，死就是死，死就是终结。死不是生的对立面，更不是生的延续和变奏——死与生阴阳两地，毫无瓜葛。

说实话，我偶尔也想过死亡，但我从未真正深入地思考过这个严肃的问题。我总以为死亡距我还很远，死亡还在看不见的彼岸。当我看见你平静地躺在床上,旁边是我送你的毛绒玩具的时候,我便知道你死了。你再也不会睁开眼睛,再也不用生活在这个浊世污界。也就是在那个瞬间,我才明白,死亡就在此岸,死亡的镜子始终映着生者们的面相。在你被送入火炉前的瞬间,我在你的脸上看到了死亡的镜像。我转过头,闭上眼睛,祈祷着黑夜的降临。

离开殡仪馆前,我看到了空中冒出来的缕缕青烟,随着微风,摆出死亡的样貌。

打开手机相册,我找出了我们最后的合影。那是在今年春末的时候,一个过路的中学生帮我们拍的照片,背景就是敷河岸边的烟波杨柳。如今,我似乎都能从照片上听到湍湍河流的叹息声。照片上的你,有着纯粹干净的微笑,看不到一点情绪上的阴影。相反,我脸上的忧郁因为强颜欢笑而显得更加愁云密布。很久以来,生活上的种种不快早已褫夺了我微笑的能力。很早之前,我便学会了伪装,以此来遗忘真正的自己。看到这张照片后,我试图回忆当时的种种场景,然而除了你所说的一句话刻在了我的记忆中,其余的我什么都想不起来了。你看着前行的敷河,说,要是以后能住在海边城市,而不是这个破县城,那该有多好啊。此刻,我仍旧清晰地记得这句被风吹散的话。

在你死后,他们将你火葬。他们坐在船上,将你的骨灰撒入敷河。

我和顾醒站在河岸，注视着眼前的一切，没有任何言语。也许，那是我第一次，也是最后一次目送你远航。水鸟在河面上飞行，白云的暗影落在河面上，泛舟而行的船夫仍旧在哼唱千年不变的歌谣。这个世界仿佛什么都没有改变，但是，你死了，我的世界也有一部分随之崩塌了。在撒完你的骨灰之后，你的母亲悲痛欲绝，跳入河中，河流淹没了她的哭泣声。庆幸的是，她很快便被救上了岸。也许，她是爱你的，只不过，错误的爱常常引发歧义，同时带来窒息。也许，你是对的，只有舍弃了爱与被爱，才能超越生与死的界限。

春河，你现在看到大海了吗？我对着照片上的你发问。

你没有回答，而脸上的笑容也没有丝毫改变。我想，河流已经将你带到了海洋。河流归于海，你也终将成为海的女儿。我打开微信，将这张合影发给了你。你永远都不会再看到这张照片了。但有那么一瞬间，我还是期待你的回复，期待时间能够倒转，期待你能听到我的独白与忏悔。我知道，我知道所有的期待都是妄想，一切都来不及了。我明白，死就是死，死亡终结了一切。

我放下手机，从抽屉中取出童年时期的相册，翻看其中的照片，时间的尘味弥漫在灯光之下。翻到中间时，我终于找到了我和你的第一张合影。我们站在学校的花园中央，我身后是生机盎然的月季花丛，刚好有两只蝴蝶在花丛上空追逐嬉闹。

你的笑容自然动人，头顶上是无形的光晕。而我呢，紧闭着双唇，眼神失落，整个人灰扑扑的，俨然是你的配角。

那是我们在小学六年级的合影。当时，我们正为县城举办的一场大合唱做准备。你长得好看，又有甜美清亮的嗓音，自然而然地成为合唱团的领唱，而我只配站在合唱团最边缘的位置，成为你的陪衬与背景。比赛的前一周，我们每天下午都会抽出两个小时用来排练。在排练的时候，你成为所有人关注的焦点，成为光本身，而我们其他人则位于那灰暗地带，只配做你的阴影。你从未让老师们失望过，相反，我们常常因为各种差错而受到老师的责难。最后一次排练结束后，老师们在旁边鼓起了掌。音乐老师向校长做出承诺，他保证我们的合唱表演会取得很好的成绩，至少进入前三名。校长点了点头，满意地离开了。第二天，我们自信满满地走上舞台，笑容满面地望着台下黑压压一片的观众。我们等待着指挥的命令，等待着荣耀的降临。我注意到了校长眼神中的期待。然而，迎接我们的却是前所未有的灾难。

当你开口唱出第一句时，我便知道我们的表演失败了。你完全跑调了，声音中的光被嘶哑的黑暗所笼罩，随之而来的台下的窃笑声愈发加剧了灾难的破坏力。校长摇了摇头，离开了人群，而我们坚持在嘲笑声中唱完了歌。下台阶的时候，你摔了一跤，没有人去扶你。你擦掉脸上的泪珠，从水泥地上爬了起来。不出所料，在那次的合唱比赛中我们得了最后一名。在返校的路上，校长狠狠地批评了音乐老师，同车上的我们不敢发出半点声响。一路上，你都紧紧握住我的手，目光始终盯着窗外的四月风景。

回到学校后的很长一段时间，除了我之外，没有人愿意和你说话。你变得落落寡合，身上的光也一点点地暗淡下去。看到你的处境，我一方面安慰和鼓励你，另外一方面，我内心却涌出一种可怕的暗喜。因为我嫉妒你，我一直害怕你的光会刺痛我。而如今，你死了，你身上所有的光也消散了，但我在黑夜中看到了更大的深渊，触碰到了更痛的伤口。在你死后，我灵魂中的一部分也随之死去了。

如今，我凝视镜子时，总能看到你的脸。

我知道，我长相平庸，而你天生有一张讨人喜欢的脸。这也是我在学习上勤奋刻苦的重要动力。虽然成绩一直优异，是家长与老师们心目中的乖学生，他们对我的定义也始终是勤奋、内向与聪明，但是从来没有人夸过我漂亮，甚至连此类敷衍也没有。我将自己封闭起来，全身心地奔赴学习的战场，对他人不苟言笑，活像一棵冷冰冰的仙人掌。除了你之外，没有人敢靠近我的世界，我也不愿意走进他人的国度。那时候的我，内心是火山，表面是冰川。我的存在就是冰与火之歌。我知道自己并不好看，而虚荣心又折磨着我。我的精神世界一直处于四分五裂的状态。几乎所有人都夸奖你的美貌，特别是当我站在你的身旁时，这些夸奖像是一把把无形的匕首，刺入我的心脏。我很早便学会了隐藏自己的这种嫉妒。当他们夸奖你的美貌时，我会露出微笑，随声附和。因为我无路可逃，伪装是保护我自尊心的最后盔甲。

上中学以后，有很多男生暗恋你，其中有几个为了能追到你甚至大打出手。我知道，你并不喜欢那些聒噪而肤浅的男生，但你从来都不去主动拒绝他们，仿佛很享受那种被人簇拥的感觉。

有一次上晚自习，那个名叫张力的男生把我叫到教室后面，将一个蓝色信封交到我手上，让我把这封情书转交给你。也许是因为他脸上的疤痕激怒了我，我板着脸，拒绝了他的请求，劝他死了这条心。令我吃惊的是，他突然像是变成另外一个人，眼神中喷射出愤怒，冲我吼道，你以为你是谁？学习再好也是个丑八怪！瞬间整个教室都安静了下来，然后轰地炸开了花。我把信撕得粉碎扔在他的脸上，跑出了教室，跑进了黑夜。

我飞奔到操场上，想要大声哭泣，却发现眼泪已淹没了声音。我一个人走在暗黑的夜空下，只有几颗星辰与两三只夜鸟陪着我。晚风钻入我的体内，我抖了三次冷战，缩着脖子，绕着圆圈行走，时间与寒冷吞掉了我的悲伤。一直等到放学，我都没有再回教室。那是我生平第一次，也是唯一一次旷课。我第一次体会到因孤绝而自由的滋味。这么多年过去了，我依旧记得那天晚风的味道。那个夜晚,你陪我回家,一路上拉着我的手未曾松开,我知道你是在用这种方式来安慰我。转过街角时,夜色也突然变得更温柔了,你突然唱起了歌,那歌声让我们的夜路不再漫长,让我心中的恐惧暂时隐退。那个夜晚,你在我家留宿,陪我过夜。我们在黑暗中漫无边际地聊天,直到母亲过来敲门,我们才压低了声音。临睡前,你突然抱着我,说,章鹭,你很美,不要相信那些臭男生说的话,他们都是睁眼瞎。我在黑夜中点了点头,只有窗外的两颗星辰见证了我的眼泪。

你是这个世界上第一个说我美的人,而这句话早已根植于我的记忆土壤,结出累累硕果。是的,我从来没有说过你美,而你也不需要我的赞美。所有接近过你的人,特别是男人,都因你的美貌而惊叹。你的美也是你的荆棘王冠,很多人也因此而不敢靠近你。他们站在不远处议论你、猜忌你,甚至攻击你,但你从来都视而不见,听而不闻。有一次,我问你为什么不去反驳。你抬头望了一眼天空中的积层云后,说,哎,这一切都没有啥意义,我早都习惯了。说这句话的时候,我在你的眼中看到了天光云影。自此之后,我再也没有问过类似的问题,虽然我的心中有太多的疑问。如今,你死了,那些疑问也随风而逝。也许,并不是每一个问题都需要答案,也不是每一条河流都需要河岸。

上中学的时候,你经常在我家留宿,而我的父母也把你当成我的好姐妹,他们从来不过问你的私事。只有一次,我无意间问到你的家庭,而你只是含糊其词,搪塞了过去。我便再也不去多问,但好奇心却从未减灭。是的,这么多年过去了,我从未去过你的家,而我也一直在等待你的邀请。在你的葬礼上,我第一次看到你的父母。悲伤的氛围中,我分明在他们的脸上看到了某种解脱。在那个瞬间,我似乎理解了你全部的处境。在过去的交谈中,你隐隐约约地提过,他们是你的养父养母。刚过满月后,你的亲生父母便抛弃了你。记得某个周末,我们一起沿着敷河往东走,而你突然说,你的亲生父母就在下游的某个县城。我问你是否想见到他们。你摇了摇头,又点了点头,说,是的,我不想再见到他们,但我又想知道自己为什么会被他们抛弃,一定是我做错了什么事情。之后,我们一直沉默不语,任凭河流声响彻耳畔。

此刻,我坐在黑暗中,隐隐约约地可以听见河流的哀叹声。这条河从梓州县的中央穿过,特别到了夜晚时分,河流的声响像是黑夜梦中压出的蜜汁。也许在梦中,我们读懂了河流的秘密,看清了自我的本质。梦醒后,我们又忘记了那些秘密与本质。在现实中,我们经常迷失,不知自己身处何时何地。如今,你死了,你选择了与河水永眠,不再有焦灼,也不再有恐惧。而此刻,我羡慕你因死而获得的自由。

有时候，我也想过结束自己的生活。这是一种经过深思熟虑后的行为方式，而不是一时的情绪冲动。我考虑过自戕的种种情境，但最终却因缺乏足够的勇气而未将其付诸实践。在这一点上，我同意加缪的看法。他曾经写过，真正严肃的哲学问题只有一个，那就是自杀。也许，在现实世界中，没有人会理解我的这种想法。在他们看来，我过着非常正常且正确的生活，人生的轨迹没有出现过半点偏离。从出生到上学，从毕业到就业，就像是被父母早已设计好的程序，一路按部就班地前行，而我就是他们手中的提线木偶。也许是因为自己太懦弱了，我从未真正地去反抗他们。

记得上小学五年级时，我特别喜欢看动画片，那是让我真正轻松快乐的方式。母亲也默许我每天有一个小时的自由时光。那个期末，我的成绩滑出了全班前五名，母亲将罪魁祸首指向了电视机。从那一天开始，他们禁止我再看电视。我只能默默地接受这种惩罚，而将更多的时间投入枯燥的课本中。高考成绩出来，要填志愿时，我想要离开本省，想要去海边的城市，而他们却坚持让我报考本省师范大学的英文系。我们之间并没有为此而僵持，他们最后帮我在志愿书上填上了他们心仪的大学和专业。后来的我，为此付出了沉重的代价。大学整整四年，我都是在焦灼与懊悔中熬过来的。上大学的每一天，我都通过种种努力来使自己变得更强大，以逃脱他们的囚笼。毕业时，我又一次溃败而归。我没有留在省城，更没有去上海或者北京，而是重返梓州县，重返中学母校，成为一名教师。在父母眼中，除了公务员、教师与医生之外，其他的工作都是混饭吃，是没有大出息的。再一次，为了不让他们失望，我只能按照他们的希望而活。

春河，你还记得我们的约定吗？在我们十七岁生日那天，我们许下了愿望，希望以后可以共同逃出这个封闭乏味的县城，去更遥远与更广阔的地方开始新的生活。在我们二十五岁生日那天，我依旧被生活的枷锁捆绑与束缚，像是要窒息于茧中的蝴蝶。而你呢，选择了与河流同眠。也许，除了我之外，没有人能理解你的死亡。虽然我也不知道在你决定赴死的瞬间，内心经过了怎样的惊涛骇浪。但是，我就是理解你。我们相识在小学四年级的时候。那天，你转学来到我们班，站在全班同学面前，低头介绍自己，于是我知道我们是同年同月同日生，那时我便预感到，你将是我生命中重要的闯入者。

这么多年过去了，我的预感已成为事实。如今，你已死去，你已成为我生命中永不消散的幽灵。我确信，你以另外一种形式活在了这个世界。我也确信，你已经找到了自由的真谛，而我将继续被自由的理念所羁绊。

什么是自由？对于这个问题，我无法给出确定的答案。我唯一确定的是，我如今的生活，与自由背道而驰。

我回到了母校，成为一名英语教师，昔日的老师成为现在的同事，昔日的学校成为如今的囚笼。每一天我都过着同样的生活——备课，上课，下课，布置作业，批改作业，讲解作业。刚来到学校时，我也带着巨大的热情来迎接新生活，想要通过自己的创新与耐心来改变眼前的腐朽和衰败。但现实一次又一次地教育了我。如今，我已成为自己当年所鄙视的那种人。我不再将学生看成一个个生动活泼的个体，而是将他们当作教学流水线上的产品。我自己也没有个性，只是机器上的齿轮。像其他人一样，我也开始为自己的职称而焦灼忙碌。课余的时间我也带家教，以补贴家用。每一天，形形色色的琐事快要掏空我了，以至于我没有时间思考自我与存在的问题。如今的我都不敢直视镜子中的自己，因为我厌倦自己如今的面孔。我已经忘记了自己是谁，自己将要去往何地。

其实，我并没有完全放弃自己。

在教学之余，我曾立志考上北京师范大学的研究生，然而三次应试之后，我却节节溃败，一次不如一次。今年是第四次备考，而我早已预感到了结果。是的，这将是我最后一次参加这个考试，也算是一场告别仪式。至于要告别什么，我自己也无法定义。我发觉自己像是走在一片没有出口的黑暗森林。

刚开始，我还可以列举一些逃离的理由。比如说，我的男友罗城在北京的某大学读研究生，而今年的情人节前夕，他提出了分手，我也爽快地答应了他。挂断电话后，我盯着户外的暴风雪，默默地流泪。我想走出家门，迎着暴风雪，向夜的更深处走去。懦弱再一次捆住了我，我躺在自己的茧中，不敢向前迈出半步。之后，我给你打了电话，而你的安慰让我得到了片刻的安宁。挂断电话后，我躺在床上，静心地聆听下雪的声音。半个小时后，你带着雪的凉意来到我的身边。那个夜晚，我们聊了很多关于生活的困扰。临睡前，你清唱了一首新学会的英文歌。是啊，这么多年过去了，什么都变了，时间一丝一缕抽走你的美貌，你身上的光晕也逐渐褪色，但是你的嗓音依旧那么动听。

但是，我们从来不公开谈论顾醒，这像是我们之间默认的契约。其实，原因也很简单，顾醒是你的前男友。而如今，在他锲而不舍地追求下，我做了他的女友，并且到了谈婚论嫁的阶段。

我并不介意你和他之间的交流，但你们却彼此尽量避而不见。当我们三个人在一起时，我们从来不谈论过去，也不谈论未来，我们把大段的沉默当作对白。在经历过几次尴尬之后，我也尽量不让你们碰面。是啊，人生多么像是一场掷骰子的游戏啊。当年上高三时，你和他如胶似漆，每次晚自习后，他都会送你回家，而我始终很有自知之明地与你们保持距离，远远地看着你们的亲昵。也许你不知道，在那时，我就喜欢他，在日记本上写满了他的名字。但我不能将这种感情表现出来,因为我害怕被拒绝、被羞辱,我害怕同时失去你们。

于是,我只能命令自己将所有精力放在备战高考上面,日复一日的高强度学习让我喘不过气来,也为我筑起了高墙。那时候,看着你们消失在黑夜的背影,我以为你们永远不会分开。当我回到县城后不久,再次遇到了顾醒。那时候,你们已形同陌路,而我也不知道,也不想去深究其中的缘由。他主动追求我,但我一次次地婉拒了他。不知为何,当年喜欢他的感觉已经荡然无存,我们都已经变成了自己的陌路人。在罗城与我分手后的第二天,我答应了顾醒,成了他的女朋友。我把他带回家里,父母都非常喜欢他,便催促着我们尽快结婚,尽快生子,过上安定的生活。后来,当我把我们之间的关系告诉你时,你面带微笑,点了点头,之后目光转向被落日染红的天空。

在你死后的这几天里,每个夜晚,我都会梦到你。

有时候会梦到你找到了自己的亲生父母,有时候会梦到我们一同乘船去一座无名的岛屿,有时候会梦到你从镜子中走出来,然后抱紧了我,告诉我不要害怕。昨天夜里,我梦到了你和顾醒重归于好,一同消失,一同抛弃了我。此时已是午夜时分,我睡在黑夜中,等待着梦的到来,等待着你的回音。我期待黎明永远不要重新降临。

第二部分：顾醒

你真的死了吗？走在空荡荡的街道上，我突然问自己。

是的，你已经死了，这是你死去的第三天。虽然我经常分不清梦与现实。但我确定这一次不是梦，是活生生的现实。当我看到你的母亲将你的骨灰撒进敷河时，我的心也跟着焚成了灰。我想要哭泣，却发现自己失去了流泪的能力。当时，章鹭就在我的旁边，她的头就靠在我的肩膀上，整个人泣不成声。我抱紧了她，生怕她瘫软倒地。命运真是奇妙，上高中时，我根本不会多看她一眼，而如今，我却为她着迷，时时刻刻都想见到她。

对不起，春河，我知道自己的这种选择刺痛了你。可我别无选择。你知道，我的父母并不喜欢你，他们甚至禁止我与你交往。他们认为你的工作没有保障，你的家庭状况不好，学历也不够，而你的美貌更是让他们惶惶不安。总之，那次会面是一次灾难，我看到你脸上的落魄与难堪，但是我的父母却刨根问底，咄咄逼人，他们用威严的态度对你的方方面面进行了审判。你强撑笑脸，用尽可能端庄的态度回答所有的质问。有好几次，我都想制止他们，但懦弱控制了我。当天晚上，你打电话过来，语调平静地提出了分手。我问你是否还可以做普通朋友,你没有回答,只是挂断了电话。之后,你再也不回复我的信息,也不接我的电话。当我去商场找你时,你总是冷冰冰地说一句话:我只是个卖衣服的,没亲爹亲娘,我配不上你,也请你不要再打扰我的生活。遭遇了几次类似的冷遇之后,我再也不去找你了。我想从记忆中清除你的模样,却发现几乎没有可能,你早已成为我灵魂建筑的根基。也就从那时候开始,我迷恋上了酒精,迷恋上了沉醉不醒的生活。如今,你已经死了,但这种愧疚依然在我心中盘旋纠缠,无法消散。当我把你离世的消息告诉我的母亲时,她的目光短暂地从电视上移开,面无表情地说,看吧,你要感谢我们吧,我就知道她是一颗灾星。说完后,脸又转回了电视。听到她的回答,我走到电视机前,拔掉了电源,然后同样面无表情地走出了房间。

此刻,我走在街道上,夜色中饱含着夏日的馊味,眼前的一切显得毫无意义与怪诞不经,如同爱德华·蒙克的绘画。我不想回家,也不想喝酒,更不想和别人交谈。刚才,我还和章鹭面对面坐着,不说话,也不想说话。此刻,我却独自走在路上,不知去往何处。

我太熟悉这条路了。

上高三的时候,每次晚自习结束后,我都会骑着自行车,载你回家,这是必经之路。到了清晨,我会准时出现在你家楼下的拐角处。每次载着你的时候,你都会搂住我的腰,让我的内心升起一股蓬勃的激情。有时候为了逗你开心,我会故意摇晃车身,你一边撒娇,一边把我搂得更紧,而这让我对你的感情更加炽烈与纯粹。你也许不知道,第一次在人群中看到你的时候,我便记住了你冷冰冰的美。高三刚开学,由于种种原因,我从其他学校转到你们班级。站在讲台,自我介绍完毕之后,我扫视了一眼台下的同学们,也许正是与你的目光相遇的那个瞬间,我便喜欢上了你。你的目光清澈如水,嘴角的笑容神秘而动人,最重要的是,你的身上仿佛带着某种光环。下课后,也不知道从哪里来的勇气,我走到你的身边,主动与你攀谈,而你羞涩地低下头,回答我的一些幼稚问题。那时候的课业太重了,而我们像是超负荷运作的机器。刚开始时,我约你去操场散散步,你都以各种理由婉言拒绝了。但这并没有浇灭我的热情,相反,我经常在梦中遇见你。我开始写情书,每天写一封,在晚自习结束后,塞到你的手上。你从来没有回复过我,也没有拒绝我,而是始终保持着以往的姿态。在写了三十八封情书之后,我的希望在你的冷漠回应中变成绝望。你成为遥不可及的梦。之后的几天,我都不敢直视你的眼睛。在我心灰意冷的时候,你却突然走到我的身边,约我去操场吹吹夜风。此刻,我都记得当时的场景,我们绕着操场走,我有太多的话叙说,而你主要是聆听,偶尔也会谈一下自己的看法。在我们沉默的间隙,我鼓起了勇气,拉起了你的手,而你并没有拒绝。在与你的肌肤碰撞的刹那,我的浑身像是过了电流一般澎湃。我激动得说不出任何话,而你则唱了英文歌 *Angel*。后来,我才知道《天使之城》是你最喜欢的电影之一。

此时此刻,我抬起头,夜色中的两三颗星摇摇欲坠,整个小城氤氲在仲夏夜之梦里。这时候,我听到了敷河的声响,汩汩前行的水流声仿佛梓州城的摇篮曲。河水像是在召唤我,于是,我改变了方向,沿着街道向敷河走去。那时候,我们偶尔去岸边散步,我说我的故事,你唱你的歌。不得不承认,你的嗓音与你的美貌一样动人,如同海中的塞壬。

你经常说,唱歌是这个世界上最快乐的事情。与其他人不同,你最喜欢唱的是英文歌,这对于当时封闭的小县城而言,也算是罕有。与此对应的是,你的英语成绩非常突出,在每次模考中都能排在全班前三名。但其他科目的成绩却不尽如人意,尤其是数学,从来没有及格过,几乎每次都是全班的最低分。你说你最想要报考的是外国语大学的英语专业,你希望自己以后可以永远地离开梓州,去更远更大的地方。我问,更远到底是多远?你说,我希望自己可以住在海边的城市。后来,我们的梦想都在时间与现实的碾压下破碎。一年后,你上了本省的一个专科学校,所学的专业是会计。而我呢,距一本线差了九分,最终被省内一所二本院校录取,唯一庆幸的是,所学的专业是金融学。那个夏天,我们都给彼此加油鼓气,我们受够了高考,不打算补习。我们想要在大学时重新开始,你下定决心,以后参加专升本,考上心仪的大学,而我呢,也立志考上名校的研究生,以此来弥补心中的缺憾。高考完的那个夏天,你、我,还有章鹭一起报了个吉他班。然而,没过多久,我们的热情便被时间所浇灭。如今,那把吉他被扔在我家的库房里,上面落满蛛网尘埃,以及时间的哀鸣。

或许,真的是从某个瞬间开始,一切都在破碎,一切都在溃散,而我们最终都变成了自己的陌生人。

如果时间能够逆转,那么,我们逆流而上,是否能够找到那个意志动摇的时刻?没有答案。唯一确定的是,我们只能随波逐流,人云亦云,这或许是我们每个人自我屏蔽的一种本能。大学毕业后,你在省城陆陆续续换了五六份工作,但没有一个是顺心的,最后都是以辞职告终。之后,你退掉了廉租房,带着满身的疲惫,回到梓州县。

休息了半个月之后,你在商场找了份销售的工作。或许,也是从那个时候开始,你停止了歌唱。至少,你再也没有为我唱过一首歌。当我回到梓州县再次看见你时,我发现你身上的光芒已经完全褪去,只剩下美丽的空壳。我依旧凭着自己的惯性喜欢你。我信誓旦旦地向你保证,一切都没有改变。然而,当我带着你去见我的家人时,灾难还是发生了。其实,我早已预感到会有那样的结局,只是不愿意承认。那件事情确实给你的内心投下了阴影。或许，你的死确实与其有某种关联。是我把你推向了死亡的深渊。想到这里，我不由得打了个冷战。我就是一个罪人，但我又不知道自己犯了什么样的罪。自从你死了之后，这种罪恶感住进了我的心，啃噬着我的生命。

也许，我们生下来的时候就带着某种原罪，而我们活着的目的就是为了赎罪。

记得上大二的某个周末，我们一同去郊外游玩。站在桥上看远处的风景时，你突然宣布自己皈依了基督教。我问你其中的缘由，你说你读了《约伯记》后，像是得到了某种天启，突然理解了经书，突然觉得自己不是被上帝抛弃的宠儿。我再也没有追问下去，而是站在桥上，俯视水上的云影。云在空中凝视我们。直到如今，我也不是基督徒，也不相信任何宗教，但我理解你的选择。即使你最后选择了去死，我也尝试着去理解你，而不是带着种种偏见去质问你。

你知道吗，我太理解那种被人误解与质疑的生活了。

上大学以后，我发现自己越来越偏离原先的轨道了。金融学让我昏昏欲睡，相反，我喜欢上了法语、西方哲学史、古典音乐鉴赏以及文学史等这样的选修课。每次上专业课时，我都坐在教室后面的角落，不想让其他人看见我脸上的疲惫与厌倦。而每次去上那些选修课时，我都会抢占前排座位，认真地记下老师们的精彩讲解。每次期末考试，不出自己所料，专业课的成绩都是刚过及格线，选修课的成绩却一直优异。那个时候，我也迷恋上了阅读与写诗。在大学，我最喜欢的地方便是图书馆。是啊，我同意博尔赫斯的看法，天堂就是图书馆的样子。对于我而言，地狱就是专业课的课堂。

后来，我与那个班级越来越格格不入，从不参加班级组织的各种活动。班上的同学都用异样的目光看我。我从来也不去解释，不去辩驳，也不希望被他人理解。相反，我开始写诗歌，积极地参加文学社团举办的各种诗歌活动。在很多杂志上发表了诗歌，得到了一些诗人与读者的认可。上大三的时候，我获得了全国大学生诗歌奖优秀奖，这个荣誉也极大地鼓励了我。我决定以诗人的身份活在这个世界上。那时候，我用笔名来写诗，班上的同学没有人知道我的作品与我的计划，他们将我看成一头沉默的怪物。但我并不孤独，因为有你在我的身边，有你理解我的选择。那时候，每当发表了新作，我都会第一时间发给你。每一次，你给予的都是肯定与称赞。也许你不知道，你的存在是我茫茫黑夜中的光亮，你见证了我的焦灼与恐惧。如今，你不存在于这个肮脏的世界了，而我将继续迷失于无边无尽的黑暗之境。

不知道为什么，我从来没有把写诗的经历告诉过章鹭，更没有把曾经的诗歌转给她去读。对我而言，那是我和你之间的秘密约定。也许，你并不知道，我只给你一个人读过诗。虽然我写的情诗非常少，但那些都是献给你的赞歌。

如今，那些诗歌都躺在了我的邮箱中，而我再也不愿意重新去阅读，也不愿意重新去写作。你肯定也明白，写诗就意味着疯狂，意味着格格不入。毕业之后，我身上曾有的锋芒早已被日常生活消磨殆尽。我早已成为空心人，每天都碌碌无为，靠着生活的惯性而活，没有了激情，更失去了童心。是啊，我并没有抱怨，我愿意为自己的所有选择付出相应的代价。大学毕业后，我乖乖地回到了梓州县，在父亲的安排下，象征性地参加了笔试与面试，最后成为银行职员。

我知道，二十多年后，我会成为父亲现在的样子：头发稀疏，顶着啤酒肚，在县城里有一定的人脉与财力，每天往返于各种各样的酒局与饭局，与形形色色的人物与权力进行博弈和妥协，最后，被生活的虚空榨干压碎，直到死亡的降临。我每一天的工作都与金钱相关，刚开始时，我无法适应，经常会感到恶心。如今，我已经适应了这一切，或者说，恶心已经渗入我生活的每一条毛细血管。记得很久之前，你也说过自己恨透了这个世界。如今，你的肉身与灵魂都已归于洁净的水中，而你再也不用与世界妥协。或许，真的是因为我的种种决定才把你推向了死亡的深渊。也许，我和章鹭的结合对你而言，是一种双重的背叛。可是为什么你从来都没有表现出任何情绪啊？！在你们一起过二十五岁生日时，我在你眼中看到的是对我们的祝福,也看到了你对新生活的期盼。

然而,在生日的第二天,你却跳入了河流,选择了离开。我无法想象你内心所经历的疾风骤雨。或许,死亡是另一种新生。

此时此刻,我坐在河岸上,面对着黑暗中的河水,为你祈祷。整个世界在我面前变得更加暗淡。此时此刻,我是死神虔诚的教徒。突然,我隐隐约约地听见了从河流深处发出的歌声。我仔细辨听,跟着调子哼唱了起来,是啊,那便是你多年前唱给我的 Angel。我是哭着唱完整首歌的。突然,我的内心涌出一股暗涌。我打开手机的记事簿,很快写下了一首诗歌。整整三年了,我原本以为自己已失去了写诗的能力。写完之后,我对着河水,为你读了这首黑夜之诗。我又静坐了半个小时。在离开河流之前,我删除了这首诗歌,也删除了自己的未来。

第三部分:春河

这一段时间以来,我都在思考关于生死的问题。

不知道为什么,这种念头长久地盘踞在我内心的上空,凝视着我的人生。这段时间,我断断续续地读了黑塞的《在轮下》,在这本阴暗灰冷的书中,我仿佛看到了光,是那种从河流上映出的破碎之光。当然,我不会让别人看见我读书,看见我思考,因为他们最不需要的就是有思想的人。尤其是在这个封闭而无知的县城中，我只能假装动物一般地活着。也许，在别人的眼中，我和这个世界是和平共处的。但在我的内心，我已经厌倦了眼前的一切，甚至常常产生一种幻灭感。如果有选择权的话，我宁愿选择不要诞生。但是，一切都来不及了，因为生活的洪水早已经淹没了我。

也不知道从什么时候开始，我的人生开始走向了破碎，走向了毁灭。是的，我无权选择在何时何地诞生，但我有权选择在何时何地离开。他们很多人都说，死亡是世间最可怕的事情。我非常严肃地思考过这个问题，也读了很多与死亡相关的书。在参加外婆的葬礼时，周围突然飞起了几只乌鸦，而我突然明白，死亡不仅仅是终结，更是净化与升华。也许是从那个时刻开始，我不再惧怕死亡，也不再惧怕虚无与时间。独自面对世界之夜时，只有死亡的意识与我共处一室。在他人面前，我佯装成正常的人类，而独自面对死亡时，我屏气凝神地聆听暗夜的叹息。

除了章鹭之外，我从未将这种感受告诉过任何人。前几天，我和章鹭在河边散步，我隐晦地告诉她自己以后想葬归大海，而不是这个破县城。也许，她没有完全理会我的意思。她放开我的手，看看天边的云，然后说，以后，我也要死在大海。我们彼此沉默，沿着河岸，向海的方向驶去。也不知道从什么时候开始，我和她之间的交流越来越少，先前的默契在时间中不断地被消耗、被损坏，但我还是不愿放弃这段感情，我想抓住我们之间的最后一根稻草。从小到大，她一直是我最亲密的朋友，也是我最愿意相信的一个人。

上小学四年级时，我转学了，而她则是我在新学校认识的第一个朋友。或许，也是唯一的朋友。每当我失落无助时，她都会站在我的旁边，不说话，而是握住我的手。对于那次失败的比赛我们记忆犹新，因为我搞砸了一切，最后合唱团在一片嘘声中狼狈离场。那次比赛结束后很长一段时间，除了她之外，周围人都疏远了我，甚至以异样的目光打量我。她始终站在我的身旁，对他人的敌意置若罔闻。也就是从那个时候开始，我拒绝在公共场合唱歌，但我还是喜欢唱歌，我只唱给自己与喜欢的人去听。上中学之后，我收到过很多男生传给我的纸条与情书。我不喜欢那些浅薄的男生，懒得和他们说话。但是，我喜欢把那些情书读给章鹭听，那些语句不通，甚至有错别字的情话常常让我们捧腹大笑。

那时候，我经常去她家过夜。她的父母也待我很好，总是拿出好吃的零食招待我。最重要的是，他们是非常有教养的人，他们从来不过问我的家事。对于我而言，我的家庭就是我的耻辱，我从来不在他人面前主动提起我的父母。在我的记忆中，那个家是名存实亡的空壳，是他们撕破彼此面具的战场，而我永远只是最无辜的受害者。

很小的时候，我就想拥有一件隐身衣，这样就不会被他们看见，不会被他们所伤害。我想要永远地离开那个囚禁我的家，但我太小太弱了，我缺乏逃离的勇气。每当我下定决心要与他们斩断关系时，总会有一股无形的力将我拉回他们身边。很小的时候，我便知道我的存在是他们问题的核心。是的，我只是一个被亲生父母抛弃的孩子，从一座孤岛来到另一座孤岛，而我的养父母从来都不会在意我的真实感受。

在他们面前，我谨小慎微，默默地按照他们的情绪而行事。有一次，父亲处死了一只在黑暗中躲藏的老鼠。看到那具灰暗干瘪的尸体后，我偷偷地哭泣了，因为那只老鼠便是我命运的写照。我只能活在黑暗中，我只能察言观色地活着，终有一天，我也会因为种种原因而被处死。如今，我仍旧和他们生活在一起，而死亡的幽灵从来也没有消失过。我羡慕章鹭，甚至可以说，我嫉妒她。不仅仅是因为她的学习成绩非常优秀，更是因为她有一个完美的家庭。我从来不让同学来我的家，因为那里隐藏着我破碎的灵魂，隐藏着我面具下的种种不堪。很小的时候，我就懂得用虚荣与沉默来保护自己，或许，那是我命运的最后一道堤坝。

我原本以为我们的感情会像水一样干净永久，而这一切终究敌不过时间的冲蚀。她的学习成绩一直优异，而我除了英语之外，其他科目都是一塌糊涂，尤其是数学，从来没有及过格。

可能因为我是被诅咒的人，无论做出怎样的努力，成绩总是无法达到自己的要求。在高考倒计时的第六十七天，我从数学题海中抬起头，看见有两只麻雀在窗边玩耍，日光洒落在它们的羽毛上。我悉心地打量它们的每一个动作，突然感觉眼前的一切都是这样没有意义。也就是从那个瞬间开始，我便放弃了努力，将没有尽头的数学试卷永远地放到了抽屉里。看到其他同学背水一战的场景，我有种前所未有的释然与平静。在那段时间，我经常戴着耳机听音乐，一切恍若隔世，而我也学会了很多英文歌曲。对我而言，听歌与唱歌都是我逃离世界的方式。我经常唱歌给章鹭听，她也一直做安静的聆听者，却从未在我面前唱过歌。高考结束后，我们一同报了吉他班，每天在笨拙地练习中虚度时日。我们三个人甚至曾经幻想过搞一支乐队，而我是主唱。我们还给这个乐队起了一个古怪的名称——夜河。不幸的是，这个乐队还未真正地成立，便提早崩塌了。我想，一起崩塌的还有我们之间的纯粹感情。

高考成绩出来后，他们两个人都对自己的成绩不满意，唯独我坦然地接受了命运的馈赠。章鹭被本省的一所重点师范大学录取，虽然她从未想过要当教师。顾醒被财经学院录取，是二本，他非常地不甘心，立誓以后要读名校的研究生。意料之中的是，我发挥正常，距离二本线差三十六分。父母本打算不让我去上学了，我知道我又给他们的脸上抹黑了。在他们眼中，专科学校根本不算是大学，和技校没什么两样。他们想让我直接去打工，或者专门学一样手艺，这样以后还能在社会上讨口饭吃。那一次，我没有妥协，我坚持去读那所学校。他们同意了，但前提是，他们不提供我读大学的学费。看到他们的眼神，我像是在饥寒时期被突然而至的大雪淹没。我不会向他们展示我的懦弱。

之后，我退出了吉他班，通过亲戚的关系，在县城万利商场的超市找到了一份兼职工作。每天早晨，我六点起床，晚上十点才能躺在自己的床上。整整一个月，我整个人都快被工作掏空了。虽然都是一些简单的活儿，但我没有丝毫喘息的机会。那时候，面对着一大堆不属于自己的货物，我就暗下决心，将来一定要离开这个封闭的囚笼。最为讽刺的是，大学毕业以后，我们三个人殊途同归似的，在失魂落魄中又先后回到了这个县城。不过，我们之间的差距也越来越大，章鹭成为重点高中的正式教师，顾醒是银行的正式职员，而我呢，又回到了万利商场，成了一个天天看人眼色的蚁人。他们有着光鲜亮丽的生活，而我的眼前只是一片黑暗，黑暗的尽头没有灯塔，只有深渊。我不敢想象自己的未来。

冥冥之中，我已经看到了生命的尽头。

我理解顾醒的选择。仅仅依靠爱，是无法撑起生活的重量。他和章鹭才是真正的一对，他们有着旗鼓相当的学历、门当户对的家庭背景以及可以看得见风景的未来。因此，当他们在一起的时候，我并没有感觉到双重背叛，更多的则是一种祝福吧。我还是会心碎，会责怪自己的无能，会怨恨整个世界。也许，那些嘲笑我出身的人也是有道理的。在我被亲生父母抛弃的那刻开始，我就是被诅咒的人，我就不配拥有更好的生活。当章鹭宣布与顾醒恋爱的时候，我拥抱她，强撑出微笑，祝福他们。那天夜里，我重读了顾醒写给我的三十八封情书。之后，我走向敷河。在岸边，我撕碎了那些纸，扔进了河流。只有河流见证了我的哭泣。记得上高中时，他和我坐在河岸边，看着水鸟与水花，久久地不说话。当年的时间也很缓慢，不像现在，时间加速前行，而我每天都在无意义的工作中消耗自己仅存的热情。我还记得那天夜晚，他第一次吻我，我听到了他内心的紧张与狂喜。他在雪地里抱紧我，不让冷风吹进我的体内。也许，我们拥抱了太久，甚至遗忘了时间。这么多年过去了，我经常梦到那个夜晚的场景。我还记得他的体温，以及他的承诺。但是，他已经不是原来的他了，而我也不是原来的我了，时间让我们都成了面目全非的人。

父母又开始逼我结婚了，这成了他们每天的必备节目。我不想再回那个家了，但是，我又无处可逃。我不想搬出去住，因为这么多年过去了，我对他们形成了一种古怪的依赖。我从未问过我的亲生父母身处何地，他们又为何抛弃我，我知道这样的问题属于禁区，我不能踩入其中半步。在他们的只言片语中，我只知道我的亲生父母在河流下游的某个县城，而我还有一个孪生妹妹。但是，妹妹来到人世还不到一个小时，就死了。以前，我总为妹妹的遭遇而惋惜，而如今，我羡慕她，因为她是清洁的，因为她不用与这个混浊的世界为伍。如果有选择的话，我多么希望自己可以同她一起死去。昨天，我又和母亲大吵一顿，因为我想要辞掉那个让我厌恶的工作，想要离开那个商场，离开这座县城。母亲恶狠狠地对我说，你那么没本事，心却很高，离开了我们，离开了这座县城，你只有死路一条。不知为何，这句话现在像钢刀一样扎在我的心口。我真的不能离开吗？这座小城到底还有什么值得留恋的呢？我想要得到答案，又不知道从何处得到答案。

　　明天，我就要二十五岁了，是时候与过去的自己告别了。我会离开这个破败的地方，我也会离开这个破碎的自己。我知道，一切还来得及，我还有新生的可能，我还有光明的未来，我还有远大的前程。我又听到河流的召唤了。此刻，我最想要做的事情，就是沿着河岸，走向心中的大海。

迷　航

一

再次听到程家竺的消息后,我心中的夜比户外的夜更忧郁浓烈。放下手机后,我不由得点燃了一根烟,站在窗户前,寻找着暗夜深处的光之源。然而,我什么也找不到,什么也看不见。越是寻找,越是渺茫。不远处的夜像是黑暗中的深海,而我听到了心中海兽的困顿之响。我把手中的烟火捻灭,夜晚突然浮现出层层薄雾。在这雾中,我看不清时间的脸。

随后,我又拿起了手机,逐字逐句地重读了那条信息。我一边想要通过重读来确认某个事实,一边想要反抗记忆的洪水猛兽。我还是无法回避终将而来的现实:程家竺死了,他的葬礼安排在了本周六的上午。

放下手机后,我关掉了灯,整个人蜷缩在床上,闭着眼睛,抱着枕头,身体被突然抽空,与黑夜慢慢化为一体。我想把恐惧与焦灼说给另外一个人听,却发现身边没有这样的人。或许,永远也不会有这样的人。这么多年以来,生命中的过客来来往往,最后却无一例外地在路上走散。很多年前,程家竺是我亲密的朋友,也是相惜的聆听者。而如今,他却用自己的死亡为我们的关系画上了休止符。一切坚固的终将烟消云散,唯有黑暗中的白日梦能给我的这具空皮囊带来最后的慰藉。

心中的兽啃噬着魂灵,我无法入睡,回想着关于程家竺的一切。也许是因为心绪太过汹涌的缘故,抑或是过于淡薄,我举目四望,除了荒凉外别无生气,我看不到他的具象,只能依稀听见他熟悉的声音。是的,他在呼喊我的名字,而我无法回应他。此刻,我和他仿佛迷失在浓雾中的两个孩子,彼此寻找,又彼此错失。

我侧身躺在黑夜的暗礁上,听见了冥河传来的汩汩响声。

我突然又听到了他的那句话:我死后,你不要来看我。说完后,他转过身,消失在路的尽头。没想到的是,这却是他留给我的最后一句话。我无法接受这样的诀别。

那是在去年秋天,我去了洛城,见了他最后一面。看见他的瞬间,我整个人杵在那里,像是被突如其来的冷风暴所裹挟。

为了掩饰心中的不安，我强作欢颜，走过去，打算去握他的手。他把手摆到了身后，摇了摇头，说，不用了，我身上有馊味。接下来是长久而巨大的沉默，过往的回忆在沉默的撕扯下分崩离析。他的妻子进来后，打破了僵局，我们开始谈论一些不痛不痒的事情，如同相知的共谋者，共同回避了问题的核心，绕入一片无人知晓的荆棘丛林。

午饭后，他带我去附近的花园散步。这是一座废弃的园子，荒草丛生，满目荒凉，尽是秋日的衰败之象。他不说话，只是缓慢地沿着花园小径移动。而我呢，更不敢说话，生怕破坏了他用缄默缝合的平和假象。我等待着他开口，也在心中酝酿着言语的风暴。我既渴望他说话，又希冀这种沉默可以无限延续。快走出园子时，一片银杏叶落在他头上，他从头上取下叶子，摸了摸树叶的脉络，将其扔到了大树底下。那片枯叶和其他落叶混在了一起，没有了自己的面目。秋日之光在满园萧索中留下了斑驳灰影。

他带我来到河岸边。我们坐在岸边的石头长椅上，面对眼前缓慢移动的河水，以及大团的鲸状云彩散落在水面上的绰绰暗影。他长叹了一口气，从口袋中掏出半盒烟，取出一根递给我，并帮我点燃，瞬间的火焰让他的眼睛多了一丝光亮，又随即湮灭。也许是因为看出了我脸上的疑惑，他向空中吐出了一个半月形的烟圈，说，反正活不了多久了，还不如想咋样就咋样呢，人总归都是要死的。

我不知道该说些什么，关于死亡，抑或是关于生活。因为任何安慰的话都显得软弱苍白，甚至是敷衍暴烈。于是，我只能坐在他的身旁，成为他暂时沉默的影子。过了一会儿，他又突然说道，以前太拼了，一心总想往上走，脑子总是绷着，从来没有过真正的安宁，现在才突然意识到以前白活了，现在想好好活着也来不及了。

但是，我一直都很羡慕你啊。不知为何，我做出了这种古怪的回应。

他沉默了许久，冷笑了一声，说，不，我羡慕的是你，我从来没有开心过，一直像活在监狱里，现在快死了，才看清楚很多事情。

不，你不会死的，一定还有其他办法。我说。

他苦笑了一声，站了起来，走到了岸边。原本以为的互诉衷肠变成了长久沉默。站在他旁边，我第一次体会到了时间的敌意和冷酷。临走之前，他主动提出与我握手，然后小声说道：我死后，你不要来看我。我不敢直视他的双眼，那里有我无法凝视的深渊。他转过身，没有再看我。在返程的高速上，我盯着窗外，空中大团云朵自由地变换着形体，而我默默地尝到了眼泪的咸涩。

我承诺还会去看他，但我从来没有付诸行动，甚至连一个电话或者微信都没有。即使长安城距离洛城只有三个小时的车程，但我感觉自己和他之间存在无法跨越的崇山峻岭。我等待着奇迹的降临，等待着命运罗盘发生新的转向。在收到他妻子的通知后，我才知道一切都已经无法逆转，而所有的祈祷也只是内心的徒劳。我拿起了手机，告诉他的妻子张娜，我无法参加家竺的葬礼。

难以入睡，于是打开了电脑，开始看费里尼的电影《甜蜜的生活》。很久之前，家竺就推荐了这部电影给我，并说它改变了他对生活的一些看法。我总是寻找各种各样的理由，迟迟未看，然而就在今晚却突然想要走进这部电影。这么多年以来，在一个又一个的电影镜头里，我不断找寻着逃离庸常生活的避难所，千姿百态的影像让琐屑无味的灰色世界变得可以忍受。每次独自看电影的时候，我都有种脱离自我的幻觉。我喜欢这种脆弱不堪的幻觉，因为现实的坚硬高墙让我难以喘息休憩。

电影结束时，已经午夜一点了。关掉电脑后，我又走到了窗前，黑夜灌入体内，发出无声的呐喊。我独自生活在高层的公寓中，举目荒凉，无依无靠。如果在此刻死去，没有人知道，也不会有人在意，这个世界从不会因为一个人的消失而驻足停滞。也许是因为太熟悉的缘故，这座城市反而浮现出越来越模糊的面孔。每天都有很多人在这里轰轰烈烈地出生，也有许多人悄无声息地死去。疲惫不堪的自己只会越来越靠近那个终点。

如果有可能，我宁愿选择不要诞生。

突然间，我看到一颗彗星穿过了半个黑夜，瞬间的光亮后，遁入无限的黑暗。我拿起了手机，给程家竺发了一条微信：兄弟，我刚才看到了一颗彗星。十分钟后，我意识到了自己的荒谬，于是又给他发了第二条：家竺，我答应你，我不会去参加你的葬礼。

二

坦白地讲，第一次见到程家竺，我有点不喜欢他，甚至有点厌烦。那是在上大学后的第一个夜晚，我们四个彼此陌生的男生聚在了同一个空间。为了缓和潜在的尴尬氛围，我们开始聊一些无关紧要的共同话题，比如高考，比如对新学校的感受，比如各自喜欢的歌手与电影。李森和郭晓晨来自南方的城市，前者是成都人，后者是武汉人。我和程家竺都来自北方的农村，但我谎称自己一直在县城生活。刚进入这座城市，我便想着与过往的旧生活尽可能斩断一切关联。

正当气氛慢慢被调动起来时，程家竺突然退出了这种相互磨合的交谈，他坐回自己位置上，拿出了一本英文四级词汇书开始默读。我们三个人面面相觑，愣在了原地，聊天的兴致也顿时全无。我们便不再说话，各自无所事事地闲忙起来。我坐在床上，打开MP3，音乐灌入我混沌的头脑，而夏末的余热则让狭小空间变得更加逼仄烦闷。我无心听歌，盯着程家竺的背影，心中有着无法言说的不快。熄灯之后，白昼所带来的压迫感也消散了，于是我们在黑夜中畅谈彼此，遥想未来。程家竺并不说话，他的沉默像是对我们的无声讽刺。在我们共同沉默的间隙，都听到了他清浅但又刺耳的睡鼾声。突然间，我意识到自己大学生活有了糟糕的开端。我彻底失眠了。我下定决心，要与身边的怪人保持最大可能的距离。

然而，后来的种种心境变迁反驳了我最初的判断：程家竺并不是怪人，他只是将自己的种种不适装进了自造的茧中，不愿交出更为真实的自己罢了。随着时间的推移，他才从茧中露出头来，开始一丝一丝地露出更多真实的自己。令我惊讶的是，他后来成为我大学生活中唯一的朋友，其他人至多算是同学，而这两者之间的差别泾渭分明，也彼此心知肚明。

他正式成为我朋友是在大一圣诞节的前夜。那一天，我给远在南京的女友艾曼打电话，原本想表达自己想要去陪伴她的期望与无法陪伴的愧疚。令我惊讶的是，接电话的却是一个声色浑厚的男人。在我以为自己打错了对象，准备挂断电话时，那边的声音叫出了我的名字，并且用训诫的口吻说道，我是艾曼的男友，你以后不要再联系她了。还没等我开口，那边就传来了决绝的挂机声。再次拨打艾曼的电话时，听到的却是空洞洞的回响。我明白,她已经彻底地把我拉入了黑名单。放下手机后,我呆坐在空荡荡的宿舍。我从抽屉中取出我们唯一的合影,苦笑,然后撕碎,扔进了垃圾箱。我的心也随之被撕碎,被抛到无风的空中,慢慢坠落,很快消亡。我无法克制心中的绞痛,唯有啜泣才能短暂地弥补这种丧失感。同时,我为自己的脆弱而感到羞愧。

突然间,我听到了钥匙在锁孔里转动的声响。我还没有来得及止住悲伤,程家竺便闯了进来,疑惑的眼神中是某种相惜。我立即擦掉了眼泪,假装读手边的一本书。程家竺没有说话,而是给我倒了一杯水,拍了拍我的肩膀。二十分钟后,他约我去操场跑步,跑步是他日常生活的重要组成部分。我没有犹豫,便答应了他。我太久没有运动了,体重早已超标,接近九十公斤。很多时候,我都避免在镜子中看见失形的自己,而这或许也是艾曼选择离开我的重要原因。

等我们到操场时,太阳的余晖已经映红了西边天空。跑了仅仅三圈,我的心跳急遽加快,全身的肌肉紧绷,我喘着粗气,眼前的世界也因此而摇摇晃晃。我放缓了脚步,绕着操场慢走,身体上的不适逐渐消退,而分手的隐痛也因这种消退慢慢变淡。夜在眼前与心头同时降临,而圣诞的气氛在这所校园显得分外夺眼。

他绕着操场跑了整整十五圈,整个人没有丝毫乏累。随后,我们共同绕着操场散步，晚风吹慢了时间的速度。走过巨型夜灯时，他问我心里是否畅快些。我点了点头，并感谢他邀我出来跑步。作为礼节式的回应，我问他为何如此痴迷于跑步。他没有回答，而是垂下头，沉默地走路。五分钟后，他突然侧过脸，说，我妈去世的时候，我整个人都崩溃了，没有人和我说话，最后是跑步救了我的命。我不知道该说些什么，于是拍了拍他的肩膀。又走了段路，他又说道，一直向前看吧，没有啥跨不过去的坎。

回到宿舍后，我们各自洗完澡，随后又一起去校外的古度巷吃涮涮，喝啤酒。我们谈论了各自的故事，而他则像是从茧中飞出的蝴蝶，在旧事新情中自由舞动。他完全颠覆了过往刻板木讷的形象，侃侃而谈，而我也适时地做出恰当又毫无保留的回应。他说了自己很多过往的辛酸以及对未来的期待。也许是因为太过于投机的缘故，他喝了很多的酒，最后坚持自己买单请客，说自己今晚很痛快，之前憋了太久了，很高兴能和我说话。我扶着他回到宿舍，睡觉时听到了他沉闷的鼾声。我不再觉得那是噪声，反而将其视为一种密切的交谈形式。也就是从那个圣诞夜开始，我将他划入自己的朋友阵营。

第二天起床后，我便删除了和艾曼有关的所有联系方式。

除了跑步之外，程家竺也带我一起去爬山、打篮球以及游泳，而我呢，则教他摄影、吉他以及电脑游戏。我们一起省钱去看漫威电影，看画展，听音乐会。我们有一项坚实的共同兴趣，那就是读书，所以我们会经常结伴去图书馆借阅图书，翻阅杂志。他对西方哲学和美学趣味盎然，而我则喜欢阅读电影史与推理小说。他说他以后想读到文学博士留校教书，而我呢，想成为一名电影编剧。是的，我把自己的这个愿望只告诉了他一个人。不知为何，那时候的天气比如今更明朗清澈。那时候，我还相信希望诞生于黑暗，明天开始于今天。

也许是因为太亲密的缘故，舍友甚至打趣说我和程家竺是如漆似胶的恋人。我当场否定了这种猜疑，并且声称自己有女友，只不过是在外地罢了。舍友补充道，不用辩解啦，你看你俩现在都有夫妻相了。我哭笑不得，又不知道该说些什么，于是只能笨拙地转移话题。一天，宿舍没有其他人时，我独自盯着眼前的镜子，越是凝视，越能在镜像中看到他的神情。我知道，这只是我心理上的投射罢了。然而，我不敢再直视面前的镜子，而是将目光投向了户外缓慢移动的象状云。

当然，那些异样的声音并不影响我和他之间的友谊。不知为何，我在他的身上看到了另外一个我。也许是因为独生子的缘故，我小时候一直幻想着有一个双胞胎哥哥，他可以和我分享成长中的一切，包括数不清的烦恼与快乐。我在程家竺的身上看到了某种类似于血缘的亲切感。慢慢地，我愿意和他分享很多私人想法，仿佛要把少年时代的缺憾弥补回来。有一次，我们一同去郊外野游。路过一个水果摊，我们停下来买了三斤橘子。付钱以后，女商贩说，你俩是亲兄弟啊，简直太像了。我苦笑了一声，没有回答。在返程中，程家竺突然在一棵梧桐树下停了下来，一脸严肃地对我说，黎海，要不你以后就喊我哥哥吧。

想得美，你也就是比我大半个月而已，再说，你比我还幼稚。我说。

哈哈，你这口气不像是弟弟，倒像是我女朋友，怪不得别人以为咱俩在谈恋爱。

说完后，他骑着自行车，冲在前方，而我紧跟其后，仿佛是他的影子。我一边喊着他的名字，一边追着他。那时候，我以为我们这种坚固的友情牢不可破，彼此无可替代。然而，我错了，所有的一切在大二下半学期发生转向，命运的牌局向我们随机派发了荒谬的筹码。

三

那是在大二下学期的某个晚上，程家竺把一封信塞给了我，让我帮他润色打磨。打开信之后，才发现是写给一个名为苏梦的姑娘的情书。短短两页手写信，字里行间所透露出笨拙却又炽烈的情感，让我这个局外人都耳红心跳。在他的面前，我保持了应有的镇定，不急不缓地读完了这封情书。我肯定了他的文笔与真诚，也适当地表达了自己的好奇。

原来，他们的相遇和相识有着大多数言情小说的必要情境。这一学期，他选修了西方古典音乐鉴赏课。第一节课，他坐在前排靠窗的位置，随手翻看英语六级词汇书。在老师点完名后，一个穿着素雅、表情清冷的女生才走入教室。程家竺看见她的瞬间，整个人的身体像是过了电流，眼神再也无法从她略带歉意的神情中挪开。更令他惊慌失措的是，她用眼神回应了他的注视，之后坐在他身旁的空位置。他将词汇书默默地放回书包，取出笔记本，像她一样，仔细地辨听老师的每一句话。他无心听课，只是想要靠近她，又不能太靠近她。放学后，他跟在她的后面，目送她远去。第二堂课，她又坐在了他的身旁，将上次借的签字笔归还给他。下课后，他鼓起了勇气，坚持送她到女生宿舍楼下，又要了她的电话号码。一来二去之后，一切开始明朗，而他需要一封情书让这段恋情更具有仪式感，更罗曼蒂克。

像所有恋爱肥皂剧的桥段一样，他把情书交给了她，而她立即点头同意，并且亲吻了他，答应做他的女友。刚开始时，他像是患上了恋爱这种病，似乎所有的行为都与恋人相关。他花大量的时间和她在一起，一起去图书馆读书，一起上自习，一起跑步，甚至按照她的喜好来选择自己的所言所行：她成为他的附魔者，而我则见证了爱情让他慢慢地变成另外一个人。他与我相处的时间越来越短，越来越无语。与此同时，我的内心升起了一种无法言说的嫉妒。我感觉自己被突如其来的闯入者所替代，像是被流放到荒岛上的孤独王子。当然，他看不出我内心的惊涛骇浪，而我像出色的演员，掩饰了自己的失落与失望。

与此同时，我开始了惊心动魄的偷窥生活。事情的过程也很简单：从恋爱起，他开始在一个黑色笔记本上写日记，写完之后便塞入自己从未上锁的抽屉。这种记录仿佛成了他日常生活的某种仪式。每次看到他写日记的身影，我都无法遏制内心的猎奇，同时，另外一种更理智的声音，试图消解这种执迷。到了最后，我还是屈从了自己最原始的欲念。

那是一个晴朗午后，宿舍没有其他人，于是我放下手中的作业，反锁了房门，甚至还很可笑地用板凳挡住门，加固防线。我坐在他的位置上，打开抽屉，拿出那个黑色笔记本。我还在心里盘算着，如果有人突然敲门，我应该如何将笔记本放回原位，然后镇定自若地去开门。庆幸的是，在偷看日记的过程中，没有人打扰，也没有人闯入，我像是独自出航的水手，既害怕又兴奋，眼前未知的海让我迷失了方向。

不得不承认，他的文笔清静简洁，寥寥几句话就能勾勒出事件的核心与内心的风暴。他的纠结踟蹰，他的欢苦悲乐都跳跃在他清秀文字的幽暗之地。日记的开篇便记录了他与苏梦的相识与相恋，而他们的感情或浓或淡地存在于每篇日记。当然，不仅仅有恋爱的甜蜜,也有争吵与烦闷。比如为了有更多的零花钱,他不得不利用课余时间去外面带家教、发传单,等等,而这又严重影响了他的大学生活的品质。再比如,因为虚荣心作祟,他不得不向她撒谎,以遮蔽过往晦暗的记忆。最令我失望的是,日记中从来没有出现过我的名字,我是那个被废黜的流亡国王,根本不值得一提。

也许是因为太投入的缘故,读完之后,我整个人恍惚间像是迷失了航向的渡轮,而我也由此看清了他的心。我将笔记本和挡门的椅子放回了原位,将反锁的门打开,整个过程不留痕迹。然后,我站在窗前,看着户外浮游的闲云,内心怅然若失:在他的日记中,我是缺席的,是没有名字的人。然而,这种偷窥却让我获得了某种深入交流的快乐,尽管双方都是沉默的孤独者。于是,再次看见程家竺时,他成为一个有着纵深意义的新人。我和他形成了默契:他负责写,而我负责读;他属于黑夜的隐遁者,而我则属于白昼的偷窥者。在这场游戏中,我比以往更理解了他。

然而,整个事态按照我无法预估的方向发展。如今回想起来,觉得世界荒谬多变。事情最重要的转折是从我和苏梦正式相见开始的。那是在四月末,由于拿到了奖学金,程家竺请我吃饭,同时把苏梦正式介绍给我认识。当她坐在我的对面,开口说话时,我内心筑造的堤坝便已轰然崩塌,但又要维护表面的理性平和。也许是因为看出了我内外分裂的不自然，她偶然与我眼神交会的瞬间，双眸透着光与热，充满了理解与期待，而我不断地调控着内心的怅然欢喜。程家竺并没有注意到这股暗涌的存在，至少在他之后的日记中，这次聚餐是被忽略的事件。于我而言，这次相见却是大学灰色夜幕下罕有的绚烂时光。在程家竺结账的空当，我留下了她的联系方式。

新的生活就是如此开始的，而我也瞥见了爱情的幻影，若即若离，若有若无。但是，这种缥缈无根的状态却带给了我情感上的慰藉。每一天，我都会和苏梦进行微信交流。从最初的彼此设防，到后来的畅所欲言，我们像是在黑暗中交相呼应的两颗流星。我们从未给彼此打过电话，路上偶然相遇时也假装不失礼数地客套一下。然而，我和她交换了彼此最深处的秘密，并且约定在合适的时候，向程家竺坦白一切。对于他，我产生一种罪恶感，而这种幽翳的感觉又让我体会到了某种活着的真实质感。与此同时，程家竺距离我越来越远，他将自己的心事都写入了黑色笔记本，留给我的全是黑色的沉默背影。

然而，我终究无法按捺心中的欲望之兽，打算跨越这条道德界线。于是，我开始单独约苏梦出来见面，刚开始是一起吃饭，一起散步，或者一起去买书。当然，这一切都在暗中进行，程家竺是不在场的幽灵。我们像是在黑暗中做游戏，任何光的存在都会将这一切毁灭，感情因为脆弱易碎而熠熠生辉。有一次，我们在影院看一部新上映的爱情电影，途中，我的手指慢慢地滑向她的手掌，她没有闪躲，没有拒绝，而是用沉默回应着我的热情。我把她的手放入自己的掌心，那个瞬间，心剧烈跳动，身体像是被突然拨动的琴弦，只有我和她才能听到那深沉迷人的韵律。随后，我和她十指相扣，一直到整部电影结束。那一夜，我尝到了爱在苦涩中的甜蜜。

没有什么能抵挡光的存在。我们的感情最后还是无法被黑暗所遮挡，并且是一种近乎野蛮的方式。那天晚上，我和其他两位舍友一起围着台式电脑，看一部日本的恐怖片。我们拉上了窗帘，关掉了所有的灯，仿佛身处深渊，又在凝视另外一个深渊。在最恐怖的场景即将到来时，程家竺突然打开门闯了进来，而紧张的气氛顿时烟消云散。正当舍友们抱怨时，他却拉开了灯，揪住了我的衣领，接着便是狠狠的一拳。我没有还手，仿佛为此已经等待了很久。舍友们拉住了他，而我则去洗手间，擦掉了嘴角的血。那个夜晚，我们宿舍静若深谷，没有一个人开口说话。

自此之后，他没有和我再说一句话，而苏梦也不再和我联系。我感觉到了双重背叛，却没有多少痛楚，仿佛从幻觉中清醒过来。在他的日记中，对这件事只字未提，而这让我的羞耻感变得愈发深重。为了找回真实感，我迅速地交了新女友，她的名字叫魏莉，是我的高中同学，在隔壁的政法大学读法律专业。我要忘记过去那段荒唐的恋爱，我要开始新的生活了。在我的梦里，那些旧人旧事总是不断浮现。我不会将这些梦告诉任何人，也不知道该说给谁听。我总是梦到自己被困在一艘孤船上，举目四望，全是苍茫海水，看不到岸的影子。我大声呼喊，喊的却只是自己的名字。

我对学业产生了深深的厌倦，也就是在那时我迷上了电影。那些电影陪我度过了一个接一个难熬的日子，我想成为一名电影编剧的愿望越来越强烈，但又不知道该如何走出第一步。我想把自己的焦灼告诉程家竺，但他冷漠的表情将我的热情一次次击退。即使只有我和他两个人在宿舍，他也将我视作空气，不闻也不问。有一次，我喊了他的名字，想要表达压抑已久的歉意。他没有转过头，而是戴上了耳机。从那刻起，我知道我们的关系走到了尽头，我也不知道自己的未来该走向哪里。也许，我并没有什么未来可言。

四

生活本身就是未知的谜题，你永远不知道它会在何时展现出必要的谜底。有时候，你不必追问，不必苦思冥想，生活会在毫无预兆的情境下，亮出自己真正的底牌。当我进入宿舍，看见程家竺默默哭泣的模样时，我才明白生活又给我们开了一个玩笑。我没有犹豫，而是放下了心中的芥蒂，走了过去，拍了拍他的肩膀。而他，先是愣了一下，之后，终于开口和我说话。原来，苏梦跟他提出了分手，原因是她喜欢上体育学院的一个男生。

我不知道该说些什么，于是，像两年前他对我所做的那样，带他去操场跑步。只不过，我不再是那个跑三圈就气喘吁吁的胖子，而是早已经习惯了独自奔跑，就像习惯了痛苦本身。跑完步，洗完澡之后，我又带他去古度巷吃涮涮，喝啤酒，彼此诉说苦涩心事。我们共同摈弃了之前的成见，重归于好。那个晚上，他说了很多的话，而我则是一个严肃的聆听者。他喝了太多的啤酒，我把他扶回了宿舍。夜晚，他鼾声沉重，嘴里嘟囔着梦话，偶然间，我从其中听到了苏梦的名字。那个晚上，我无法入睡，睁着眼睛，凝视着眼前与心底的黑夜。一直到黎明降临之前，我才听到了梦的召唤。

也就是从那晚开始，他停止了写日记。至少，我再也没有看到他趴在桌子前认真记录的背影，而他的黑色笔记本也从抽屉中消失了。但我因偷窥而带来的长久的愧疚并没有因此而消散。与此同时，他将主要精力放到学习上了，并且提前为考研做准备。与他相反，我并没有明确坚定的目标，整天浑浑噩噩，不知所措，在混沌中悬浮，看不清未来的路。我和程家竺的关系不像之前那样无话不谈了，不过仍旧可以向彼此说出自己的困惑与难处。后来，他建议我可以一边练习写电影剧本，一边报考电影学的硕士。我听从他的建议，开始规划自己的未来。他依旧将这句话作为自己的人生格言：不管怎么样，还是要向前看。不得不承认，在很长一段时间里，这句话影响了我的很多关键选择。

大三结束后，他邀请我去他老家住上一段日子，然后一同返校备考。我接受了他的邀请，也为此和女友争吵了一番。她总是抱怨我陪伴她的时间太短，眼里根本不珍视彼此的感情。我立即反驳了她的看法，却不得不在心里默默认同。怎么说呢，这段恋情从一开始便是敷衍无趣的戏码，而我们则习以为常地用拙劣的演技应付恋人间的所谓义务。在暑假即将来临前，我陪她去影院看了一部无聊的国产爱情电影。随后，我挑了一家便宜的宾馆过夜。第一次进入她身体的瞬间，头脑中闪现的却是艾曼躺在海滩上的情形。我越是用力遗忘，她的形象就越发清晰，挥之不去。之后，我们筋疲力尽地躺在床上，只有彼此的沉默，而窗外的车流声显得如此响亮喧哗。我已经预料到这段关系将要走到尽头。

第一次来到程家竺的成长环境，我突然明白了他性格中的古怪因子。下了火车之后，我们一起走了一个多小时的路，才到汽车站。又等了半个小时，车才开动，路很颠簸，摇晃着昏昏欲睡的乘客。车内当然没有空调，夏日的燥热仿佛灌入这个并不封闭的狭小空间。我坐在窗口位置，听着发动机的轰鸣声，随着山路的颠簸，望向窗外起起伏伏的山景。在过一段盘旋崎岖的山路时，我时不时会闭上双眼，担心坠入身旁的万丈深渊。而程家竺早已经习惯了这种颠簸，若无其事地闭眼养神，醒来后，又继续翻读手中的考研词汇书。他说自己是没有后路可退的人。他说自己的身后只有万丈悬崖。

下了车之后，我们在樱桃镇的一家小餐馆歇脚，吃了一顿简单的午餐。其间，我们并没有太多的交流，而我像是被推入了一个新世界，仔细地打量其中的细微末节。在动身离开小镇之前，我看到了两只黑鸟消失在天的尽头。接下来，我们又坐上了三轮车，沿着蜿蜒小路而行。大概半个小时后，车停在了一个丁字路口。我们开始沿着更狭长的路前行。没走多久，进入了空旷清爽的山野，满眼是绿色风景。程家竺突然开口唱歌，是一首我从来没有听过的民歌。山间的溪流声与鸟兽声是这歌声的和谐伴奏。重返自己的故土，他仿佛找回了迷失许久的心。

一个多小时后，我们终于到达了他的家。与我预料中的情境相反，他家的房子比我想象中的要宽敞明亮，而他的父亲则比我预想中的更黝黑衰老，神情却比城市中的同代人更清澈纯粹。不知为何，我在这个寡言的男人身上看到了程家竺的未来。晚饭结束后，程家竺给他的弟弟补习英语，而我则在他家附近的山野走走看看，吸纳着山与水的能量。

由于地形的缘故，这个村落的住户相当散落，每家每户都好像隔着千山万水。程家竺的家处在山腰的平坦部位，周围有几棵樱桃树，没有邻舍，仿佛是被孤立的岛屿。放眼望去，无边的绿色是生机盎然的茶树。我深吸了几口气，又缓缓地吐出，获得了新的力量。

临睡前，我们坐在大门口，享受着山间的晚风。他的祖母抱着一只花猫，喃喃自语，不知所云。我仔细辨听，却不得其中的要义。后来，程家竺才告诉我，他的祖母已经失去了记忆力，所说的都是她童年时的经历。我们在夜色中坐了很久，遥不可及的星辰仿佛近在咫尺。程家竺给我讲了很多他童年时的故事。留给我印象最深刻的画面是，被爸爸臭骂了一顿后，他独自爬到了樱桃树上，坐在星空下，祈祷着尽早离开这座牢狱般的大山。

夜晚睡觉时，我听到了山间汩汩的河流声与蛙鸣。无法入睡，突然想要把此时此刻的情景分享给另外一个人。我想发一条微信给艾曼，却发现自己早已经没有她的联系方式了。于是，我把稍作修改后的信息发给了魏莉。我整个人空空荡荡，头脑中却是一艘在海洋中迷失方向的夜航船。身旁的程家竺早已进入深眠，与夜合一。在这天地之间，我看见了人类的伟大与渺小、圣洁与卑微。

第二天吃完午饭，程家竺带我到山间游玩。他依次给我介绍所遇所见，我在他脸上看见了少有的轻松感。我们去了他的小学,其实是一间早已成为废墟的旧址。村里的小学几年前都没有了,现在的孩子都去镇上的学校入读。随后,他摇晃着手中的绳索,挂在房梁上的旧钟发出沉闷的响声,而童年生活的幻境也仿佛被声音所激活。我们站在废墟上,仿佛是被流放至此的无名罪人。我们离开了学校,去往了别处。

在一棵松树下,他突然停了下来,表情凝重,注视着眼前的石碑,而碑上的文字模糊不清,难以辨认。我站在他旁边,也不说话,生怕惊扰他此刻的孤独。二十分钟后,我们离开了松树,按原路返回。过了半晌,他才告诉我,原来,松树下埋着他的发小阿鹏。在十一岁那年,他们一起去河里游泳,阿鹏不幸溺水身亡,之后被埋在了此处。一直到现在,阿鹏都是他最好的朋友。每次遇到不开心的事情,他都会站在松树下,告诉阿鹏。他心中的愧疚从未消失。讲到最后,程家竺对我说,也许,当年死的应该是我。我不知道该说些什么。来往的风似乎捎来了另一个世界的消息。

我们在他家待了整整一周。离开的路上,我回过头,看见他的祖母站在山头望着我们,仿佛岿然不动的大树。

五

毕业前夕,我们并没有像其他宿舍那样尽情狂欢。与往常一样，我们宿舍显得格外冷清肃穆，每个人都蜷缩在各自的洞穴。除了程家竺以外，我对其他两位舍友并没有太多的了解，甚至可以说，他们和我只是共用了同一空间长达四年的陌生人。我也明白，毕业后的我们不会再有太多的联系，也不会有什么交集。而程家竺呢，则是我在大学期间所交的唯一朋友。对此，我和他心照不宣，并不需要种种伤感仪式来强化这种分别。

万万没有想到的是，我和他在学业上追求各异，又参加了研究生考试，然而结果却如此相似：我们都没有考上自己心仪的学校，不得不重回来时的县城中学，做一名中学语文老师。具有讽刺意味的是，我这个不学无术的人，进入的是一所省级重点高中，而他这个勤奋笃行的好学生，最后却被安排到一所普通中学。我们虽然各自有抱怨，但又沉默地接受了命运的戏谑。我们是航行在海上的船，终将要抵达各自的岸。

离校前，我送给了他一本毛姆的半自传小说，而他把一个黑色封皮的笔记本塞给了我。他说原本要一直写日记，最后却没有坚持下来。我差一点把自己曾经偷看他日记的经历说了出来，然而话到了嘴边，又咽了下去。也许，他看出了我表情的微妙变化。他又补充道，没什么，毕业了，咱们还是要保持联系啊。他一直把我送到了火车站，目送我离开。在火车开动的瞬间，我给他发了一条微信：家竺，这四年以来，要谢谢你，以后多保持联系。

然而之后，彼此的联系却越来越稀少。刚开始，我们还经常互通电话，抱怨着各自的工作，谈论着自我的格格不入。后来，我们像是约好了那样，只是偶尔发一发微信，说一些不痛不痒的话题。再后来，我们连这些象征性的问候也消失了。

其实，并不是我厌烦了他，而是我厌倦了交流本身。每次上课，我都要说太多重复的话，而下课后，我又要用更多的话来与同事、学生、家长以及领导周旋。原本以为教师是一个轻松的职业，有寒暑假，上完课后就可以自由行动。真正从事这个职业后，才发现以前的想法太过幼稚，因为基本上把精力都献给了别人，很少再有自己的独处空间。与教学任务相比，没完没了的行政事务快要掏空我了。更致命的是，我发现自己不适合这个职业。但我从来不把这种念头告诉任何人，在他们的眼中，我是一个有着铁饭碗的小知识分子。特别是在父母眼里，唯有进入体制内，才算是真正的安身立命。

慢慢地，我进入了一种失语的状态，尽最大的可能避免与他人交流。也许正是因为这种冷漠的敌意，魏莉提出了与我分手，而我立即成全了她。在最后一次离开我房间前，她指着我的脸，嚷道，黎海，你就是机器，你就不是人。说完，便狠狠地摔门而去。我没有任何反应，而是继续对着电脑屏幕，看着眼前的电影。是的，电影依旧是我唯一可以逃避的空间，而那里的世界也更加真实有趣。刚开始进入这所学校时，时不时会有人给我介绍对象，而我总以同样的理由当挡箭牌：我的女朋友在外地，我们很快就会结婚。后来，再没有人给我介绍对象了，我也因此获得了某种解脱。很多人都把我当作怪人，因为我从不按照他们的游戏规则来行事。

不知为何，我没有结过婚，却对婚姻生活充满了厌倦。程家竺送我的笔记本一直放在抽屉中，每当我想把自己的真实思考记录下来时，却发现一个字也写不出来。也许，我无法面对我自己。偶尔，我想把自己的困扰告诉程家竺，却发现自己始终不愿意拨打那个电话号码。或许是因为我不愿意让他看到我的失魂落魄。这份无法言说的失落，终究只属于自己一个人。

有一天晚上，我听到了手机铃声，上面显示出他的名字。接通电话后，他告诉我他将要结婚的消息，并且想请我当他的伴郎。我没有犹豫，立即答应了他的请求。我们已经有整整三年没有见过面了，而我也期待与他的重聚。当我再次看到他时，他像是换了一个人，变得幽默合群，懂得人际交往的种种法则，同时他的身体有了发福的前兆，脸上的表情也油腻庸俗。而我呢，也只是他四个伴郎中的一个，在整个婚礼过程中，扮演着可有可无的角色。原本想要沟通的欲望，也被闹闹哄哄的场面扰得烟消云散。一直到婚礼结束，他也没有和我主动说上几句话。当然，我理解他，但并不原谅他对我的轻视。

婚礼一结束，我便坐上了回家的火车。晚上，我收到了他发来的微信向我道谢,而我也学会了客套地说些祝福的话。不知为何,这场婚礼更加剧了我对婚姻的恐惧。没过多久,在与校领导发生矛盾之后,我写了一封波澜不惊的辞职信。我离开了学校,离开了县城,重新回到长安城,开始新的生活。

然而新生活并不容易,而我也要为自己的决绝买单。我在大学对面的城中村租了一间不到二十平方米的房子,里面没有独立的卫生间,没有取暖设备。我又开始找工作,从零开始的感觉让我郁郁寡欢,对生活的厌倦也越来越深刻。我切断了所有没有必要的联系,把自己变成一座孤岛。从销售到文员,从发传单到贴广告,我干了各种各样的没有职业要求的工作,甚至还遭遇了一些欺诈,拿不到工资。但这些经历,我从来不敢告诉任何人,我不愿让别人看到我的不堪。只有在夜里,独自蜷缩在床上,独自哭泣,不明白自己为什么会坠落到如此地步,而自己所追求的自由变得越来越虚妄。那年冬天特别残酷,电热毯突然坏掉了,大半夜我被冻醒,全身冒着冷汗,不停地哆嗦,以为自己会死在这个悬在空中的冰冷雪窟。然而,我并没有死。第二天起床后,外面落下了厚厚的积雪,而我拖着沉重的肉身,继续去上班。我早已失去了方向,凭借着身体的惯性而活。

第二年秋天,我与程家竺再次相见。他比婚礼时消瘦了很多,整个人的眼神显得空洞无力。我们绕着大学的操场走了三圈，说了些无关紧要的话。晚上，我们又去了附近的火锅店吃饭。几杯啤酒下肚，他才抛弃了之前那些客套话，与我真实地交流。原来，这些年来，他过得一点也不快乐。一方面，工作让他喘不过气来，连着三年都带高三语文，还是班主任，繁重的琐事透支了他几乎所有的生活能量。另一方面，他与妻子并没有多少共同话题，两个人经常闹别扭，甚至是长久冷战。虽然已经在县城贷款买了房，也买了车，但他还是希望在长安城有一套属于自己的房子，为以后孩子的教育做好铺垫。然而，他赚的钱很少，于是把仅有的周末时间也用来带家教。他觉得自己快要被榨干了，越来越没有选择和期待，不能有丝毫的差错，像是被无形的绳索捆绑着，悬挂在空中。

更多的时候，我都是在聆听，因为我不愿意谈论自己失败的生活。晚上，他执意要去我的住处过夜，而我也没有办法，答应了他的请求。在进入我逼仄房间的瞬间，我看到了他眼中深刻的失望。他又想要掩饰自己的失望，说，挺好的，一个人就是好，想怎样就怎样。我没有接他的这句话。晚上，我们像大学时那样，畅所欲言，然而彼此又特别疲惫。如今，我已经忘记了我们当时谈话的大部分内容，只记得他叹了一口气，对我说，以前总觉得向前看，原来前面什么也没有啊。

后来，我又重操旧业，在一所私立学校当语文老师。这或许是命运给我的最大的讽刺。我的心态也发生了很大的变化，因为这份相对稳定体面的工作让我对生活有了新的热情。自由是不存在的,因为枷锁是无处不在的,而我所要做的就是对所有的枷锁视而不见,选择隐形生活。后来,我搬出了城中村,住进了一套单身公寓。新环境洁净舒爽,有独立的洗手间和厨房,也有暖气与空调。我再也不用害怕一个人被冻死在房间了。一直以来,我没有固定的女朋友,因为无法为对方承诺婚姻。这么多年过去了,我还是喜欢看电影,这成为我寡淡生活的唯一亮色。我总是梦到自己赤裸着身体,悬浮在空中,无法降落,也无法上升,只能等待未知命运的降临。我渴望被救赎,却不知道能被什么救赎。

有一天晚上,我突然收到了程家竺的一条微信,上面写道:黎海,我已确诊是肺癌晚期,命运真会捉弄人啊。我快要死了,但是我不害怕,因为我对生活早已经厌倦了。也许,死了才会自由吧。除了你之外,我再也不知道把这样的话说给谁听了。

我坐在沙发上,愣了很久,无法接受这个事实。当我拨打他的电话时,那边传来的是关机的提示音。

六

我还是改变了主意,决定去见他最后一面。

时隔这么多年,这是我第二次去他的家乡,心情早已没有了当年的明朗纯粹。很多东西都没有改变：崎岖蜿蜒的山路，葱绿繁茂的山景，汩汩而歌的山溪以及硬朗俊秀的大山本身。然而，什么都变了，这里的人突然间衰老了，没有了早年的生机。也许，时间给予人和自然的是两张面孔。也许是因为凝视时间太久，我的心也早已衰老。我不知道该如何面对他。

当看到他平静地躺在大厅里时，我的心猛抽了一下，却没有预料中的崩溃。屋内都是哭泣的声音。我站在他的面前，看着他因病痛而扭曲的脸，此时却因死亡而宁静。他的身体异常羸弱，仿佛将肉身的重负全部抛弃，只剩下轻盈的灵魂。那一刻，我坚信灵魂的存在。我注视着他，原本想要对他说的话又咽了下去。我不想再次惊扰他的孤独。我只能注视着他。我在他的表情中看到了我灵魂的倒影。也就是那么一瞬间，我甚至有些嫉妒他。因为我也早已厌倦生活，而死亡或许是获得终极平静的唯一方式。

我不知道该如何安慰他的家人，因为任何安慰都无足轻重，甚至是对死亡本身的敌意。他的祖母坐在房间的角落，怀中抱着灰猫，喃喃自语，如同咒语，又像祈祷。奇怪的是，老人并没有衰老，和多年前的状态一模一样，时间仿佛忽略了她的存在。我坐在老人旁边，看着进进出出的陌生人，想象着他们各自的故事。一切恍若隔世。

午夜过后，料理丧事的人逐个散去了，只剩下他的父亲和弟弟守夜。我睡在程家竺的房间，就像多年前一样。然而，如今只剩下我一个人了。关掉灯后，黑暗降临于我，我突然觉得自己像是基督徒，宁愿相信天国的存在。我凝视着黑夜，回忆着我和他曾经的点点滴滴。也许是因为头绪太乱，潜伏许久的脉络始终看不分明。我侧卧着身体，盯着窗户，见一颗明亮的星挂在黑夜。河流声越来越清晰了，星辰越来越模糊了。

没过多久，我突然听到了推门声，接着是脚步声。一个熟悉的人影站在我的面前，呼喊了我的名字。是的，面前这个人就是程家竺，他让我和他一同出门游荡。我想都没想，跳下了床，跟着他走了出去。外面的夜空星光璀璨，而我也仿佛有了夜眼，可以看清楚夜色下的万物。跟在他身后，我的步伐也变得轻盈。我们走到了悬崖边，他让我跟着他一同跳下去。我没有丝毫迟疑，纵身跃入深渊。我并没有坠落，反而轻盈上升。我不知道这种奇迹来自何处。和他一起，我踏着脚下的空气，前往一座高山的顶部。从那里放出奇异的光芒，照亮了我们前行的路。眼下的世界距离我们越来越远，尘世的重负也慢慢灰飞烟灭。等我们到达山顶，光突然不见了，而程家竺也倏忽消失在夜色中。我呼喊着他的名字，但黑夜并没有给出回答。

我从梦中醒来了。整个人坐在黑夜中，再也无法入睡。已经凌晨四点多了，黎明快要到来了。穿好衣服后，我便来到他身旁，为他守夜到天亮。

白天，我在送葬的人群中看到了熟悉的身影。直到她轻声叫出我的名字，我才确信她就是苏梦。原来，她结婚不久后，又选择了离婚，整个人像是灰蒙蒙的流云，很久之前的光也熄灭了。简单说了几句话后，我们便沉默地跟在送葬队伍的后面。

走了很长的路后，他们把棺材放在一棵古松下面，那里埋着程家竺的祖父。他们把他埋在了他祖父的旁边。被人群惊扰的黑鸟，在大树上空盘旋，观看着人间的一切。在埋葬的过程中，苏梦紧紧地拽着我的胳膊，默默地流泪。

在告别之前，程家竺的妻子叫住了我们，说有东西要归还。随后，她把毛姆的那本《人生的枷锁》还给了我，把那两本写满日记的黑色笔记本给了苏梦。苏梦拥抱了她，过了很久才放手。

我和苏梦一同返回长安城。我们都太心力交瘁了，没有多说一句话。在火车上，我打开了那本书，里面夹着一张字条，留着他熟悉的字迹：兄弟，你要好好地活下去。

我把书贴放到胸口，看着窗外倒退的风景，眼里模糊一片。在车玻璃上，我似乎又看见了他。之后，眼泪淹没了我。这是我长达五年来第一次哭泣。

脸

一

我又看见那面镜子了。微光中,镜子向我缓缓驶来,仿佛一面没有立在船上的青铜色的帆。这一次,我被无形的绳索所捆缚,无法动弹。我的双眼无法躲避,也无处躲避。我只能眼睁睁地看着诅咒与灾难同时降临。镜子终于抵达我的眼前,周围的光也暗淡了一层,仿佛褪去茧的蝴蝶。我凝视着镜中的黑夜,却看不见自己的脸。忽然,我听到了从镜中传来的喑哑之声。仔细辨听之后,我才发现那个声音在呼喊我的名字。后来,声音像是浮出水面的光,清亮透彻,晶莹闪烁。我凝视着镜中的黑暗,突然发现那个声音出自我的身体,又不真正地属于我。

我想要击碎面前的镜子，却发现自己身处于镜子的世界。我坐在镜子的王国中，眼前是无数个自己的幻象，期待永远不要返回现实世界。没过多久，我看到镜中出现了裂痕，裂痕越来越多，越来越长。最可怕的是，我看到自己的脸慢慢地浮现于镜面，慢慢地破碎。我想要逃离，却发现自己被镜子所囚禁。我对着镜外大声呼喊，声音却被黑暗所囚禁。

在镜中，我看不清自己的脸。也许，我不仅是这镜子的囚徒，也是自己的囚徒。

经过疲惫挣扎，我才从残梦的捆缚中挣脱出来。其实，在梦中，我知道自己是在做梦。我已经做过太多类似的梦了，但我依旧无法适应梦中之镜。我明白，那面不存在的镜子既是我的应许之地，也是我的诅咒之城。我无法适应现实世界中的任何一面镜子，更无法适应镜中的自己。也许这样说会更彻底、更精确——我无法适应我自己。

这是我失去自己的第八百二十五天。我依旧无法适应自己，也无法适应这个世界。自从被尖刀摧毁之后，我的灵魂直到如今仍旧是一片废墟。有时候，我祈祷自己可以遗忘时间，从而遗忘存在与虚无。但越想要遗忘，记忆的根须就扎得越深，而后枝繁叶茂的大树将忧郁与苦难结成果实。在梦魇与失眠交替的夜晚，我越来越不知道自己是谁，我也常常忘记自己身处何地，以及为什么还苟活于世。为了抵抗这种消极情绪，我会在午夜阅读《金刚经》，或是静心地凝视巴赫的音乐。有时候，甚至什么也不想做，只是待在阳台上，对视着眼前的黑夜。黑夜如镜，庆幸的是，在这面镜中我看不到自己的脸。

此刻，凌晨四点三十五分。丈夫还在睡觉，我摸黑下了床，走出卧室，来到了书房。我坐在书桌前，打开台灯与笔记本电脑，对着窗外的熹微之光，开始在新的文档上写日记。我把刚才的梦境用文字凝固，而敲击键盘时的起伏声响，如同细凿一尊还未成型的雕塑。是啊，我用文字来细凿自己、剖析自己、解构自己，到最后却越来越迷失自己。我想要用日记重新塑造自己的灵魂，却发现这是一场无尽且无望的工程。

这是我的第三百四十二篇日记，也是第三百四十二个自己。写完日记后，我站起来，走到窗前，打开窗户，来自南方钴蓝色的风带来了海洋的讯息。我站在北方的城市，遥望南方的天空。与往常一样，是户外的鸟鸣提醒我白昼的降临。我伸展了腰身后，关掉了电脑，走进了洗手间。

洗漱完毕后，我走进厨房，一边听海顿的钢琴奏鸣曲，一边做早餐。六点四十五分，我听到海水汹涌的声音，那是丈夫的闹钟声。接着，我又听到了他洗澡时的歌唱声。这是他一天中最轻松的时刻，是他的灵魂与肉身最坦诚相见的时光。我不想打扰他的孤独，于是关掉了钢琴奏鸣曲，聆听他的孤独之歌。这也许算是我们之间最亲密的交流。虽然我并不完全喜欢他，但我部分地理解他的孤独。我和他是熟悉的陌生人。

七点半，我们用完了早餐。其间，只说了两三句闲话。他整理好了衣服，带着包便出了门。像往常一样，临走前，他亲吻了我的额头。作为回应，我挤出了笑容，拥抱了他。关上门之后，我长吁了一口气，整个人也放松了下来。与任何人相处，我都要有警惕心，生怕被误读，生怕被伤害。只有独处时，我才有短暂的安全感。然而此刻，我不知道自己算不算独处，因为我的身体里酝酿着一个新生命。昨天，当在医院确定了怀孕这个事实后，我没有快乐，也没有悲伤，而是有种莫名的失落感。一直到现在，我都无法确定是否将这个消息告诉成铭，更无法确定是否要这个孩子。对一个没有未来的人来说，孩子是治愈过去伤痛的最佳药品，但我已经习惯活在光的阴影之下。也许，我就是黑暗的孩子。

洗完了碗筷，整理完房间之后，我坐在客厅的沙发上，重新阅读陀思妥耶夫斯基的《被侮辱与被损害的人》。翻了两页之后，我依旧心浮气躁。我的内心有太多的话想要诉说，又不知道从何处说起，也不知道向谁去说。或许，我可以讲给这个还未出生的孩子，但又转念打消了这种念头。记忆是太过沉重的负荷，而我不想给孩子分享其中的一丝一毫。

我又想到了你，卢波。你是隐藏在我心中的黑暗幽灵。

于是，我离开了沙发，走到桌子前，从抽屉中取出稿纸与钢笔。我用这种最传统的方式给你写信，与你交谈，向你诉说自己的心事。这是我写给你的第十九封信。你从来都没有回复过我的信，但这并不重要。重要的是，我确定你已经读过了那些信。

第一次给你写信是在隆冬，我看着户外的纷纷大雪，字里行间也下着雪。此刻是仲夏之末，我又提起笔给你写信，而我的体内依旧是一片荒原，没有生命的绿洲。也许，我们这一生注定不再相见。但是，我发现我们之间的距离并没有因此而拉远。相反，在时间这位魔术师的魔法下，我发现我越来越理解你，越来越懂得你的喜乐悲伤。如今，我被囚禁于这无形的牢狱，我们都是真正意义上的囚徒。我想要见你，却找不到相见的理由，因此，我只能写信，只能用这种方式与你交谈，而每一封信都是海上的一叶扁舟。你是位于彼岸的灯塔，而彼岸触不可及。

此时此刻，我又走到人生的十字路口，而我不知道该做出何种选择。我已经太久没有出去工作了，绝大多数的时间，我都是将自己囚禁于这座房间。在外人看来，我过着相当自由自在的生活。没有人懂得我的艰难处境。我也害怕交付出自己的心。心，就是最大的牢狱。如今，作为囚徒的我，只能在做白日梦时获得短暂的安宁。

也许，你很难想象，那个曾经充满欢声笑语的人，如今却丧失了喜悦的能力。那个将美视为宗教的人，如今却不敢面对任何一面镜子。恐惧像影子一样时时刻刻伴随着我，而我也害怕有光的地方，害怕看到自己的阴影。其实，我想要见到你，想要像很多年前一样，坐在你的对面，无拘无束地与你畅谈，与你一同畅想未来。我明白这是一种妄想。我们此生再也没有机会相见了。然而，我渴望见到你，就如渴望冲出心的牢狱。

二

　　你是我最好的聆听者，只有你知道我所有的恐惧与喜乐。我们之间有太多无法被时间抹去的记忆，而你也是我心中无可替代的坚固存在。

　　还记得多年前的那个雪夜，你背着我走了很长的夜路。之后，我们一起拉着手，走进了一家名为"午夜巴黎"的小旅馆。那个夜晚，我们第一次赤裸相对。你在黑夜中用手抚摸我身体的战栗。当体悟到那种撕裂的疼痛时，我明白我和你已经融为一体，难舍难分。我能听到你体内热烈的涌动声，冰冷的心在你那里借到了短暂的光和热。剧烈的海浪退去之后，我们平躺在床上，细数着黑夜中的雪粒声，期待着黎明不要降临。你在黑夜中突然对我说，安歌，你是这个世界上最美的姑娘。我不知道该如何回应，于是转过了身体，亲吻了你的脸。你像孩子一样蜷缩着身体，很快便沉入梦海，而我聆听着你的梦呓与户外的雪声，久久无法入睡。那个夜晚是我人生新航线的开始，而你也已经长进了我的身体。我知道，你那个夜晚所做的梦肯定也与雪相关。

第二天，我们直到中午才睡醒，户外天空放晴，大雪封门，万籁俱静。我们平躺在床上，你给我讲昨夜的梦。你梦见自己走在茫茫的雪地，举目四望，大雪封住了所有的路。你迷失了方向，不知该去往何处。在你绝望无助时，你看到了一头白鹿向你走来。你突然明白，自己并没有被这个世界完全抛弃。听完你的梦，我与你十指相扣，久久没有分开。那时候，我们错把瞬间的平静当作了永恒。

卢波，在我们分开的这段时间，你还梦见过那头雪地中的白鹿吗？奇怪的是，我经常梦到你，梦到我们曾经相处的种种细节，梦见过你的那些梦。那些在现实中被磨损与被摧毁的记忆在梦的土地上开花生果。我从来不会把这些梦告诉任何人，因为那是我和你之间最后的秘密乐园。告诉你一个秘密，我从来没有梦过成铭。或者说，我主动选择遗忘与他相关的梦。有很多个夜晚，他抱着我，嘴里还说着梦话，有时甚至是轻声哭泣。有很多次，我都把他误当是你。很快，我发现这只是我的个人幻觉。我宁愿选择依靠幻觉而生活。

成铭是一个软件工程师，比我年长五岁，生平最大的爱好就是电脑。工作的时候，他便与几台电脑共同作战，工作之余，就是玩各种电脑游戏，基本上都是一些打打杀杀的场面。我从来不干涉他的工作与爱好，也没有丝毫的兴趣，甚至连假装感兴趣的耐心也没有。刚结婚时，我们之间还有一些象征性的交流。后来，我才发现这些交流是没有必要的存在。我们生活在各自的茧中，互不惊扰，各自为安。我不喜欢他，可我同情他。他九岁的时候，他的父母在一次车祸中双双去世，他由姑妈抚养成人。从小到大，他几乎没有什么朋友，陪伴他成长的几只猫也相继死去。在经历了很多次失败的相亲后，我和他相遇了，而那是我生平第一次相亲。令我们都惊讶的是，三个月后，我们走进了婚姻的殿堂。我们没有举办婚礼，没有拍婚纱照，也没有度蜜月。在这一点上，我们似乎达成了一致，不愿意用某种仪式去证明什么。我们的结合像是一个谜语。

后来，我才理清了其中的缘由：在他所有的相亲对象中，我是唯一一个对他的出身与家庭没有任何反应的人，而他也似乎对我脸上隐隐的伤疤满不在乎。是啊，如今想来，我们的结合是漠视彼此的胜利。有时候独处时，我甚至想不起他的脸。

从情感上讲，我应该尽快地离开他。我并不喜欢他，他也不喜欢我。我们之间是靠着一种古怪的情感结合在一起的。如今，我们的生活像是给彼此展示的演技。我和他几乎都没有朋友，除了罗琳之外，再也没有其他外人来过这个空荡荡的家。我应该离开他，离开这个家，然后开始新的生活。但从理智上讲，我无法离开他，更无法开始新生活。自从离开那所中学之后，我成为一名家庭主妇，再也没有出去工作。至少，他从表面上很认同我如今的处境，他觉得他有能力独自养活这个家，并且将其视为自己的职责。待在家里的时间越久，各方面的社会能力也骤然退化。如今，除了做饭、做家务、写日记与阅读之外，我其余的能力已经被时间无情地褫夺而去。如果离开了这个家，我不知道自己该去往何处。

卢波，你曾经说过，要和我共同建一个温馨的家，然后要生一个可爱的孩子。你甚至为孩子起好了名字，男孩就叫清河，女孩就叫南恩。那时候，我们还在上大四，我决定考研究生，而你则开始四处投简历，找工作，为我们的未来奔波打拼。那时，我们在一起已经有三年的时间了。我对你有很强烈的依赖，而你也处处为我着想，不让我受半点委屈。在你面前，我就像是一个任性的孩子。上学期间，我甚至无法想象没有你的日子，我该怎么去度过那些孤独无援的每一分钟。也许是因为太自我的原因，我总是在你面前不停地谈论我自己，却极少关心你的快乐与忧愁。直到如今，我都无法确定自己是否真正地了解你。因为和我在一起的时候，你总是看起来云淡风轻，洒脱自如，好像整个世界的重负都与你无关。

我和你上的是同一所大学。我主修的是英语,曾经打算毕业后去国外留学镀金,之后回国当一名大学老师。而你主修物理学,却对市场营销很感兴趣。你曾经说过,你的梦想是开一家文化公司,赚很多的钱,让我可以无忧无虑地做学术,环游世界。后来,我们的梦想在现实中焚化成灰。毕业后,我留校继续攻读英美文学专业的研究生。三年后,我成为一所普通中学的英文教师,而我的激情也被琐碎繁重的教学消磨殆尽。而你呢,从一家公司跳槽到另外一家公司,来来回回折腾了很多次,基本上做的都是营销工作。那个时候,你喜欢读成功学方面的畅销书,总是用那些可疑的成功案例来自我安慰。你总是在漫漫黑夜中等待奇迹,等待人生的第一桶金。我明白,你所等待的只是戈多,但我不会给你泼凉水,不会浇灭你最后的热情。在这盛大的寂寞中,我等待着你的觉醒。

也许,就是从那时候开始,我们的关系发生了裂变,开始走向了毁灭。我希望你找一份稳定的工作,或者也可以考个研究生,然后对生活重新进行规划与调整。而你依旧固守己见,在不同的公司与不同的人脉之间来回奔波,希望自己可以创造奇迹,过上人上人的生活。毕业后的几年,你也慢慢地变了,变成一个陌生人。你从一个清瘦干净的男生,变成一个头顶微秃、油头垢面、挺着啤酒肚的邋遢男人。上大学期间,你偶尔会给我讲一些物理、天文、军事与足球等各方面的知识，虽然我不是很理解，但对这些领域也产生了种种好奇。毕业后，你所有的话题都是围绕着创业和金钱，而我则硬着头皮，随声附和。有一次，我们去外面餐厅吃饭。你坐在对面，又开始讲起你最新的创业计划，而我则低着头，拿着手机，一边回复罗琳，一边漫不经心地听你说话。突然，你从对面站了起来，从我的手中夺走手机。你将手机砸到地板上，崩裂开花，然后带着包，离开了事故现场。等我从惊愕中清醒过来时，你已经消失在了人群中，而我则在众人的注视下，独自吃完那顿难以下咽的晚餐。

也许，那件事情就是我们关系恶化的转折点。自此之后，我们经常冷战，偶尔会发生激烈的争吵。我对你产生了厌倦。我们之前所积累的美好记忆，所留存的温暖感情，在一场接一场的战争中不断被损耗，仅存的只是情感的废墟。在我父母的强烈要求下，我带你去了我家。那是你第一次见我的父母，你试图表现出洒脱与健谈，可留下来的却是虚妄与笨拙。在我父母不断地盘问下，你惊慌失措，又故作冷静。送你出门之后，你长叹了一口气，没有说话，便离开了。回到家后，父母极力反对我和你交往，并命令我斩断与你的一切联系。我想要辩驳，想要维护我们的关系，但又找不出合适的理由。也许，父母命令我去做的恰好是我想要去做但又不愿意承认的事情。这正是我与你斩断关系的最佳契机,我顺从了父母的意愿。

那个夜晚,我主动给你发了一条分手短信。没过十秒钟,你打来电话,先是哀求,再是诅咒,最后是威胁。那是我听你说话最长久的一次,也是最后一次。五十分钟后,我挂断了电话。不到一分钟,你又打来了电话,但我没有接听。之后,你又打来五个电话,我依旧没有接听。我将你拉入黑名单,然后关机,粗暴地将你驱逐出我的世界。接着,便是大团的寂静缠绕着我喧闹的心。

那个夜晚,我失眠了。我想到了我们的过去,想到你在雪地里抱着我,想到了我们一同去图书馆读书时的静谧时光,想到了我们去滑冰、划船、蹦极、爬山等很多美好的场景。很多细微美好的瞬间都与你相关。而如今,我要与你斩断所有的联系,但是,我明白,那些记忆已经成为我命运的一部分。我躺在床上,细数着我们的过去,打量着自己的未来。等天亮了,我决定与过去告别,决定迎接我的新生活。

但是,迎接我的却是一场灾难。

三

第二天早餐后,我像往常一样走出家门。我带着复杂的心情迎接我的新生活。走进小区的花园时,我看到冬青旁有一个熟悉的人影。走了两三步之后，我才看清楚那是你面无表情的脸。我停了下来，想着如何才能体面地摆脱你，想着如何斩断与你的最后联系。我们就这样彼此凝视了三秒钟。之后，你快步走了过来。还没等我反应过来，你已经从包中取出了刀。在我想要逃离的瞬间，你抓住了我的胳膊。我还没有喊出口，你已经将刀划向我的脸和脖子，连续两次。你松了手，把我推倒在地，然后消失在我的视野。我眼前的世界血肉模糊，只能听到自己最后的喘息声。在倒地闭眼的瞬间，我体会到了死亡所带来的疼痛与宁静。一切就要终结了，我想，以后再也不会有焦灼与疼痛了。失去意识之前，我似乎听到了童年时的歌谣。我想要喊出声音，然而却没有一点力气。我看到了死神的模样——死神和我一模一样。奇怪的是，那个瞬间，我突然得到了救赎。我看见了来自天国的荣光。我听见了来自黑暗深处的召唤。原来，我也是神的孩子。

但是，我没有死。

再次睁开眼睛时，我已经躺在医院的病床上，身上插满了各种管子，脸上蒙着氧气罩。我看到了母亲，她坐在病床旁，打着盹，脸上满是痛哭后的疲惫。我的手微微地触碰到她的胳膊。她猛然间睁开了眼，看到我后，她的泪珠夺眶而出，呼喊着父亲的名字。父亲进入房间后，放下手中的水果，抱着母亲，喜极而泣。那个瞬间，我突然忘记自己身处何地。过了很长的时间,我才意识到自己刚刚逃离死神的手掌。接着,我的头脑中又浮现出你的脸。只不过,我不再有焦灼,也不再有恐惧。对于死过一次的人来说,活着的每时每刻都如同梦游。如果可能的话,我宁愿选择失忆,宁愿选择遗忘你。如果没有了那些记忆,我还能否称得上是我自己?

自从醒来后,我在医院又待了整整四十九天。每过一天,脸上与脖子上的疤痕会淡一些,而死去的记忆也会复活一点。慢慢地,我与过去碎片化的我在记忆的王国中不断相遇,一直到我读懂了过去的自己。从他们的交谈中,我才知道,如果当时的刀刃再偏离一点位置,或者再深入一点,那么,我的命肯定也保不住了。外婆说她每天都要为我祷告,也许是因为上帝真的听到了她的虔诚的祈祷。外婆每隔一天就会来医院看我一次,每次都会坐上半个小时,给我逐字逐行地读《福音书》与《约伯记》。有一次,病房中只有我和她两个人。读完了一段《马太福音》中的布道词之后,祖母对我说,歌歌,你要学会宽恕。

我点了点头,却不知道自己该宽恕什么。

除了外婆之外,姑妈、伯父、小姨与舅舅也会隔三岔五地来看我,学校的领导与同事也都来探望过我,来访者中甚至包括太久没有联系的同学。他们像是提前商量好一样,从不细问那场灾难,更没有人提起你的名字。对于他们而言,这场灾难像是我的耻辱柱。渐渐地，我厌倦了这千篇一律的关心，但我又不能将这种厌倦写在脸上。他们的到来，从某种意义上也温暖了我，照亮了我。

当然，这些人中并不包括罗琳。

罗琳是我大学时最亲密的朋友，也是你的高中同学。正是在她的介绍下，我才认识了你。你追我时所写的很多情书都是她转交给我的，而她也是我们情感路上的见证者。当她再次出现在我面前时，她先做了一番忏悔。她后悔把你介绍给了我，后悔转交了那些情书。她说如果当初没有撮合我和你，那么就不会有今天的悲剧。不知道为什么，在她做出那些忏悔时，我心中忽然响起了一种荒谬的冷笑。我没有笑出来，因为我已经被剥夺了笑的权利。她向我说了一些关于你的近况。在你犯下罪行后，你并没有逃离这座城市，而是回到自己租住的房间，连续打了五个小时的电脑游戏，仿佛什么也没有发生。一直到警察将你拷走，审判你，将你送入监狱，你也没有半点反抗，没有半点异议。也许，你真的厌倦了生活，厌倦了自己。卢波，在你亲手将我摧毁的瞬间，你是否有一种狂喜？这么久过去了，你是否有半点悔意？在监狱中，你是否看清了自己的心？

出院之后，我原本打算休整一段时间，忘记过去，然后重新出发。但是，当我在镜子中看到自己的脸时，我崩溃了，整个人瘫软在地，号啕哭泣。在母亲的安慰下，我才慢慢地恢复了平静。父亲摘掉了家中所有的镜子。我心中的镜子却被时间越擦越亮。你在我身上留下的两道伤疤恰好构成了一个鲜明的十字。我还没有学会祷告,便被送上了永恒的刑场。也是从那个时候开始,我经常梦到那面不存在的镜子以及那个无脸之人。

之后,我几乎没有出过家门。我害怕看见阳光,看见镜子,看见他人的注视。刚开始时,父母还专门请来了心理医生,帮我治疗。我拒绝将自己的恐惧说给他人,医生却始终保持着耐心,似乎并不在意我的冷漠无语。三次之后,那个医生再也没有出现在我的视野。慢慢地,我将自己囚禁于房间,不愿意与任何人交流沟通。那个时候,我开始读经书、写日记,自己与自己交谈。与父母的关系也越来越遥远,几乎和他们不说话。我常常能听到母亲的牢骚与父亲的哀叹。后来,他们的脸色也越来越冷漠,甚至变得很难看。我想要离开这个家,又不知道该去往何处。

说实话,起初,我内心对你充满了仇恨,想要立即见到你,然后杀死你。后来,这种仇恨变成一种切肤般的理解。你在毁灭我的同时,也毁灭了你自己:我们是被命运共同毁灭的人。在冬夜的某个灵光瞬间,我突然很想念你,想和你说话,想说出我的宽恕。午夜,我给罗琳发了微信,告诉她我整个人思想的转变,告诉她我想要和你说话。很快,罗琳打来了电话,她说我可以去监狱看你,而她可以陪我一起去。我立即答应了下来。

可到了第二天,我反悔了,我还没有做好去见你的准备。罗琳理解我的选择,她把你所在的具体地址发给了我,她说我可以给你写信。那天午后,面对着眼前的大雪,我给你写下了第一封信。之后,接二连三地,我给你写了很多封信。你从来没有回信,但这没有关系,我知道你已经读了那些信。也许,你的沉默便是最好的交流方式。

在家里待了整整一年后,我的十字伤疤渐渐淡化,但无形的十字架依旧树立在心间。我依旧无法面对所有的镜子。更多的时候,我把自己看作是一名罪人,一个被世界抛弃的人,但我又不知道自己犯了什么罪。一年的漫长病假很快便到期了,我带着疲惫与渴望的双重心情去学校报到。也许是因为太久没有联系的缘故,校领导与同事们像是换了一张脸,他们注视我的眼神中包含着同情、嘲弄与质疑等多重意味。我能听到他们在背后对我的误解与非议。再次回到人群中间,那些陌生人的脸像是一面面形状各异的镜子,让我的恐惧无处躲藏,无处安顿。也许是因为长久独处的原因,我感到了强烈的不适。

上班三天后,我递交了辞职信,离开了那所学校。我把这个消息告诉了父母。母亲摇了摇头,坐在椅子上不说话。父亲则在沉默了三分钟后,对我说,你暂时不工作可以,但你必须要结婚,你不能永远待在这个家。我没有说话,而是回到自己的房间,将自己反锁在内。是的,我必须要离开这个家了,因为这里已经不是我的家了。第二天，母亲帮我画好妆容后，我便打了出租，出门相亲。那是我生平第一次，也是唯一一次相亲。相亲的对象便是成铭，他没有问任何关于我过去的事情，而我对他的过往也不感兴趣。说完客套话后，我们沉默地坐了一小会儿，之后便各自离去了。不久后，我和他结婚了。

四

晚上七点半，成铭准时回到家，而我已经提前五分钟把晚饭摆在了桌子上。我们在杏黄色的灯光下，面对面就餐。他说明天要去北京出差，得十天左右的时间。我没有说什么，只是点了点头。他问我是否愿意和他一同去。我摇了摇头，说，你一个人去吧，我要照顾这个家。他点了点头，没有再说话，沉默地喝完了玉米粥。

晚饭结束后，他冲了澡，然后走进卧室，打开电脑，开始打游戏。此时此刻，我特别想要冲到他的面前，关掉电脑，然后郑重地告诉他，我怀孕了，你也快要当爸爸了。理智却阻止我这样去做，我早已习惯了他冷漠的脸，我也习惯了自己这颗冰冷的心。

收拾完厨房，我坐在客厅的沙发上，心乱如麻，读不进去书。我甚至在犹豫要不要这个孩子，或许他的诞生本身就是一个错误。记得那天下午将第一封信寄出去之后，我的脑海就一直徘徊着你在夏末时穿着短裤背心在操场上打篮球的背影，我喊了你的名字，你转过头来，冲我微笑。是啊，那是我所见过的世间最明媚的脸。所有明媚的终将黯淡，但那个瞬间的记忆就是我私人的永恒。此刻，如果你在身边，那该有多好，因为你是我最好的聆听者。如今，我已经明白，你摧毁我的脸，不仅出于恨，更出自一种彻骨的爱。这么久过去了，我已经完全理解了你。在宽恕了你的同时，我也与过去的自己握手言和。此时此刻，我需要你在我的身边，你却身处另外一个囚笼。

我已经做好见你的所有准备。我渴望打开你和我的囚笼。

我又把自己的想法发微信告诉了罗琳。罗琳很快打来电话说她愿意陪我去监狱看你，她明天就和监狱的管理部门预约时间。我感谢了她，感谢她容忍我乖戾的性格，感谢她的不离不弃。她说她对我的境遇一直有愧歉之情，而她所做的一切都微不足道。我不知道该如何回应，只是在电话这边默声叹气。她问我是否愿意去见你的父母。我思考了足足半分钟，认同了她的建议。挂上电话后，我走到窗前，深吸了一口气。世界之夜如同一面镜子，而我在上面看到了自己复杂的表情。我又看到了脸上的十字，于是我立即转向了屋内。

那个夜晚，我又梦到了那面镜子。也从镜子中听到一个人在呼喊我的名字，当我仔细辨听时，才发现那个声音出自你。

我循着声音，在雾霭中寻找你，却发现你的形体并不存在。你只剩下了声音。从梦中清醒之后，我走进了客厅，将半杯凉水灌入体内，然后写了整整三页的日记。即便是面对日记，我也无法交付自己的真心。

第二天，成铭拉着行李箱，离开家，去北京出差。干完家务后，我便联系了罗琳。我打出租车去约好的地点。在开往目的地的途中，我望向窗外，观看每一个陌生人的脸。在我的潜意识中，人群是同一张脸的变奏，而每一个人都戴着同样的面具。这一次，当我仔细观看那些陌生人的脸时，却发现自己之前的看法是一种执拗的偏见。每一个人脸上的表情都如此不同，神态各异，每一个人的脸都是他们的灵魂写照。在车窗玻璃上，我隐隐约约可以看见自己的脸。我尽量忽略它的存在。

下了出租车之后，我走进了附近的星巴克，看见了坐在角落的罗琳。她画着淡妆，穿着黑色长裙，正沉浸于一本书籍。我坐在了她的对面后，她才抬起了头，脸上露出动人的笑容。她站了起来，靠近我身边，紧紧地拥抱住我。我们没有说话，而这拥抱击碎了我们一年多未见面所带来的种种隔阂。我们各自喝了一杯咖啡，小心翼翼地谈论着彼此。如今，她已经拿到了博士学位，留校当了大学老师，走出了人生最重要的一步。她还没有结婚的打算，更不打算要孩子。她目前想写一本小说，但找不到什么头绪。她谈论着自己，而我只能带着复杂的心情去聆听。如果可以选择,我也愿意去过她那样的人生。但是,我已经无路可退了。

出了咖啡馆之后,我们一同去了你的家。罗琳开车,我坐在副驾驶的位置。一路上,我们也没有多说一句话。她开着音乐,音箱中传来诺拉·琼斯的歌曲。我也不知道为什么要去你的家,为什么要去看你的父母。这种举动也蛮讽刺的。我和你认识了那么久,从未去过你的家。以前我倒是主动地提过几次,都被你以各种理由搪塞过去了,后来,我再也没有提过这件事情。如今,你在监狱,而我以未知的理由去你的家,见你的父母。也许只有空中的云,瞥见了我心中莫名的荒诞感。

车在一个破败的小区门口停了下来。罗琳给你的母亲打完电话后,我们便走进了小区,走进了你的家。小区大概有三十多年的历史了吧,都是六层高的老式建筑,爬山虎覆盖了半面墙,像是要占据整个空间。我跟在罗琳的身后,打量着你成长的环境,想象着你过往的生活。身处此地,我才慢慢地进入了你的世界。如今的我,依然渴望认识更多的你。也许,这是我的心魔。我无法摆脱自己的心魔。

不到五分钟,我们便走到了你家的楼下。我们一同爬向了六楼,而楼道中隐约可以闻到腐朽之味。罗琳敲了敲门,一个面容苍老的矮个女人开了门。我认出了你的母亲。我们坐在逼仄的客厅中,而她已经给我们倒好了茶水。她坐在了我们的对面。我们不知道该怎样开口,而你母亲一直对我说着对不起之类的话。我对她说,一切都过去了,我早都开始了新生活。突然,我听到一个男人剧烈的咳嗽声。你的母亲离开了客厅,去了另外一个房间。回来后,她解释说那是你父亲的咳嗽声,他最近患上了重度感冒,也没有钱去治疗。之后我才了解到,你的父亲以前在附近的一家工厂工作,干的都是体力活,收入勉强养家。五年前,他在三米高的地方作业时,突然掉了下来,摔断了腿,再也没有站立起来,成了废人。之后,你们家陷入了空前的危机,只能靠微薄的救助金与你母亲打零工的收入来维持这个家。之前,他们还把希望寄托在你的身上。自从你进了监狱后,他们仅存的希望也都破灭了。他们曾经想过开煤气阀去自杀,但最终你的母亲还是下定决心等待你的归来。无论时间多么久,她都不愿意让你成为无家可归的孤儿。毕竟,你还有很长的路要去走。

听完她的讲述,我压抑不住心中的苦痛,冲出了房间,冲出了那栋楼。罗琳一直跟在我的身后,喊着我的名字,她不知道我为什么会突然失控,而我也不愿意将这种难解的情绪表达出来。我坐在小区花园的竹椅上,而罗琳则赶了过来,坐在我的身旁。她拉着我的手,不再说话,和我一起沉默。我坐在你曾经生活过的地方,想着你曾经的谎言。你曾对我说,你的父亲是一名医生,母亲是中学教师,你们家过着还算富足的生活。

我对此从未有过质疑，我一开始便彻头彻尾地相信了你所有的话。因为在我面前，你总是穿着很好的衣服，用着时髦的电子产品，从未见你谈过缺钱的问题。和我在一起的时候，你总是主动地为我们的消费买单，脸上从来没有闪现过任何犹豫和不悦。你送过我很多礼物，甚至包括我的第一台笔记本电脑，而我只送过你一本书。是啊，从一开始，你就欺骗了我，你是个虚荣的人。难道我不虚荣吗？是的，我不仅虚荣，而且自私，只关注自己，从来不关心你的精神生活。

突然，我看到一只蝴蝶从花园中飞了出来。也就是在这一瞬间，我更加理解你了，甚至带着愧疚之情。我站了起来，与罗琳一同走出了小区。我们并没有立即回到车里，而是去了附近的银行。我从 ATM 机中取出了一万元的现金。我们原路返回，再次敲响了你们家的门。进去之后，我把装钱的信封塞到了你母亲的手中。她摇了摇头，但在我的坚持之下，她收下了那笔钱，并且承诺会尽快还给我。她脸上的褶皱更深了，而废墟般的眼神中出现了熹微之光。临走之前，我去了另外一个房间，看到了你的父亲。他坐在轮椅上。对于我的到来，他无动于衷，也没说任何话。

之后，罗琳开车送我回家。临走之前，她说她已经预约好了，明天就可以探视。她问我是否确定要去见你，我非常郑重地点了点头。那个晚上，成铭打来电话，问我一天过得怎么样。

我撒了谎，说自己在家读完一本书，看了两部电影。之后，我又独自坐在电脑前，将今天的所见所想写成了日记。我多么想让你看到这些日记，想让你更深入地理解我，但转念一想，我又为自己的幼稚感到可笑。见到你后，我到底应该说些什么呢？

第二天，罗琳开车带我去见你。整整三个小时五十分钟的路程，我们离开了城市，在各种风景的见证下，终于来到了洛城监狱的大门前。罗琳坐在车上，而我经过层层关卡，层层审核，终于要见到你了。最后，我走到了铁门前，整个人几乎要倒塌了。

狱警说，女士，你可以进去了，他就在里面。

我的心异常平静，像是沉入海洋的巨鲸。狱警打开了门，一束寒气浸入我的体内，我打了个哆嗦，然后深吸一口气，进入那扇铁门。我看到了你。隔着玻璃，你就坐在另外一边。我走了过去，坐在你的对面，仔细辨析着你的脸。你瘦了太多，眼神中的光已经完全熄灭，与我想象中的完全不同。最重要的是，你的脸变得异常陌生而冷酷。

我拿起了电话，听到了你的声音：安歌，你还好吗？

我摇了摇头，放下电话，走出了那间房子。那一刻，眼泪淹没了我，也拯救了我。于是，我决定再也不想看见你了。

返程的路上，我和罗琳都没说话，而是听着电台中的音乐。

过了一会儿,我看到了一只孤鸟穿过一团白云,什么也没有留下来。我拿出手机,给成铭发了一条微信,告诉他,我怀孕了。我放下手机,随着电台中的音乐一起哼唱。罗琳的脸上露出了笑容,她和我一同大声地唱歌。我已经好久没有唱过歌了。我也终于理解了笼中鸟儿为何歌唱。

回家之后,我所做的第一件事情,就是为家里置办了三面镜子。

幻想与幻想曲

第一节：白色

我确信，这不是白日梦。我已经将那封电子邮件反反复复读了好几遍。为了确定这不是梦。我将这封简信打印了出来。当打印机吐出那张 A4 纸时，我在镜子中瞥见了自己的慌张与羞涩，但我还是故作镇定，不想在镜子面前失控。这么多年以来，我所追求的一直是稳定与平衡的生活。是的，我不能让这封邮件扰乱我的心。

窗外下着雨，我重新坐回椅子。对着白纸上的黑字，又一次默念其中的内容——

以梦:

你好,今年的六月十八日,我会在长安城的音乐厅举办钢琴独奏会。其中,有一个曲目是舒伯特的《幻想曲》(D.940),我希望我们可以再次共同演奏这首曲子。除了你之外,我再也找不到合适的搭档了。等待你的答复。

愿一切安好。

荀生,于纽约

我小声地念出荀生的名字,随后放下手中的纸,开始聆听雨声。我将椅子转向窗户,凝视雨水打落在梧桐树叶上的光影变幻。雨水倾城的声音在头脑中渐渐隐去,取而代之的是舒伯特《幻想曲》的旋律。已经有近十二年没有弹过这首曲子了,也没有再完整地听过一遍。奇怪的是,我却清晰地记得其中的每一个音符。我闭着眼睛,想象着这首曲子的形状,仿佛看到多年前荀生和我共同弹奏它时的情景。那天,我穿着白色的长裙,他穿着黑色的礼服,而我们坐在同一架钢琴前,在空荡荡的舞台上,共同演奏这首需要四手联弹的幻想曲。当时,我感受不到观众的存在,因为黑暗短暂地淹没了他们。从头顶洒下来的光却在凝视我们。奇怪的是,我能想到音乐,却无法记起荀生的脸。

正当我沉浸于回忆的长河时,一阵敲门声将我从过去的时间中猛烈拉回,而我也立即睁开眼睛,将手上的纸放回办公桌上。敲门的是朵拉。她也是音乐系的一名教师,比我年长两岁,是我在这所大学唯一认可的朋友。

"我记得你今天晚上有选修课,晚饭吃了没?"朵拉问道。

"没有吃,我晚上基本不吃饭。"

她从包里取出一小包咖啡巧克力递给我,说:"把这个吃了吧,要不上两个小时的课,会让你吃不消的。"

我点了点头,接受了她的建议。

她看到了办公桌上的那封信,问道:"你是不是有心事?"

"他要回来了,"我说,"荀生想和我一起演奏舒伯特的钢琴曲。"

"这是好事啊,答应下来吧。不要忘记你也是个钢琴家啊。"

"我还没有想好呢,我不想让自己的生活失衡。"

"只是一起演奏曲子嘛,不要那么矫情啦,"她说,"再说了,生活太无聊了,咱们也需要一些新鲜事儿来养养自己。"

说完后,朵拉离开了办公室。她要去赴晚宴,与另外一个男友。她没有结婚,也不打算要孩子,目前至少有三个情人围绕着她转。在我看来,她过着一种危险的生活,而正是这种危险成就了她的魅力。我知道自己缺乏这种魅力。说实话,我甚至羡慕她的生活,而她似乎是另一个我。也许正是因为这个原因,我才愿意和她分享我接近真实的一面。在绝大多数人面前,包括我丈夫的面前,我都要变换着脸上的假面具。只有在她面前,我会卸下伪装,像是洗完澡后,一丝不挂,与镜中的自己赤裸相对。她知道荀生与我之间的故事,甚至曾经鼓动我去找荀生,去开始新的生活。我没有那样去做,因为我是一个懦弱的人。

外面的雨停了下来,办公室又只剩下我一个人了。我突然有点饿,于是打开巧克力包装。当舌尖触碰到巧克力的瞬间,我突然想起了荀生的脸,想起了多年前的那个场景:我们在钢琴房里练习贝多芬的《第三十号钢琴奏鸣曲》,中场休息时,荀生将半块黑巧克力放到我的嘴里,而另外一半则塞进他自己的嘴里。我们相视而笑,接着,我们亲吻,我们交换心中的甜蜜。至今,每次回味他的吻,我都会想到巧克力的味道。我又重新读了那封邮件,想要立即回复他,但我的手指却在键盘前僵硬了。我不知道该如何回复他,不知道如何开始第一句话。毕竟,我们已经有九年没有联系了,而我已经习惯了这种没有联系的牵绊。夜会照亮夜,而岛屿会抵达岛屿。

我决定不接受他的邀请,并且用沉默作为回答。我退出了邮箱,关掉了电脑。静坐了十分钟后,我拎着包离开了办公室。之后,我走进了文津楼。乘着电梯上升至六楼的过程中,喧哗也距我越来越远。出了电梯后,径直走进了教室,学生们的喧哗又再次将我围困,但我已经适应了这种眩晕感。这学期,我在学校开设了西方音乐史这门公共选修课。第一节课时，阶梯教室里坐满了来自各个专业的学生，他们的眼神中涌现出对音乐的巨大热情。但在随后的课堂上，这种热情急剧下降，有很多学生选择了逃课，或者在课堂上做其他事情。我并不在意这些，也从来不点名。毕竟，古典音乐与大多数人的关联非常淡，甚至毫不相干。这种音乐对很多人来说是可有可无的，但对于像荀生和我这样的人来说，音乐就是我们灵魂的本体，是我们的人间食粮。在重复单调的教学中，我对音乐的爱并没有半点损耗。相反，时间所带给我的任何东西，都会让我更加靠近艺术的核心。

上课铃响后，我环视了一下教室，来了一半左右的学生，而黎楠仍旧坐在第三排最中间的位置。黎楠是物理学院的学生，但对音乐充满了古怪的热情，每次下课后，他都会向我提出很新颖的问题。每次在我讲课时，他好像是这个班里唯一记笔记的人。其他学生要么不听，要么就用手机拍下课件，而我知道课后他们根本不会再看一眼。三分钟后，课堂上恢复了安静。我打开课件，开始讲古典音乐到浪漫音乐的过渡期，随后便着重讲贝多芬在音乐史上的重要性。在此期间，我关掉教室的灯，播放了贝多芬的《第五交响曲》《第九交响曲》与《第一钢琴协奏曲》等片段。在这些音乐响起的时候，我在黑暗中获得了短暂的拯救。音乐是我魂灵的幽暗国度，聆听音乐是我祈祷的方式。透过屏幕散出的微光，我看到了黎楠专注于音乐的凝神表情，仿佛一尊精致神圣的大理石雕像。我突然在他的眼神中看到了荀生的样子，而这或许也是我关注他的重要原因。对于这一点，我脑海中的另外一个声音却极力反对，我不想让他们之间产生半点情感关联。每次上公选课的时候，他的在场与注视都让我沉静。这种感觉多么像多年前，我和荀生一同上课的场景啊。那时候，我们都是痴迷艺术的学生，艺术史和思想史的课堂就是我们的天堂。荀生的存在同样让我沉静，而他所缺席的每堂课都让我兵荒马乱。这么多年过去了，我仍然记得当初的魂不守舍。在我的课堂之外，黎楠到底是怎样的学生？除了音乐之外，他是否还有其他爱好？他有没有女朋友？我想知道关于他的一切。但作为老师，我又必须克制住自己的这份好奇，因为这会打破我对平衡的追求。在平衡生活的路途中，我的心却失去了平衡。

放学铃声响了，学生们如鸟儿离开巢穴般涌出门，而黎楠则夹着笔记本来到我的面前。接着，我简洁地回答了他提出的两个问题：贝多芬与莫扎特在音乐上的关系以及贝多芬作品的晚期风格。我讲解，他低头做笔记。我闻到了他身上散发的运动香水味。那个瞬间，我多么想抚摸他的头发啊，但心中的道德规范却制止了我。讲完之后，空荡荡的教室就只剩下我和他。我们共同沉默，而我们的沉默如同钟声。也许，他也意识到了这种尴尬。

他说:"老师,咱们该走了。"

我和他走出了教室,走进了电梯。在这个狭小空间中,我们都不说话,我们也不敢注视彼此的眼睛。走出电梯后,我深吸了一口气。之后,我们走出了文津楼,外面的夜色温柔,而雨在浓郁的氛围下显得更大。我撑起了手中的黑伞,而他没有带伞。

"要不,你用我的伞,我的车里还有一把。"我说。

"方便吗?"他问。

"当然方便呀,不过,你要陪我去停车场。"我说。

他点了点头。于是,我们躲在同一把黑伞下仰望黑夜,伞是夜的面纱。他撑着伞,而我依在他的身旁。这是我们的身体最接近的一次,而我能听到自己的心跳,也能听到他的呼吸。我放缓了自己的速度,而他则跟随我的脚步。我想,只要我再主动一些,身旁的这个人便会屈服于我的意志。我没有。我们只是踩着破碎的雨水前行。

"老师,我还能问你一件事情吗?"

"当然了。"

"贝多芬的作品,你个人最喜欢哪一部?"

"要看情况,因为他的作品太丰富太伟大了,比如此刻,我最喜欢的是《第三十号钢琴奏鸣曲》。"

"为什么呢？"

"因为这部作品让我想起了过去的一个朋友。"

"嗯，也许这就是音乐的魅力吧，那个朋友肯定也不一般。"

他没有再继续说下去，而我也守住了心中的黑暗。某个瞬间，我碰到了他的手，又赶紧缩回，不让他看见我内心的破绽。我们走到了车前。我按下开锁键，而他帮我打开了车门。那个瞬间，我多么想带着他一起逃离这座城市。

"老师，我可以加您微信吗？"他终于吐出了这句话。

我藏住了喜悦，冷静地说："好的，但我平时不太用微信。"

他扫了我的微信二维码，我也立即通过了他的请求。在他的注视下，我开车离开了学校。外面的雨敲打着车窗玻璃，而音响里传来了德彪西的《牧神午后》。我逐渐忘记了自我的存在，而时间也掀开了往事的面纱。我突然想起，我和荀生曾经也坐在车内，在雨夜驶向爱的乌托邦。如今，我已经忘记了乌托邦在何处，却清晰地记得自己内心的悸动。那个雨夜，他把车停到郊外的路上，两旁是湿漉漉的麦田，而他打开了我的新世界。我们共同打开了爱的窄门，在彼此的拥抱中寻找家园。我们在车内汹涌地做爱，而车外大雨的汹涌让我们忘记了时间。我仿佛掉入时间的深渊，忘记了此刻的我身处何地。突然，我看到了前面停了一辆卡车。我紧急刹车，庆幸自己没有撞上去，而我的平衡感也瞬间被打碎。

车再次启动时，我关掉了车内的音乐，关闭了往事的闸口。在枯燥的雨声中，我要完成对枯燥的认同与超越。

半个小时后，我回到了家。坐在沙发上，我打开了手机，收到了黎楠发来的微信：老师，您到家了吗？我本来想说很多，但理智让我只回复了一个字：嗯。他秒回：您今天辛苦了，谢谢您的伞，晚安。不知道为什么，我被这个大男孩的关心所感染，但我再也没有回复他。之后，我坐在沙发上，进入他的朋友圈，观看他的日常生活。他所发的东西很少，基本上是转发一些与音乐和物理相关的帖子，但是，我基本可以确定的是，他没有女朋友，他目前的感情生活是空白的。因为这个发现，我有种莫名的庆幸感。同时，我又为这种庆幸而感到羞愧。是的，我不能越过那条情感界线。

泡完热水澡后，我去房间看女儿。她已经抱着小熊睡着了，身旁放着童话书《彼得·潘》。我亲吻了她的脸，不愿吻醒她的梦。走出她的房间后，我又坐回沙发，给自己倒了半杯红酒。婆婆在另外一个房间休息了，而丈夫也没有回家。这是只属于我一个人的世界。我无所事事，便打开了电脑，重新读苟生写给我的邮件。我不知道该说些什么，关于感情，还是音乐。于是，我决定不再见他，不再和他有任何瓜葛。我将红酒一饮而尽，关灯，脱衣，躺在床上，任凭黑夜凝视我的梦。

午夜，我听到了开门声。丈夫回来了，他又喝多了。他叫着我的名字，我没有回应他。他也脱掉衣服，躺在床上。我闻到了他身上的酒气，我有点恶心。他从后面抱住了我。他的身体像火一样灼烧。我想要挣扎，想要逃离，但理智告诉我，我必须屈服于他的欲望。我像是笼中的鸟儿，早已经忘记了如何歌唱。

第二节：黑色

我以为她不会回复我的邮件，甚至说，她根本没有收到我的信。对此，我并没有抱多大的希望。毕竟，我们已经有九年没有联系了。或许，她早都弃用那个旧邮箱了。或许，她早都弃掉了那些旧记忆，开始了新生活。或许，她很早就将我驱逐出了她的理想之国。但是，我忘不掉她。我以为时间的洪水会将关于她的记忆湮没，浊浪却一次次地将她推向我的记忆舞台。对此，我束手无策，只能向时间缴械投降。时间到底是什么，我也不清楚。唯一肯定的是，演奏钢琴的时候，我会忘记时间，而成为音乐的本体：音乐是超越时间的存在。也许，这就是我喜欢弹奏钢琴的原因，不仅仅是为了保证技艺的娴熟，更是为了逃离时间的囚笼。这么多年了，我每天都要保证练习四个小时的钢琴，而我的钢琴前放着格伦·古尔德的黑白照片。他是我心中的钢琴圣徒，而他的存在照亮了我。

我喜欢独处，而钢琴是我的孤独王国。在这个王国中，我既是国王，又是奴隶。

那天，彼得·贝克特率领纽约爱乐乐团在纽约市音乐厅演出，而我作为演出嘉宾要登台表演。我与贝克特先生已经合作好多年了，深知彼此的演出风格与特色。在他们演奏完斯特拉文斯基的《春之祭》之后，我登上了舞台，灯光与掌声同时涌向了我。我早已经习惯了这种聚焦，这种聚焦的光将我分裂成另外一个人。这个人与密室中练琴的那个人格格不入，却又共存于同一个肉身圣殿。我坐在钢琴前，屏气凝视，看着指挥发出了开始的指令，于是便与交响乐团共同演奏舒曼的《a小调钢琴协奏曲》。这首协奏曲已成为我身体的一部分，我知道其中每个音符的轻重缓急。在弹奏的过程中，我忘记了我自己，与钢琴融为一体。在音乐的河流中，我顺水而行，而身后的管弦乐仿佛河岸的呐喊与回音。第一乐章结束后，我们在沉默处停留了几秒钟，接着，我们又共同驶向如船歌般的第二乐章。据音乐史家考证，这一章是舒曼献给克拉拉的颂歌。不知道为什么，第二乐章开始不久，我的脑海中出现了潘以梦的样子，而我也因此无法完全融入音乐的河流。我的手似乎忘记了音符，而我不得不退而求其次——依靠对乐谱的回忆。事实再一次证明，这是次一级的演奏境界，但我还是要不露声色地将其演奏完毕。在第二章快要结束时，我弹错了三个音，但又立即修正回来。我看到了贝克特先生脸上微妙的变化。除了他之外,场内应该没有人能听出这微弱的错误。进入第三乐章后,我又回归到无我的状态,最终顺利地完成了最后一章。整个音乐会结束后,贝克特在后台拍了拍我的肩膀,没有说话,而我对他的意思心领神会。我们之间的默契早已超越了语言。他是我的密友,也是我的恩师。多年前,在中央音乐学院读钢琴系的研究生时,我因为偶然的机遇结识了他。那年,北京爱乐乐团要举办一场纪念舒曼的音乐会,而他受邀担任指挥。在演出的前一周,担任钢琴演奏的钢琴家因为种种原因而取消合作。我的导师当时正好是这个乐团的艺术总监,他推荐我临时去顶上那个空缺。当时,我正在学校排练舒曼的《a小调钢琴协奏曲》,所以很快就适应了乐团的节奏,摸清了指挥的个人风格。在排练期间,我和指挥并没有多少言语交流,更多的是靠眼神与肢体语言。经过几天的相处,我发现我们对音乐的理解很合拍。排练很顺利,而演出同样顺利。演出结束后,贝克特先生在北京待了两天,而我负责陪他到各处景点游玩。在他离开之前,我们互留了电子邮箱。一个月后,我收到了他的邀请。那是我第一次去都柏林演出,当时演奏的是拉赫玛尼诺夫的《第二钢琴协奏曲》。之后,我似乎受到了幸运女神的眷顾,有了更多去国外演出的机会。这些年来,通过DG公司,也发行了三张古典音乐唱片,引起了音乐界的关注,也得了一些奖项。然而,这么多年过去了,我却从来没在自己生长的城市举办过音乐会。为了弥补这个缺憾,我把自己的想法告诉了音乐经纪人莉莉。经过多方斡旋,她很快便为我安排好了一场音乐会:今年的六月十八日,我将在长安城举办个人钢琴独奏会,而曲目由我在演奏前两个月提供给音乐厅。我和经纪公司做了很多的沟通,最后才达成一致,他们允许我这一次独自去中国演出,但我离开的每一天都要和经纪人保持联系。

演出结束的那个夜晚,我拖着疲惫的肉身回到自己的公寓。泡完热水澡,喝完两杯红酒后,我关掉灯,躺在孤独的黑暗王国,聆听自己的呼吸声。我无法入睡,头脑中回荡着舒曼的钢琴协奏曲的第二乐章。我想到了舒曼、克拉拉以及勃拉姆斯之间的情感纠葛,我又无可避免地想到了潘以梦,想到我们在毕业音乐会上共同弹奏了舒伯特的《幻想曲》。那时她穿着白色长裙,而我穿着黑色礼服。她钟爱白色,认为那是所有色彩的来源。而我最喜欢黑色,因为黑色是所有颜色的终结。这么多年过去了,我不知道她是否过上了自己想要的生活。也许,这一次去长安城,我们可以冰释前嫌,可以抹掉伤痕。于是,我从床上爬了起来,打开笔记本电脑,登录电子邮箱。虽然早已删除了她的邮箱地址,但记忆却没有删除。我给她写了封邮件,斟酌其中的每个字眼。确定邮件发送成功后,便关掉了笔记本,等待着奇迹的降临。拉开窗帘后,我坐在沙发上,面对着夜空的浩瀚沉思默想。突然间，我看到了一颗流星的陨落。孤独兽在我体内鸣叫，而我睁着眼睛，面对着夜镜中的自己，将欲望从体内释放出来。那瞬间，我感受到了万物皆空。之后，我又去冲了澡。擦干身体后，我对着镜子，试图重新辨认自己，并且认领此刻的虚妄。

我以为她不会回信了。对此，我并没有抱多大的希望。但是，三天之后，我收到了她的答复，她同意与我共同弹奏舒伯特的《幻想曲》。接着，我又给她写了一封邮件，告诉她演奏会的具体细节与安排。之后，我坐在钢琴前，弹奏了贝多芬的《第三十号钢琴奏鸣曲》。很多年前的雨天，我和潘以梦在练习这首曲子的间隙，躺在地毯上占据了彼此的心，那是我们最亲密的时刻，我甚至从未想过彼此会分离。当我进入她的身体时，当我们合二为一时，我听到了她的耳语：要是时间就停留在此刻，那该有多好啊。最后，我们还是被时间之刃劈成两个人。这么久过去了，我们之间的承诺早已变成微尘与暗光，但记忆与音乐却克服了时间的残忍。时间每分每秒都在腐蚀我们的灵魂，而当我再次见到她时，我还是不是原来的我？她还是不是以前的她？我们会不会一起流泪？

我把自己的疑惑告诉了苏珊娜。她一边用浴巾擦掉身上的水珠，一边回答道："你当然不是你了，今天的你和昨天的你就是两个人啊。"

"但一些本质性的东西并不会改变啊。"我说。

"是的,有一些东西是不变的,比如我们的关系。"

说完后,她将浴巾扔到了沙发上,然后裸着身体走了过来,像是从大理石中复活的埃尔米奥娜。苏珊娜给我推荐过很多她喜欢的书,而莎士比亚晚期剧作《冬天的故事》则是我印象最深刻的书。苏珊娜半侧着身体,右手扶着头,枝形灯为她的身体勾勒出了一道光晕。她凝视着我,不说话,而眼神中是神圣之光。我也侧着身体,用我的凝视来回应她的凝视。我在她的眼神中看到了自己赤裸的灵魂。我们就这样沉默地打量对方,好像是彼此的镜像。

"亲爱的,我们今天换个新方式吧。"她说。

"好,我已经准备好了,我们一起走向新世界。"

说完后,我起身去厨房,归来时带着下午买的草莓果酱。看到我手中的玻璃瓶后,她的脸上浮现出微妙的笑意。接着,她平躺在床上,整个身体像是精工细琢的艺术品。我扭开瓶盖,果酱的香味瞬间溢了出来,短暂的陶醉并没有让我迷失。亲吻了她的双眸后,我将瓶子移到她的腹部,而果酱也随着我的控制缓慢地流淌而出,在她的腹部开出暗红色的花朵。她的身体在深蓝色的床单上微微颤抖,仿佛是刚刚被惊醒的美人鱼。我将果酱瓶放在一边,开始亲吻朵朵暗夜绽放的花瓣,而她则抚摸着我的脸,像是要用手塑造出全新的我。花朵在我的亲吻下开放。我将草莓香味洒遍她的全身。之后,我将灯光调暗,而她像是我这艘游轮的船长,控制着方向与节奏。在巨浪来临时,我们都喊了出来,像是要躲避空虚的侵袭。很久之后,她趴在我的身体之上,而我则抱着她,回味着方才的激情。我们大概拥抱了很久,因为我已嗅到草莓在夜色中成熟的味道。

"我们一起去洗澡吧。"她突然说道。

她离开了我的身体,调亮了灯光。我离开了我们的海洋,与她一起冲洗掉身上的夜色。之后,我们又躺在床上,宛如新生。

"你看,我们现在的关系多么好,没有恋爱和婚姻等观念的牵绊,我们每次的相遇都是新鲜的,就像刚才的果酱一样。"她说。

"那你介意我去见潘以梦吗?"

"当然不介意了,我们很早就承诺过不干涉彼此的生活啊,不过,我对那个姑娘挺感兴趣的,不知道她长什么样子啊。"

"我这里没有她的照片。"

"嗯,对了,我最近在和一个男人约会,他有家庭,但想离婚后和我结婚,我拒绝了他的要求。你也知道,我是反婚的。"

"明白,那个男人是干什么的?"

"他是我在哥伦比亚大学读书时的文学教授,后来,他在我们出版社出版了一本专著,而我刚好是那本书的编辑。以前上学时,我总觉得他是个古板的人,没想到后来接触多了,发现他很有趣。你也知道,我只对有趣的男人感兴趣。"

"你觉得我有趣吗?我怎么觉得自己过得毫无生气啊。"

"不,你知道,当你弹钢琴的时候,你整个人的气象都非常迷人,而这也是我喜欢你的原因。我还记得第一次去听你的音乐会,当时你弹的是肖邦的《第一叙事曲》,我一瞬间就爱上你了。"

"如果我不弹钢琴了,你还会喜欢我吗?"

"没有钢琴,你也不是你了。就像没有了诗歌,我也不是我了。"

"是的,我明白你的意思了。"

之后,我关掉了灯,黑夜罩住了我们。当我再次呼唤她的名字时,却发现她已经进入梦海,而我的头脑却异常清醒。她蜷缩着身体,像是需要被关爱的孩子。我和苏珊娜是两年前认识的,那是她第一次来听我的音乐会。也不知道通过怎样的关系,她在后台见到了我,没有多说什么,而是把名片递给我。之后,我们便有了交往。除了对艺术的共同痴迷外,我们都是独身主义者。我们会在约好的时间做爱,但我们不会让彼此陷入爱的泥淖。她毕业于耶鲁大学,是著名出版社的编辑,也是个诗人,出过两本英文诗集,痴迷里尔克与荷尔德林,打算将保罗·策兰的德文诗歌重译,并且已经付诸行动。在她的影响下，我也读了一些外国文学书，而这也确实帮助我更多维度地理解音乐。我曾经问过她为什么不结婚，她没有回答。而她也从来没有问过我独身的原因。也许，她对我的过去并不感兴趣。我只知道她是华裔，说着不太顺畅的汉语，但从来没有去过中国。我对她的过去很感兴趣，但是，我克制住了自己的这份好奇。

早晨起床后，苏珊娜已经把早餐端到桌子上了。我们一起吃面包、牛奶以及草莓，中间闲聊了几句，但没有再提昨夜的话题。洗完餐具后，她离开了我的公寓。

我打开了钢琴，那里有新的世界等待着我。

第三节：白色

通过邮件，他告诉了我演奏会的具体细节与安排。与此同时，他说自己会在一个月后抵达长安城。等到演奏会结束后，他要飞到德国，那里有一场森林音乐会在等待他。最后，他感谢我能够和他共同演奏《幻想曲》。

他所使用的语言非常克制与中性，看不出半点私情。也许是我自作多情吧，也许这只是一场合作而已。毕竟这么多年过去了，他早有了自己的新生活。但是，他没有结婚，没有小孩，我还是比较肯定这一点的。他是一个坚定的独身主义者，这或许也是我们分手的根本原因。这么多年来,我一直在网络上关注和他相关的新闻,绝大多数是演出消息与个人访谈,几乎没有涉及他的私生活。我既希望他改变立场,去结婚生子,过所谓的正常人的生活。同时,我又希望他不要结婚,不要陷入婚姻的泥淖,始终保持艺术家的精神独立性。是的,婚姻与艺术是格格不入的天敌,除非你的另一半同样也是艺术家。

这么多年来,我多么像是一个活在暗处的偷窥者,而他始终处于舞台的光亮中心。他是一个成功的人,至少在艺术造诣上如此。而我呢,无论艺术还是生活,都是彻彻底底的失败者。最悲凉的是,我还要为这种失败与绝望披上光鲜的外衣。从小到大,我都不会让他人看到我的失落与悲伤,而我也很早就学会了独自在黑暗中咀嚼失败。庆幸的是,我还有音乐与钢琴。当弹奏钢琴时,我会进入超越悲喜的境界。我会在那个无形的时空中,短暂地遗忘自我。每一天,我都尽量保持练习两个小时的钢琴。这么多年来,也许钢琴是唯一懂得我的朋友,而我也不愿意让其他人走进我的内心世界。因为,钢琴比人更值得信赖。最近几天,我读完了钢琴女王阿格里奇的传记《童子与魔法》,而这本书更让我巩固了之前的看法。很久以前,我也有过成为职业钢琴家的梦想,但我又害怕那样飘忽不定的生活,于是退而求其次,梦想拥有美满的家庭生活。自从结婚后,自从有了女儿后,我越发觉得自己抛弃了理想。唯有弹奏钢琴的时候，这种愧疚感才有所减弱。因此，当收到荀生的演出邀请时，我又仿佛看到了坐在舞台中心的自己，仿佛更靠近真实的自己，即使这种靠近只是一种幻觉，但我在此刻宁愿选择依靠幻觉而活。这种幻觉正如水中月，随时都会被琐事所击破。比如此刻，我不得不坐在女儿旁边，教她弹琴。默默今年上小学一年级，而她在未出生之前就已经生活在音乐的世界了。怀着她的时候，我几乎听遍了所有经典的钢琴曲。当她出生以后，我每天都有计划地安排她听古典音乐，以此培养她的乐感。对照着不同的音乐，她会有不同的情绪表达，而我从她的细微反应中看出了她的天赋所在：她注定会成为职业钢琴家，她注定会在舞台上大放异彩。在她四岁半的时候，我就开始教她弹钢琴。刚开始的时候，她还表现出巨大的好奇心。而现在，几年过去了，这种好奇心早已因日复一日机械式地敲击琴键而消退。在她年幼的脸上浮现出疲惫的衰老，而我也曾经历过这种衰老。陪她练琴的过程中，我仿佛在与幼年的自己对峙。今天，我要陪她练习莫扎特的《第三钢琴奏鸣曲》。她想看动画片，不想练琴，但又不敢反抗我，只能将愤怒砸在琴键上。我正想着如何处理眼前的状况，却听到了手机的响声。我拿起了手机，原来是朵拉打来的。我走进卧室，接通了电话。

"今晚六点请你吃晚饭，顺便见见我的新男友。"朵拉在电话那头说道。

我迟疑了几秒钟，原本想要推辞，但转念便答应下来："没问题，你把位置发给我吧。"

　　"好的。你今天可真爽快。"

　　两分钟后，我收到了她发来的定位。之后，我回到卧室，换上前两天刚买的衣服。临走前，我嘱咐婆婆要督促默默练琴。婆婆点了点头，然后关掉了客厅的电视机。出门的瞬间，户外的亮光让我释然。原来，我多么想要逃离这个家庭，想要暂时地离开女儿与钢琴，想要大口地呼吸外面世界的空气。这种机械式的生活令我窒息。

　　四十分钟后，我到达了卡斯顿饭店，他们已经在维多利亚包间等着我了。进入包间前，我先在洗手间整理了自己的妆容。确定一切无误之后，我才走入包间。看到我后，他俩都站了起来。朵拉走过来拥抱了我，而我闻到了她喷着香奈儿五号的气味。她向我介绍了身边那个看起来木讷的男人：这是我的男友，他的名字叫吕则凯。她又向他介绍了我。我们握了握手，便围绕着桌子坐了下来。起初，只有我和朵拉在这个略显空荡的空间里说说笑笑，而他只是沉默地观看我们。等到我们的话题由斯特拉文斯基的晚期音乐转向徒步旅行时，他才加入我们的谈话中。到后来，他逐渐成为谈话的主角。我们一边吃饭，一边聆听他的种种见解。他广泛的阅历与迷人的腔调弥补了他外形上的不足。

通过交谈，我逐渐对他的生活轮廓有了简单的了解。他经营着一家文化传媒公司，效益还不错，他会把每年的收益拿出一部分捐给白血病研究基金会。多年前，他的母亲得了白血病，但他却没有足够的钱支付母亲的医疗费。最后，他只能眼睁睁地看着母亲在床上因疼痛而死掉。送走母亲之后，他辞掉了那份工资微薄的国企工作。经过多年的摸爬滚打，见过形形色色的人与事之后，他终于在事业上有了起步。经济上宽裕之后，他在时间上获得了更大的自由，于是他重新拾起大学时代的最大爱好——摄影。直到如今，他都将布列松、荒木经惟与森山大道视为自己的偶像。从三十五岁开始，他每一年都会外出旅游四次，而这四次又分别安排在四个季节。他今年四十一岁了，未婚，去过一些地方，拍了很多照片，但他觉得自己的人生才刚刚开始，自己的行船刚刚起航。今年四月，他去了日本京都旅游。在赏樱花的时候，一个女人闯入了他的眼前，而他情不自禁地为她拍了俯身捡拾樱花花瓣的照片。之后，他才发现这个女人居然和他说着同样的语言，更巧合的是，他们来自同一个城市。他们在不同的时间回了国，但他们的联系却没有中断。或许，他冥冥之中便明白，这个女人就是他在等待的人。上个月，他们正式确立了关系，而那个捡樱花的女人就是眼前的朵拉。

"在遇到他之后，我才相信了爱情，"朵拉说，"不过，我们是不会结婚的。对吧?"

"婚姻会毁掉这种爱。"

"也不是固定答案,有的人在婚姻中才会更幸福,比如我的朋友潘以梦。"

我笑得很敷衍,但他们看不出我的敷衍。在生活的舞台上,我是演技精湛的实力派。我们又说了一些无关紧要的话。之后,我去了一趟洗手间。然而,就是这个短暂的外出倾覆了我所有的骄傲。完全没有想到如此狗血的剧情会发生在自己身上。是的,我看见了他。从洗手间出来,我突然看到了熟悉的背影。起初,我不太确信,但跟着走了五米之后,我才确定那个人就是我的丈夫王思南。他坐在一楼靠窗的位置,而他的对面则是一位光鲜亮丽的女人。我站在二楼的隐蔽处,他们的一举一动都在我的监视之下。也许,他们谈论的只是工作而已,我想,工作上总会碰到形形色色的人。但是,我错了,他们的神情已经超越了公务应酬的边界。几分钟后,她摸了他的手,而他则凝视着她,用手抚摸着她的脸。他们安静地注视着彼此,仿佛要许下终身的承诺。他亲吻了她的脸,然后,他们开始共进晚餐。那个瞬间,我无法控制内心的懦弱,流下了眼泪。我深吸了一口气,然后缓缓吐出。我要保持内心的平衡,我要摁住心中的魔鬼。我又走进了洗手间,对着镜子,整理好自己的情绪。在出门的那一刻,我改变了主意。我挂好了微笑，走下楼，来到了他们的位置。而他们正陶醉于彼此，并没有注意到我的存在。

"王思南，好久不见了啊。"我说。

等他刚转过头，我便拿起桌上的红酒杯，将红酒泼在他的脸上。我看到了那个女人的惊慌失措，但我佯装出的傲慢禁止我和她说话。我转身就走，而他并没有追上来。走上二楼时，内心已经崩溃了，但我却没有流泪。重新走进包间时，我又挂起了微笑。

"抱歉，我出去了这么久，"我说，"还是接着刚才的那个话题，我也不相信婚姻。"

"你怎么了？出去了一趟，像是换了一个人。"朵拉有点诧异。

"我觉得自己不能说谎。"

朵拉好像明白了什么，她飞快地转移了聊天的话题。我没有心情说话，但自尊心又强迫自己若无其事地参与他们的讨论。我都不知道自己说了些什么，我的话与我的心是分离的。在这期间，我多么希望王思南能上来找我，然后向我道歉，向我解释一切。但是，他没有。很快地，我们也结束了晚餐。走到饭厅门口，朵拉坚持要开车送我回家，而我也没有推辞。说完再见后，我们便坐上了车。车开动的瞬间，我无声地哭泣。朵拉握住我的手，没有说话，我感到了她手心的温度。当车开过二环路的高架桥之后,我止住了哭泣,恢复了平静。

"不好意思,我破坏了你们的晚餐。"我说。

"没有,谢谢你能来,"朵拉说,"想听点音乐吗?"

我点了点头。之后,巴赫的《法国组曲》从音响中缓缓流出,而我在这干净纯粹的音乐国度中,短暂地遗忘了刚才的耻辱。

回到家后,女儿已经睡着了,婆婆依旧守在电视机前。自从公公去世之后,电视机成了她最亲密的朋友。我们只是点了点头,没有说话。洗完澡后,我坐在卧室的沙发上,看着夜晚的星空。突然,我听到了手机的响声。原来又是黎楠发来的道晚安的微信。自从加了我的微信之后,他每天都会在晚上十点半左右发来同样的问候。之前,我对此视而不见。但今夜,我却改变了主意。

"你在干什么呢?"我回复道。

"我戴着耳机听舒伯特的《幻想曲》,就是你在上节课推荐的曲子。"

之后,我们开始聊天。他很幽默,也懂得讨人开心,让我再次领略到语言的魔力。我已经很久没有这样舒坦地说话了。在这个过程中,我甚至忘记了他是我的学生。他谈论音乐、文学、物理学以及自己的日常生活,而我负责回应。这样大概聊了一个小时,我们才彼此道晚安。放下手机后,心中积存的抑郁减轻了很多。很久以前,我和王思南也是这样无话不谈的,也不知道从什么时候开始,我们变成了住在一个屋檐下的陌生人。

夜里十二点,他回来了,而我则睁着眼睛,侧躺在床上。他洗完澡后,也躺在了床上。我等待着他的道歉与解释,但他却没有说话。那个夜晚,我彻底地失眠了,而他则在我身旁打着微鼾,说着梦话。

我们整整三天没有说话,而我越发觉得自己像是一头困兽。三天来,他没有做任何表示,我也漠然处之。是时候需要改变了,是时候迎接新生活了。那天午后,他不在家。我给他发了一条微信:"我们还是分开一段时间吧,我们都需要冷静一下。"

很快,我收到了他的回复:"好的,这样对彼此都好。"

我收拾好自己的衣物和用具,决定去父母家住一段时间。出门的时候,女儿拉住我的手,而婆婆很快将她哄回了客厅。

来到外面,我感受到了巨大的自由,而自由背后是未知带来的无边虚空。

第四节:黑色

在飞机上,我已经看到长安城的轮廓了。在秦岭之北,在高原以南,这座城池像是镶嵌在关中平原上的无光宝石。以前身处其中时,我并没有感受到这座城市的魅力。阔别三年之后,当从高空俯视长安城的时候,我突然感受到一股未知的磁场力。是啊,这座城市还保存着我无法清除的记忆。飞机降落时,我将帕慕克的《伊斯坦布尔》重新放回包里。

在出口处,我看到了小姨和姨夫,他们在向我招手。我拉着箱子,走到他们面前。在与姨夫握完手之后,我和小姨拥抱了好久。她拍了拍我的肩膀说:"回来就好,我还以为你再也不会回来了。"我没有说话,而是和他们共同走出飞机场。

今天的天气明媚有光,道路两旁的梧桐在微风中摇曳。我望着车外的风景,嗅到了清新的绿意。姨夫开车,我与小姨坐在后排。刚开始,我们不知道该说些什么,因为长久的分离加深了彼此的陌生感。在车下了高速,驶入市内的凤栖路之后,小姨才开始与我交谈。她问了一些关于我目前生活状况的问题,而我尽量用最简单的语言作为回答。最后,她终于触及那个最核心的问题:

"荀生,你会结婚吗?"

"不会的,小姨,"我说,"我很早就决定不结婚了。"

"要是你妈妈还活着,她会不开心的。"

"我妈妈会支持我的,"我说,"她是这个世界上最理解我的人。"

小姨没有再说话,而是拍了拍我的手。

回到小姨家之后,我先去洗了澡,之后便躺在床上睡着了。在梦中,我看见了外婆和妈妈,她们在大海边,呼喊我的名字。我明明就在她们的跟前,但她们看不到我,也听不到我的声音。后来,她们乘上了白轮船,驶向海洋的深处。我站在海边,大声地喊着她们,让她们等等我。她们没有回头,而海浪淹没了我的呼喊。等到她们消失在大海的尽头后,我坐在海滩上开始哭泣。除了大海之外,没有人能听到我的哭泣。

我的梦被敲门声敲碎了,而大海也在我面前隐去。

"孩子,去洗洗脸,准备吃饭了,"小姨说,"你外公和你弟也过来了。"

我看了看表,原来睡了将近三个小时了,时差在这睡眠中也逆转过来了。在洗手间,我对着镜子,看到了自己眼神中的海。洗漱完毕后,我走出了洗手间,来到了客厅。外公和表弟正坐在沙发上看电视上的新闻频道。看到我之后,表弟站了起来,与我握手。外公则一把将我揽入怀中,说道:"回来就好,回来就好。"之后,我坐在沙发上,和他们一同观看千篇一律的新闻。回国前,我以为我们会无话不谈。然而见面后,我们却无话可说。我突然感觉自己像是闯入者,像是所有地方的局外人。有那么一瞬间,我想要逃离这个封闭的空间,想要一个人躲在房间弹钢琴。但是,我的理性控制了我。

晚餐是莲菜羊肉水饺。吃饭的时候,我们又闲聊了些无关紧要的话。之后，各自埋头，吃完了碗中的饺子。晚餐结束后，小姨在厨房洗碗，我们几个男人坐在沙发上，看着电视，吃着水果。表弟将电视台转到了音乐频道。听到熟悉的音乐后，我整个人都提起了精神。电视上正在转播的是由西蒙·拉特指挥，柏林爱乐乐团演奏的森林音乐会。我们看着音乐会，没有人说话，而小姨也很快加入了我们的观看队伍。二十多分钟后，节目以贝多芬的《欢乐颂》而落幕。小姨关掉了电视，家里又陷入了短暂的寂静。小姨打破了这种沉默，她问我音乐会什么时候举办。

"六月十八日，在市中心的音乐厅，"我说，"到时候，你们都要来捧场啊。"

"肯定了，要是你妈妈和外婆还在，她们肯定会很自豪的。"姨夫说道。

我不知道该怎样回答，只能点点头。

"明天，你去墓地看看她们吧，"小姨说，"我和你弟陪你去。"

"好的，我很久都没有去看她们了。"

原本想和他们分享刚才做的梦，但我又放弃了这种念头。与人相处的时候，我宁愿做一名聆听者。对我而言，诉说是一种危险的信号。我只愿意对钢琴倾诉。很快，我们结束了这场不算多么温馨的家庭聚会。半晌后，表弟要开车送走外公。

"你今晚就在这里过夜吧,都这么晚了。"我对外公说。

"我在别的地方睡不习惯,"外公说,"再说,你外婆胆小,一个人不敢住。"

我心里一抽,突然明白,对外公而言,外婆并没有死去,她还以某种形式活在这个世界。我又和姨夫单独待了一会儿。我们坐在阳台上,对着夜空,抽着烟,寻找着心底的话。

姨夫突然问道:"你不想去见见你爸吗?"

"不想,他在我心里已经死了。"

姨夫再也没说话。之后,我们便走进了各自的卧室。

我毫无睡意,于是打开了电脑,查收邮件。在一堆工作邮件之中,我一眼认出了潘以梦的来信。她说她最近都有空,随时可以联系。在邮件的后面,她留下了自己的手机号码与微信号。我加了她的微信,而她立即就通过了我的请求,却没有继续说话。我从包里取出《伊斯坦布尔》,继续阅读,但身心感觉格外空虚。我今天没有练琴,因而整个人都感觉匮乏与愧疚。临睡前,我依旧没有收到她的微信。我放下书,关掉灯,期待黎明的再次降临。那个夜晚,我梦到自己在海边弹奏钢琴。除了面前的海面之外,周围空无一物。

第二天清晨,我被窗外的鸟鸣叫醒。打开手机后,我看到了以梦发来的微信:"早,等你有空了,联系我。"

我回复:"好的,我们今晚见,可以吗?到时候也想请其他同学一起来。"

"没问题,到时候把时间和地点都发给我。"

"好,晚上见。"

发完微信之后,我突然被这短暂的喜悦照明。没想到的是,我们这么快就可以见面了。我曾经以为,我们会永不来往。当我独自面对她的时候,我应该做些什么呢?为了缓冲这种未知的尴尬,我想到了举办同学会。我在网上找到了玫瑰骑士音乐餐厅。当年大学毕业,我们的散伙饭就是在这家餐厅完成的。接着,我在网上预订了一个包间,晚餐将会在今晚的七点开始。我把晚餐的地点与时间都通过微信发给了李浩,然后让他帮我联系其他在长安城的同学。李浩是我们班的班长,这么多年来,他是我唯一保持联系的大学同学。发完微信后,我便出去洗漱。之后,便与小姨一家共进早餐。

等小姨忙完之后,我们便一同出发了。表弟在前面开车,而我和小姨坐在后排座位。我们都穿着黑色衬衣,一路沉默不语。在出城的街道旁,表弟停下车,我和小姨走进了花店。我挑选了外婆生前最喜爱的康乃馨以及妈妈生前最爱的红玫瑰。等车开出了长安城之后,小姨开始给我讲她的童年往事,以及她与妈妈曾经做过的一些糗事。那些尘封的往事在我的眼前变得鲜活起来,仿佛时间领着我们走进过去的繁花丛中。印象最深刻的是,外婆领着她们姐妹去动物园看斑马、孔雀与老虎。

当她面对笼中的老虎时,她闭着眼睛,紧紧地抓住姐姐的手。姐姐对她说,不要害怕,我和妈妈都在你的旁边。重新睁开眼睛后,她发现老虎并没有想象中可怕。第一次,她体会到了超越恐惧的喜悦。

"姐姐是个胆小的人,她肯定害怕,"小姨说,"但是她从来不让任何人知道,她不想让任何人担心。"

我的左手紧紧地握住小姨的右手,我也不想让她感到害怕。泪水映着夏日风景而缓缓滚下,滚进了嘴角,是海洋的咸涩味。我们都不再说话,看着倒退的风景与时间。至今,我也想知道,母亲在选择结束自己的生命之前,到底经历了怎样的绝望与煎熬。毕竟那时候,我的学业也已经起步,而我业余时间靠教钢琴也有了经济上的保障。之前,我们经历了最艰难无助的日子,她都没有选择放弃。但当一切风暴都结束之后,她却选择了那样的终结方式。在跳出窗口的一瞬间,她也许获得了涅槃式的解脱,她的灵魂因为她肉身的死亡而得到了彻底的自由。直到现在,我虽然理解了她,但还不能原谅她。看到她支离破碎的身体后,外婆突然摔倒在地,再也没有起来。突然间,这个世界上最爱我的两个人都离我而去,我感觉自己像是被整个世界抛弃了。在她们的葬礼结束后,我切断了与所有人的联系,把自己囚禁于房间。整整一个月,我都没有下楼,靠着单调的外卖来维持生命。在那个月,我每天要花十几个小时来弹钢琴。

剩下的大部分时间，我都闭着眼睛，蜷缩在床上，与眼前的黑暗交谈。我想变成黑暗。钢琴帮我度过了那段艰难时日。我甚至想过自我了断，但巴赫的《哥德堡变奏曲》拯救了我。有一天，我在镜子中看到了瘦削的自己，看到了自己眼神中的空洞，我突然清醒过来：我不能继续这样折磨自己了，只有过上更好的生活，才是对她们的回报。之后，我洗了热水澡，剃掉了胡须，换上了干净的衣服。下楼后，我去理了头发，又去超市购买了新鲜的水果与食物。从那之后，我再也不会让其他人看到我的绝望与恐惧，只有钢琴见证了我心中的冰风暴。

"咱们到了。"表弟说。

我们下了车。

小姨抱着康乃馨，我抱着红玫瑰，而表弟帮小姨拿着包。我们走进了墓园，很快便来到了她们的墓前。妈妈的墓碑紧挨着外婆的墓碑，就像小时候，她紧紧地抓住外婆的手。这么多年了，我们都在变老，而她们却从未改变。小姨啜泣，而我只是无声流泪。很多年后，我们所有人都将死去，而风捎来了她们来自天国的祝福。

从墓园出来后，我扶着小姨，坐上了车。车开进三环的环城桥之后，小姨才渐渐恢复了平静。我看着窗外，有一团黑云从东南方涌来，压在长安城的边角。之后，我们穿过重重叠叠的街道，来到了外公家。外公独自睡觉，独自吃饭，独自说话，他始终坚信外婆从来没有离开过这个家。小姨以前打算雇个保姆来照顾他，但被他拒绝了。小姨家离这里比较近，她几乎每天都来看他，给他带吃的，帮他打扫房间。每次临走前，他都会和小姨郑重地说再见，而这再见似乎意味着永远不见。

我们坐在沙发上，外公取出了三本相册，给我们讲过去的故事。翻了几页之后，我又看到了那个男人，而那个男人以前是我的爸爸。那个男人和我的妈妈站在海滩上，而背景是如镜的海洋。妈妈挺着肚子，而我则躲在妈妈的子宫中。她的子宫就是我的海洋。他们的脸上溢出最肆意的笑，而我看到了妈妈对未来生活的憧憬。

"你可以去见见你爸爸，这么多年过去了，"外公说，"毕竟，他是你爸爸。"

"我才不想见那个男人，他毁掉了我妈，毁掉了我的生活。"

我们都没有说话，而外公则默默地翻完了手中的相册。

我们一起在外面吃完了午饭。之后，我从小姨那里拿了自己公寓的钥匙。在我离开长安城之前，我一直住在那个公寓。我很久都不回来，由小姨帮我照看房子。

"你最近就住在我家吧，"小姨说，"那个地方空荡荡的，我怕你寂寞。"

"我好久没练钢琴了，我需要在那个地方好好准备音乐会的曲子。"

"也行,让弟弟送你过去吧。"

"不用了,我自己打车去。"

我们在十字路口分手。离开前,我递给外公一个信封,里面装着现金。

半个小时后,我回到了自己的公寓。与我想象中不同,房间内并没有尘埃与蛛网,而是窗明几净,还有植物散发出的幽香。这几年来,小姨一直精心地照料这里,她一直在等待我的归来。这所公寓位于大楼的第三十层。当站在阳台向远处眺望时,看不到这座城市的尽头。相反,在尽头处又繁衍出新的尽头,城市像是不断蔓延、不断扩张的巨兽。等看见钟楼时,我才确定自己已经身处长安城。我给表弟发了条微信,让他帮我把行李和电脑带过来。我拿开了幔布,打开了钢琴。我终于可以自由呼吸了。这架钢琴是我两个月前买的,当时已经确定要在长安城开音乐会了。我把钱转到了小姨的账上,然后把钢琴的品牌与型号都发到了她的邮箱,同时也请她帮我装好网络。之后,我开始弹奏贝多芬的《第二十三号钢琴奏鸣曲》。当弹奏第三乐章的时候,我听到了门铃声。我停了下来,然后离开钢琴,去开门。表弟进来后,帮我把行李放到衣柜前,把电脑放到电脑桌上面。

"我妈让我把我家的钥匙交给你,那里也是你的家,欢迎你随时回家。"表弟说。

"谢谢，辛苦你了。"

表弟离开后，我将钥匙放进抽屉，将衣服挂进衣柜，将电脑连上网络。接着，我打开了微信。李浩建立了一个同学群，名为"玫瑰骑士"，里面是今晚参加聚会的同学，包括我和以梦在内，总共有八个人。我看了看其中几个熟悉的名字，却记不清他们的样子。现在是下午四点五十五分。于是，我又坐到钢琴前，重新练习第三乐章。弹完之后，我去洗了热水澡。之后，我赤身裸体，面对着镜中人。我有点胆怯，因为这么多年来，我从未想过和他们重新聚首。我只想过逃离，却从未想过回归。某个瞬间，我不想去参加这个聚会了，但理智立即扼杀了这种逃避与退缩。

穿好衣服，吹干头发之后，我便出发了。在路口，我很快便拦到了一辆出租车。四十五分钟后，我便来到了玫瑰骑士音乐餐厅的门口。走进去，上了电梯，按下五楼的按钮。出了电梯，在服务生的引导下，我走进了舒伯特包间。李浩与另外两个同学已经到了。看到我之后，他们都站了起来，而我走了过去，和他们握手与拥抱。点好菜后，我们开始了交流。我们几乎不提现在的生活，我们只谈论过去，因为那是我们的安全地带。其实我不喜欢谈论过去，但又不得不用表面的热情来维系桌面上的气氛。我不想让别人看到我的格格不入。

六点钟，除了以梦之外，所有人都到了。我给她发了微信，她却没有回复。她估计不会来了,而我的心也突然冷到了极点。之后,李浩给她打了电话,她说自己马上就到。十分钟后,她走进了包间。与我想象的不一样,她的美有些衰落,脸上也带着明显的倦意,而她身上的光环也暗淡了下去。正是因为如此,我的心升起了疼惜之情。我明白,这种疼惜是一种无可言说的迷恋。

她走到了我面前,伸出手,说:"我们的大钢琴家,好久不见了。"

"好久不见。"

握完手之后,我们又相互拥抱,她在我耳边低语道:"荀生,你比以前更迷人了。"

我悬着心落下来了,之前所担心的尴尬与纠葛并没有发生。她似乎已经忘记过去了。她早已经有了新的生活了。之后的两个小时,我们一边吃饭,一边说着过去的事情,而我则几乎不谈论自己的过去。其间,我向他们宣布了还未公布的消息:音乐会的时候,我将和以梦共同演奏舒伯特的《幻想曲》。

他们鼓掌,他们欢呼,而我瞥见了以梦脸上的光晕。

"当年的毕业音乐会,你们弹奏的就是这个曲子,"李浩说,"我印象非常深刻,你穿着黑色礼服,以梦穿着白色长裙,那个表演简直完美。至今,我都能记得当时的场景。"

"谢谢,我希望这次也能顺利完成。"以梦说。

"你们肯定没问题,当时在班里,你俩就是最优秀的搭档。"

说完后,整个包间突然冷场。我和以梦注视着彼此,一时恍惚。

李浩打破了沉默,说:"要是黎闳老师还在这个世界,他肯定会很自豪的。"

"什么?黎老师不在了吗?!"我被自己的声音吓倒了。

"去年,他走了。"李浩说。

"为什么不告诉我?"

"当时你在国外演出,我也不想影响你的状态。"

"他是怎么走的?"

"他在家死了好几天后,才被亲戚发现,"李浩说,"你知道的,他没有家庭,死的时候也没有人在身边。"

接下来,包间里又陷入荒芜的沉寂。我看到了以梦眼泪中的暗光。

晚餐结束后,我邀请他们都来参加我的演奏会。

走出餐厅后,外面下起了雨。说完再见后,他们都各自消失于雨夜。唯独以梦和我站在门前,我们观望着眼前的雨。

"我送你回家吧,"以梦说,"这么晚了,打车也不方便。"

"你方便吗?"

"方便。"

我没有推辞,坐上了她的车。穿过茫茫的雨夜,我们都没有说几句话。快到公寓时,我问她最近的生活如何。

"我和丈夫分开住了,我最近住我父母家。"她说。

"哦,这样啊,"我说,"你要有时间了,咱们需要共同练练那首曲子。"

"除了上课之外,我最近都不忙,"她说,"你有空了,就联系我。"

"好的。"

车在我住的小区门口停了下来。我邀请她上去坐坐,而她婉言拒绝了。目送她离开后,我穿过雨,快步返回公寓。

喝了一杯热咖啡,我面对着窗外的雨夜,脑海中除了旋律之外,空无一物。

临睡前,我弹奏了一遍《哥德堡变奏曲》。之后,我坐在阳台上,面对着眼前如镜的黑夜,开始哼唱妈妈教给我的童谣《大海与少年》。这首歌谣是外婆教给妈妈的,如今却成为她们留给我的音乐遗产。黑暗在外部空间如海浪般涌动,而这座古都也陷入了空眠。

第五节:白色

我知道这不是梦。当他给我发了第一条微信之后,我确定他就在我身边,他和我又位于同一座城市了。虽然只有简单的两个字，但是，我不知道该如何回应他。我不想让他感觉到我的期待，同时，我又想让他练习等待。于是，我选择不立即回复他的信息。

收到他微信之前，我的状态很糟糕。因为王思南来到我父母家。他向我和我的父母道歉赔罪，他让我跟他一起回家。说实话，我已经不喜欢他了，所以便原谅了他。但是，我不想回那个囚笼似的家。与此同时，我也不想再看到他那张越发丑陋的脸。看到他稀疏的头发、发福的肚子以及模糊的口齿，我开始怀疑自己当初为何嫁给此人。在他再三地央求下，我几乎要说出"离婚"两个字，然而，我又想到了女儿。于是，我用沉默作为回答。之后，他开始给我的父母做工作，并且发毒誓不再找另外的女人。

"好的，你先回去吧，"父亲对他说，"等音乐会结束了，你再接以梦回家。"

"她会回去吗？"王思南问道。

"你相信我，她会回去的，"父亲说，"但是，你要答应我一件事情。"

"什么事情？"

"从现在开始到音乐会结束这段时间，你不要联系她，让她也静一静，你也静一静。"

"好的，我可以做到。"

说完后，王思南便离开了这里。门关了之后，父亲不再说话。而母亲则冷下脸，说道："事业上没什么成就，如今，连自己的丈夫也守不住。你说，你还有什么能耐？"

"这一切都是你的错。"我对她说。

"我的错？好吧，我的错就是让你去学钢琴，"母亲的语气更冷漠了，"我最大的错误就是生下了你。"

"你最大的问题就是，你不肯承认自己的失败。"

"你滚出这个家！"母亲喊道。

我没有离开，因为我无处可去。回到自己的卧室后，我将自己反锁起来。我没有哭泣，因为我早已习惯了母亲的冷暴力。相反，我同情她。因为除了用这种方式来显示自己残存的骄傲之外，她的生活就是不断溃败的战役。即使全世界都抛弃了我，至少，还有钢琴在我的身边。而她呢，则一无所有。我坐在钢琴旁，弹奏莫扎特的奏鸣曲，心中的失落随着音乐的升起而烟消云散。像小时候一样，只有和钢琴独处时，我才会感觉真正的快乐与安全。那个夜晚，我梦到了小时候的我，为了躲避父母的争吵，我把自己反锁在房间中，等待着奇迹的降临。面对着窗外的大雪，我独自练习钢琴，而音乐是我最后的避难所。

第二天起床后不久，我收到了黎楠发来的两张照片。一张是太阳从海面跃出的画面，另外一张则是无尽的海。两张照片的后面,他发来了一句话:"我独自来看海了,心里却一直装着你。"不知道为什么,看到这句话后,我在眼泪中尝到微光的滋味。在我被全世界抛弃之时,至少还有这么一个人,他的心里还装着我。

我给他回复道:"你看见了海,而我看见了你。"

没过多久,我便收到了他发来的拥抱表情。这个虚妄的拥抱让我感到温暖,而这温暖又显得如此悲凉。自从加了我的微信之后,每天,我们都会有这种最简单的交流,而我已经沉溺其中,无法摆脱了。也许,我是在用这种方式来惩罚王思南,也许是因为我在黎楠蓬勃朝气的身上看到了我的青春时代,也许是因为我在黎楠的眼神中看到了旧日的荀生。也许这些原因都不是,我只是单纯地喜欢这个大男孩。刚开始的时候,我还陷进了道德困境。而如今,我似乎走出了这种困境。也许,朵拉的观点是有道理的:人是可以同时喜欢好多人的,只是,每种喜欢的形式不同而已。喜欢一个人没有错。喜欢就是最大的道德。

吃早饭的时候,我为昨晚的事情向母亲道歉。她没有说话,只是点了点头。从小到大,只要我们发生矛盾,道歉的人永远是我,而我已经习惯了这样的角色。小时候,我就很惧怕她,尽量地逃避她。当别的妈妈带着自己的孩子游玩时,我只能羡慕他们。因为我的妈妈从来不带我出去玩,甚至很少碰我。不得不承认,她过去是一个漂亮的女人,嫁给我平庸的父亲像是一个错误。而我呢，就是错误的结果。很小的时候，我就背负着这个沉重的十字架而活。庆幸的是，我遇见了钢琴，而我在弹奏钢琴的过程中也发现了救赎之路。她希望我成为职业钢琴家，在舞台上风风光光。为了迎合与讨好她，我更加努力地练琴。只有看到我弹琴，她才会露出满意的表情。小时候，我没有玩具，没有玩伴，只有钢琴，而我早就接受了这种命运的馈赠。与此同时，我又很想逃离这个家，但我太小了，我无能为力，而弹钢琴是我唯一逃离的方式。当我以最高的成绩被音乐学院钢琴专业录取时，她抱着我，喜极而泣。在我的印象中，那是她唯一拥抱过我的一次。上了大学之后，我接触到很多弹钢琴的人，其中有一小部分成为我的朋友。刚开始时，我也梦想成为职业钢琴家。随着时间的推进，我发现这种可能性几乎为零。而我呢，更期待有一个稳定的家庭。自从结婚后，母亲对我的失望全部写在了脸上。与此同时，她外在的美貌也在风霜的磨砺下逐渐凋零。我同情她，但我从来都不同情我自己。

吃完早饭后，父亲突然问我："你过来住没有任何问题，这里就是你的家，但是默默怎么办啊？"

"她奶奶会照顾好她的。"

"那钢琴怎么办？"

"王思南会给她找钢琴老师的，这一点你放心吧，我又不是他家的保姆。"

父亲没有再说话，而我看到了他脸上的失落。说实话，这段时间我也想女儿，但更多的情况下，我感受到的是一种罕见的自由。也许，我是一位不称职的母亲吧。但是，我又必须承认，在与女儿相处的过程中，我感觉自己的衰老在不断加速。这段没有女儿的日子里，时间也似乎在我的体内停止生长。也许，这也是母亲不喜欢我的根本缘由吧。与她不同的是，我经常拥抱自己的女儿。与她相同的是，我也希望自己的女儿成为职业钢琴家，可以在舞台中心大放异彩。是的，我继承了母亲的这种妄想与疯狂。

上午，我出门去商场购买衣服，因为我没有找到赴晚宴的合适着装。在商场里，我转了好久，试了好几件，最后才确认买了其中的两套。照镜子时，我看到了自己脸上的倦意以及可笑。我这样做到底是为了什么呢？他只是想和我合作一首曲子，而我却自作多情。这么多年过去了，他早已不是当年的他了，而我也不是过去的我了。他实现了当年的梦想，成为一个在世界各地巡演的钢琴家。而我呢，则是一个平庸的教书匠而已。我们之间的差距越来越大了。如果当年我和他在一起但又不结婚，如果我也选择职业钢琴家这条路，那么，我的人生会不会有所不同呢？我没有再追问下去，我停止了这种可怕的臆想。

走出商场后，我又去了附近的万邦书店。在那里，我买到了帕慕克的《伊斯坦布尔》。之前，苟生在朋友圈提到过这本书。我也想读一读，至少，我们由此又多了一个共同话题。我带着书，走进附近的一家星巴克。点了一杯摩卡星冰乐之后，我坐在靠窗的位置，开始阅读手中的书。很快，我便走进了帕慕克的这本关于城市的记忆之书，而周围的噪声也逐渐退场。等到咖啡喝完后，我才从书中的世界走出来。不知不觉，已经是下午一点钟了。我放下书，点了一份黑森林麦芬。吃完之后，又静坐了一会儿，观看窗外来来往往的人影。之后，我带着书，离开了星巴克。

回到家的时候，已经是下午两点半了。我休息了半个小时，之后又弹了一个小时的钢琴。随后，我冲了个澡，换上新买的衣服。看着镜中的自己，我甚至想要爽约。但是，理性不允许我这样做。那么，见到他的时候，我到底应该怎样去表现呢？是的，我应该表现出冷漠，这或许是我保护自我的唯一方式。这是我的隐身衣。

路上有点堵，而我也看到团团黑云正向城市的中央驶来。

走进玫瑰骑士音乐餐厅的时候，我仿佛看到了多年前毕业聚餐时的场景。只是，物是人非。我匆匆走进了电梯，对着里面的镜子，整理了自己的头发以及微笑。出了电梯后，我像是换了一个人，心中的忐忑化为沉静的深海。在服务员的引导下，我走进了舒伯特包间。推开门的一刹那，我首先看到了苟生以及他脸上特有的落寞。我走了进去，而他们都站了起来。我走到荀生的跟前，与他握手，接着是礼节性的拥抱。是的，不得不承认，荀生越来越有魅力了，而我从他的眼神中已看出他对我的失望。我并没有因此而颓然。相反，我保持了热情，积极地与在场的每个人交谈。

我不喜欢这样的聚会。昆德拉的看法是正确的，所有的聚会都是为了告别。每个人都戴着假面具交谈，假装有兴趣，假装很热情。其实，我们每个人都想逃离谈话的泥淖，但我们却在其中越陷越深。大多数的时间，荀生都是在聆听，像往常一样，他一直是这个世界的旁观者。坐在他的身旁，我又找回了当年那种安静的力量，而我们之间的陌生感也逐渐被这种力量所碾碎。我依然喜欢他身上幽静的艺术气息。

晚餐结束后，我们一同走出了饭厅。在饭厅门口，我们道完了再见。最后，只剩下我俩，看着雨夜，发着呆，不知身处何地。几分钟后，我开车送他回家。我们又有了独处时光，却不知道该说些什么，也许是因为，我们想要说的太多了。一路上，我们听着巴洛克时期的音乐。快到他的住处时，我们才简单地交流了几句。没过多久，我的车就停到他的小区门口。他邀请我上去坐坐，但我没有同意，虽然我的内心非常乐意。之后，我离开了他，开着车驶向夜的更深处。

回到家已经夜里十点半了，洗完热水澡后，我便躺在床上继续读《伊斯坦布尔》。没过多久,我收到了黎楠发来的一张海岛照片:海岛就在我的眼前,而海岛却触不可及。紧接着,他问我:"长安城今天下雨了,你还好吗?"

我回复道:"今天见了一个人,心情不是很好。"

他说:"你等下,我给你发张照片。"

半分钟后,我收到了他洗完澡后对着镜子照的半裸照。看到照片后,我的脸开始发烫,心也咚咚直跳。我已经有很多年没有这种感觉了。或许,我还不算太老。或许,我还有更多的选择。我不知道该说些什么,于是,我什么也不说。放下手机后,我继续读书,却很难再次进入那个世界。临睡前,我再次看了那张青春洋溢的照片。紧接着,我关掉了灯,睁着眼睛,凝视着眼前的深渊。

第二天吃完早饭后,我练习了两个小时的钢琴。我收到了荀生的信息,他想单独约我出去共进晚餐,同时谈一谈合作的事情。我没有立即答复,我想让他学会等待。多年前,我们还是恋人时,我太顺着他了。他所说的每一句话,他所提的每个要求,我都会立即回应。当年,我爱他,而这种爱将我变为没有个性的人。这种爱让我筋疲力尽。在我俩的关系中,他提过成百上千个要求,我都做到了。而我呢,只提了唯一的要求,他却断然拒绝。当时,他在北京读研究生,而我则留校深造,我们聚少离多。有一次,我对他说:"我们结婚吧,我想要一个自己的家。"他说："不，我永远也不会结婚的。"我说："这是我对你提出的唯一要求，你真的不同意吗？"他很决绝地说："对不起，我不结婚。"我说："那我们分开吧。"他说："好的，以后就不要联系了。"我说："好的，不联系就不联系，祝你一切顺利。"挂断电话后，我删除了和他相关的一切。但我自信，他会联系我的，他会重新来找我的。然而，他没有。几个月过后，他都没有联系过我。那时候，我便知道他并不爱我，他只是缺少爱，他只是需要一个可以爱他的人罢了。后来，我答应了王思南，成为他的女友。这么久过去了，这个心病从没有愈合，而他的出现重新撕开了那道伤口。我们该何去何从呢？我到底该怎样面对这份情感呢？

两个小时后，我给他发去了信息，答应与他共进晚餐。

第六节：黑色

我知道，她会重新回到我身边的。这应该算是一种预感，但我一直相信自己的直觉。那天同学聚会时，我看到了挂在她脸上的失落。那种失落在她强颜欢笑的表象下显得更悲凉。这种失落感是无法言说的，更是无法分享的。但是，我理解，因为失落是命运赐予我们的共同咒语——钢琴让我通晓了这种咒语。

清晨起床，吃完早饭后，我练习了两个小时的钢琴。之后，我给以梦发了微信，想约她共进晚餐。我没有立即收到她的回复，但我知道她最终会答应我的请求。她只是想让我学会等待，而我自己所等待的或许只是一场烟云。放下手机，我打开电脑，登录自己的邮箱。我打开了经纪人莉莉发来的邮件。自从离开纽约后，她每天都会发邮件给我，她担心我无法独自应对那些琐事，而我每次回复的内容都大体一致：请放心，我会处理好这些事情的，我们德国再见。之后，我又打开了苏珊娜发来的邮件。她和她的教授去巴黎游玩了，教授给她买了爱马仕的包包，但她只想和他保持这种情人关系，不想再有任何进一步的发展。她说，婚姻是纳粹式的占有，而她在情爱关系上信奉的是自由主义。她还说，自己在恋爱阶段无法写出真正的诗歌，而她将自己的人生当作诗歌的祭品。在邮件的最后，她问我最近的状况。我不知道如何来回答她敷衍的关心，因此，我没有回复她的邮件。

喝了半杯咖啡后，我在网络上搜索与黎闳教授去世相关的消息。不出我所料，信息量很少，基本的关注点大约只有两个：他是死后三天才被发现的，以及他是终身未婚的大学教授。对于他的死，我没有太多的难过，只是感觉生命中的某个位置永远地空缺了，而任何人都无法替代。我在电脑中翻出了我们多年前的合照。那是在上大三的时候，黎闳教授和我们几个人一同去海边游玩。他既是我最喜欢的老师,更是和我无话不谈的朋友。我们走在六月的海滩上,海风送来海的叹息,而孩子们在海滩上建造着城堡。其他的同学都在海滩上享受阳光与海风,而我和黎教授则沿着海岸线,向南方走去。我们不说话,海浪声与海鸟声便是我们共同的沉默。二十分钟后,我们停了下来,注视着眼前的大海。

"荀生,你想过死吗?"他突然问我,"我最近一直在思考死的问题。"

"经常想,曾经还想过自我了断呢,"我说,"但现在却感觉死亡离我还很远。"

"我希望自己可以葬在大海。"

说完后,我们沉默,而大海同时吞没了时间与虚无。

毕业后,我和他基本上就断了联系。但每次看见海的时候,我都会想到他。昨天,我听他们说,在黎教授去世后,并没有举办葬礼,而是将他火化后,将骨灰撒进了大海。对于他的死,我并不难过。因为,我明白,终有一天我们都会死,我们也许会在彼岸相见。我们来自海,终将归于海。或许,连彼岸也是不存在的。海就是海,死就是死。

关掉电脑后,我再次练习钢琴。这一次,我弹奏的是贝多芬最后一部钢琴奏鸣曲。这是黎闳教授生前最爱的。他曾经说过,他在这部作品中看到了海的尽头。

两个小时后，我收到了以梦的回复，她同意和我共进晚餐。

吃完午饭后，我去了省图书馆的阅览室。在阅览架上，我找到了很多年前就很喜欢的两本杂志——《古典音乐》与《哲学研究》。我带着这两本杂志，坐在了最后排的靠窗位置。虽然是周末，但阅览室的人并不多，年轻人更少。记得上高中的时候，我就喜欢来图书馆读书。那时候，我与集体格格不入，几乎没有什么朋友，而钢琴是我唯一的知己，甚至可以说，钢琴是我灵魂的自体。有时候，我也会厌烦这个知己，于是，我便逃到书的国度中寻找慰藉。如今，我重新回到这里，仿佛能再次体会到当年那个少年坐在同一个位置时的心境。我与当年的我合二为一，而时间是我们的桥梁。

我打开了《古典音乐》，上面有一篇文章回顾了斯特拉文斯基音乐风格的变化史：从《火鸟》到《春之祭》，从新古典音乐、序列音乐到晚期的《安魂曲》。直到如今，他都是我心中所仰慕的音乐先锋，我也虔诚地听过他大部分的音乐。在他众多难以归类的音乐背后，我看到了一个因焦灼而分裂的灵魂。读完这篇文章后，我的头脑中升起了《安魂曲》的旋律。我猜想，在他弥留之际，这部《安魂曲》也没有让他找到终极答案。我放下《古典音乐》，翻开了《哲学研究》。在抬头的瞬间，我注意到了来自对面女人的凝视。接着，我再也读不进去文字了，因为他人的凝视即拷问。半分钟后，我收到了那个女人递过来的字条，上面写道："你真的是那个钢琴家吗？"

我点了点头。

接着，我又收到了她另一张字条："我预订了音乐会的门票，没想到会在这里遇见你。"

我假装微笑，然后轻声地说："谢谢你。"

接着，我离开了座位，将杂志放回原位。然后，从图书馆落荒而逃。走在街道时，从水泥路面升起的热量让我在城市森林中迷失了方向。我搭了一辆出租车，返回公寓。从小到大，我始终在回避，回避一些核心的问题。也许，这些问题是我不愿在这座城市久留的原因。也许，我没有地理学意义上的故乡，我始终是故乡的异乡人。只有在音乐的王国里，我才感觉自己不是一个流亡者。音乐是我的故乡。

回到公寓后，我静坐了半个小时，接着，又弹了一个小时的钢琴。然后，我去冲了一个冷水澡。从洗浴间出来后，我感觉自己又成为一个新的人。换好衣服后，我对着镜子凝视了三分钟。五点整的时候，我给以梦发了一条微信，便带着包去赴晚宴。

我提前了二十分钟到了科韦塔饭厅，接着，我坐在预定的位置上等待她的到来。六点整，她出现在我的面前。与昨天完全不同，她像是换了一个人。她的脸上没有了倦意与失落，相反，眼神中却聚集了星光。我冰冷的心变得热烈甚至是激烈。

很多年前,我也有过类似的感受。那是我第一次在人群中看到她,我就确定自己喜欢上了她。在那之前的很长一段时间里,我以为自己不会喜欢上另外一个人了。这么久过去,我们都成了不同的人,但那种激烈的情感波澜却没有改变。

"想什么呢?"以梦抿了一口红酒后,问道。

"想我们的过去,"我说,"没想到,过去的事情就像昨天一样。"

"好吧,我们来说说现在吧。"

我们一边用餐,一边谈论着各自的生活。她与她的丈夫分居了,她读完了帕慕克的《伊斯坦布尔》,以及她每年都要为该死的论文而焦灼。而我的生活说出来就很枯燥,不是要演出,就是要为各种演出做准备。

"至少,你成了你自己,"她说,"每天都为自己而活,是一件很荣耀的事情。"

"也许吧,但是,我也越来越迷茫了,我不知道自己是谁了,"我说,"没有了音乐,我也许只是个空心人。"

"自从结婚后,我已经是空心人了。"

我们沉默,然后用食物来填充这种沉默。我们开始聊音乐,开始聊即将而来的音乐会。这么久过去了,她依旧是理解我的人,而这种理解是我心中的刺。后来,我们谈到了毕业音乐会上的那场钢琴表演。她穿着她最爱的白色,而我穿着我最钟情的黑色，我们近乎完美地完成了舒伯特的《幻想曲》。在那十九分二十秒的过程中，以梦、钢琴与我，成为三位一体的整体。在整个过程中，黑色与白色相互交融，相互渗透，最后幻化成不同音符的色彩的微妙变换。演出结束后，我拉着她的手，接受着来自从黑暗处涌来的掌声。我转过头，看着她，而她也在同一时间，转过头，看着我。我们的眼神在聚光下相遇，不知为何，那个瞬间，我看见了永恒的幻象。

"我们这次演出，你穿白色，我穿黑色，像毕业演出时的那场一样，好吗？"我注视着她的眼睛，问道。

"好啊，我也是这种想法，"她说，"演出之前，我们要多练习几次，这部作品已经生疏了。"

"我也是这意思。"

晚餐结束后，我们走出餐厅，驶向良夜。晚风中似乎带着夏昼残余的颗粒。我们绕着附近的花园走了一圈，而一路上，我能嗅到玫瑰的衰败气息。

"我送你回家吧，"我对她说，"这么晚了，我不放心。"

"你放心吧，我自己打车回家，"她说，"我们明天再见吧。"

她坐上出租车的那刻，我的心后悔到破碎。我应该把她留下来，而不是送走她。当我独自守在夜色中的时候，孤独几乎要摧毁了我。没过多久，我也坐进了出租车。夜色下的长安城像是马克·罗斯科画笔下的灰暗地带。我闭住眼睛，头脑中浮现出《幻想曲》的片段。四十五分钟后,我回到了公寓。坐在黑暗中,孤独兽开始噬咬我的内心。我拿起了手机,给以梦发了一条信息:"你到家了吗?"

"我到家了,此刻坐在黑暗中,什么也不想干。"

"我想你。"

发出去这三个字之后,我深吸了一口气,仿佛心中的石头落入深潭,等待着回响。五分钟后,我收到了她的回复:

"我也想你,我现在就去你公寓,等我。"

我打开了灯,驱走了黑暗,从高处洒下的光见证了我内心的狂喜。洗完澡后,我穿着睡衣,坐在阳台上,喝着红酒,吹着夜风,观看着户外的温柔夜色。最重要的是,我在等待她的到来,我在迎接命中的海浪。我不知这个选择是对还是错,但都无关紧要,重要的是此刻的欢愉,是此刻的美丽。

五十分钟后,我在小区门口接到了她。我牵着她的手,一同走向我的密室,我的乌托邦。门关上以后,我从背后抱住了她,她从我的怀中挣脱而出,面对着我。我能读懂她眼神中的夜色。在我们短暂的拥抱后,她帮我脱掉了身上的衣服,而我也将她从衣物的束缚中解脱出来。我们赤裸相对,而她像是站在我面前的镜子。我们抚摸,我们亲吻,我们的身体是彼此的灵魂乐器。当在这强烈共振中融为一体时,我听到了我们的灵魂因为肉身的冲撞而达到了共鸣。剧烈的潮水退去后,她躺在我的身体上，久久不说话。我们用沉默来彼此交谈。之后，我们一同去洗澡，洗掉体内欲望的残余。我们帮彼此擦干身体，然后盯着对方的眼睛，失声大笑，仿佛之前的等待与彷徨都是通往此刻的路。我们站在路的尽头，紧拉着彼此的手。

我们躺在床上，谈论着过往与现在。我们不谈论未来，因为我们没有未来可言。凌晨两点钟，她蜷缩着身体，睡着了，而我呢，则从她的身后抱着她。因为此刻，我想要分享她的一切，包括她的梦。那个夜晚，我在梦中遇见了妈妈，我们坐在大树上乘凉。讲完了一个故事后，妈妈说自己要独自离开，我拉住她的手，但她还是跳了下去。她没有落地，而是向海的方向飞去。我学着妈妈的样子，也纵身跳下，但我没有飞起来，而是不断地坠落，坠入无尽的深渊。

我从梦中飞了出来，而以梦也被我的喊声惊醒。不知道为什么，我控制不住自己的哭泣。以梦抱着我，轻声地说："我就在身边，不要害怕。"随后，我们再次做爱。我内心的恐惧在剧烈的摇晃与冲撞中暂且退潮。

第二天起床后，我们一同吃了早饭。之后，便去了音乐厅，为即将而来的音乐会做各种准备。十一点的时候，她打车回她父母家，下午她还有钢琴课。我们约好了晚上再见。目送她离开后，我不知道自己该去往何处。

第七节：白色

收到他的"我想你"这三个字后，我筑起的大坝瞬间溃塌了。是的，我决定去冒险，不是为了平衡而压抑真实的自我。我决定去找他。我走到客厅，喝了半杯水，压掉心中的恐慌。母亲卧在沙发上看永无止境的连续剧，在我出门之前，她都没有和我说半句话。我想，她对电视的爱已经远远超过了对我的关注。也许，她从来也没爱过任何人吧。

坐上出租后，我收到了黎楠发来的信息。他说他从江城带了一份礼物，想要明天交给我。我问他是什么礼物，他说是个秘密。看到信息后，我笑了，随后便把明天上课的时间与教室号发给了他。之后，他问我正在干什么。不知道为什么，我撒谎了。我告诉他我躺在床上，准备睡觉。他没有再说话，而我为自己的谎言感到羞愧。

下车后，我看见了他。他在一团暗光的边缘处等着我。我走了过去，而他走了过来，我们在光的中央拉住了彼此的手。之后，我们一同走向了他的公寓。我们仪式般地做爱，而他小心翼翼地照顾我身体的每一个微妙的变化。我喜欢他的手，因为他的每一次抚摸都恰到好处。他控制着我们之间的节奏。我仿佛是他手中的乐器。洗完澡之后，我们交流了很多，但绝口不谈论未来。因为我们之间没有未来可言。后来，在他的怀抱中，我落入了梦网。

深夜，我被他的喊声惊醒了。我睁开眼，发现他像小孩一样在哭泣。他一定是做噩梦了，我抱着他，让他不要害怕。我说我永远不会再离开他了，而我明白，这又是一个谎言。

清晨，我们一起吃早点。接着，一起去音乐厅办了公事。十一点的时候，我坐上出租，离开了他。回过头时，我看到了他脸上的失落与迷茫。吃完午饭，我洗了澡，然后准备了一下下午教学的内容。两点的时候，我开着车，从家里赶往学校。下车以后，我收到了荀生发来的信息："潘老师，我想听你的课，我现在就在你们学校门口的雕刻时光咖啡馆。"

我笑了，便去校外的咖啡馆找他。

在咖啡馆，我们又一起喝了咖啡。快上课时，我们一同赶往教室。他刚进教室，学生们的反应首先是惊愕，接着便爆发出一阵阵掌声。在音乐界，他毕竟是很有影响力的钢琴家。那堂课，学生们的积极性空前高涨。我讲了一节课，而另外一节课是荀生与学生们之间的交流。我的内心同时升起了虚荣与羞愧两种情感：虚荣的是，我能有这样出色的朋友；羞愧的是，在他的光环下，我更像一个失败者。

下课后，我们离开了教室。在我们走向停车场的时候，我突然发现黎楠正站在一个路灯下等我。他背对着我，脸上是青春的笑。我突然想起了与他的约定，而当我想要转身而逃的时候，却发现他已经看到我了。我们三个人在十字路口碰面，而我佯装出自然与洒脱。

"荀生，这是我的学生黎楠，"我说，"这是钢琴家荀生。"

他们握手，而黎楠的脸上露出了明显的不悦。

"你在这里等人吗？"我故意问黎楠。

"是的，等了好久，估计不来了，"他说，"老师，再见。"

我还没来得及接话，他就冷冷地从我们面前离开了。

"现在的孩子都太有个性了。"我又故意对荀生说。

荀生似乎察觉到了其中的微妙，但他什么也没说。我们驾车去钟楼附近的越南餐厅。在路上，我们没有交流，而巴赫的《赋格的艺术》解构了我们的沉默。就像很多年前一样，我们不说话，而音乐与沉默会替我们说话。吃晚饭的时候，我们一同聊起了音乐以及他的音乐生活。像很久之前一样，每次谈到音乐，他的眼神中总会聚满了光，而神情像是离不开玩具的孩童。也许，这就是我喜欢他的根本原因。他对音乐的认识越来越形而上，越来越有哲学深意。不得不承认的是，他有的想法已经超越了我的理解力。但是，残留的骄傲不允许我把疑惑摆在脸上。于是，更多的时候，我选择用聆听来护卫我的无知。然而，在他分享巡演的种种经历时，我的内心不受控制地升起了嫉妒与怨怼，因为他所过的生活正是我如今梦寐以求的。从小到大，我的成绩都一直很出众,因为除了学习成绩之外,我似乎没有其他值得骄傲的地方。在学校,老师与同学们最在意的正是成绩,因此,我靠不断地努力来呵护这个虚妄的光环。毕业之后,结婚以后,我才发现这个光环逐渐在黑暗中褪色,逐渐沦为黑暗本身。那一天,当我看到王思南与其他女人幽会时,这个光环伴随着心碎而破碎。而如今,当听到荀生多彩的演出生活时,我想要逃离,逃离到我幻想中的乌托邦。在那里,没有他人,没有比较,更没有冷漠。与此同时,我又迷恋他的那些奇幻之旅。他像是我的分身,像是另一个我,他所经历的一切都构成了我世界的一部分。我很少谈及自己,因为我的世界是被遗忘的荒原。

"那你的个人生活呢?"我终于开了口,"你有女朋友吗?"

"应该算没有吧。"

"这个回答很吊诡。有就是有,没有就是没有。"

"她是美国的新锐诗人,我们偶尔会住在一起,但是,不会干预彼此的私生活。"

"我想看一下她的照片。"

之后,我在他的手机上看到了她在海边的照片,也看到了她的英文诗集 *The Circle of Death* 的封面。她是一位动人的女性,虽然生活在西方,但眼眸中却散发出东方的神秘主义色彩。她比我美,比我年轻,比我光彩熠熠。因此,我嫉妒她,我要将嫉妒埋在内心。她的名字叫苏珊娜。她如今正在欧洲的某个地方游玩,与她当年的大学教授在一起。

"你不在意吗?"我问。

"我在意,但我不会对她说,"他说,"这就是我选择爱的方式。你呢?"

"我和丈夫分居,现在考虑要不要离婚。你是对的,婚姻是艺术的天敌。"

他没有说话,而是握住我的手,注视着我的双眼。在他的眼神中,我看到了自己的深渊。吃完晚饭后,我们一同去了他的公寓。在阳台上休息了一会儿之后,我们坐在了钢琴前。他打开了乐谱,于是,我们开始弹奏舒伯特的《幻想曲》。刚开始时,一切都很顺利,我们很快就投入到音符的波浪中,但是到七分钟左右时,我们触礁了,两个人的节奏明显失衡了。我们都试图弥补,试图找到对方的速度,但是,我们失败了,我们的音乐肢体完全分裂了。没过多久,我们共同选择了放弃。

"没事,这很正常,"他说,"我们多磨合几次就好了。"

说完后,他吻了我的双唇。我们又重新开始弹奏。与第一次的情形相同,我们又在同样的地方触礁了。只是这一次,我们没有去尝试补救。他拉起了我的手,我们离开了钢琴,坐在沙发上。他打开了桌上的一瓶红酒,然后给我们各自斟了半杯。我们都有些紧张,他说:"先放松放松。喝完了半杯红酒后,我们再练习这首曲子。"预料中的是,我们再次失败了。停下来后,他对我说:"你能不能认真一点儿?我们之间的默契不见了吗?"

"难道是我一个人的错吗?"我回应道。

说完后,我穿好鞋子,带着包,离开了他的公寓。当走进地下车库时,眼泪淹没了我,与这个夜一样咸涩。直到坐进车里,我才听到了自己哭泣的声音。其实,我并不责怪他,而是痛恨自己的无能与失败。在他夺目的光芒下,我显得更加卑微了。我擦干眼泪,等待他的回音。没多久,便收到了他的信息:"我的错,我太焦灼了,请原谅我,我在等你的归来。"

打开灯,对着镜子,我擦掉了脸上的泪痕与悔意,画上了淡妆。之后,我从车上走了下来,走向他的公寓。我知道,他在原地等我。

十分钟后,我回到了公寓。他久久地拥抱我,嘴里一直说着对不起。之后,他说要献给我一首曲子。我坐在钢琴旁,听他弹了李斯特的《爱之梦》。我拥抱了他,而作为回报,我弹奏了门德尔松的《无词歌》。我们在音乐中谅解了彼此,像多年前的我们一样。钢琴是我们的仆人,更是我们的上帝。

"我弹一下演奏会的另外一首曲子,你帮我听听。"他说。

我点了点头。当贝多芬的《第二十三号钢琴奏鸣曲》响起时,他的神情变得庄严肃穆,整个人像是得到了某种神谕,仿佛是与心中的神灵对话,而钢琴则是那无形的阶梯。这首曲子是我的心头之爱,我也会经常拿出来独自弹奏。我熟悉其中每个音符的光泽与亮度。当他弹奏到第三乐章时,我突然落泪,因为他用音乐把我从肉身的桎梏中解救。在音乐结束的时候,我抱住了他,说:"这是我听过的所有版本中,最好的一个。"

他吻了我的脸以及我的喜乐,而他脸上的神秘感随着音乐的消失而退潮。那个夜晚,他从背后抱着我,而我则抱着我们的回忆。那个夜晚,我们也许做了同样的梦。

清晨七点,窗外的鸟叫醒了我们。洗漱完毕后,我们一同去楼下吃早餐。早点铺的老板娘看到我之后,便对荀生说:"你太太真漂亮啊,你们一看都是知识分子。"荀生笑了笑,没有回答,而我却有种莫名的窃喜感。吃完早餐后,我们又去附近的公园散了散步。八点半的时候,我们回到了公寓。九点,我们又坐在了钢琴前,开始弹奏舒伯特的《幻想曲》。与昨夜的情况相同,在弹到七分钟的时候,便乱了阵脚。

"没事,我们先把各自的部分弹一遍,"他说,"然后,再讨论怎样合奏。"

说完,他先将自己的部分弹奏了一遍,行云流水,近乎完美。之后,我将自己的部分弹奏了一遍,也是一气呵成,中间没有出现任何问题。弹完之后,他为我鼓掌。接着,我们讨论了七分钟到八分钟这段时间的音乐结构、节奏以及合奏的技巧。我们从头弹起,这一次,我们顺利地躲过了七分钟的那个墨菲定律。但是，在第十二分钟的时候，又因为触礁而共同沉没。像之前一样，我们用非常理性的方式分析了这段极其感性的音乐材料。我们又从头开始弹奏。虽然中间出现了三个失误，但是这一次，我们完整地弹完了整首曲子。我们亲吻与拥抱。我们坐在阳台上，享受着阳光与夏风，休息了半个小时。我们又完整地弹奏了一遍《幻想曲》，比上一次更流畅了些，但还不够完美。之后，他弹奏了柴可夫斯基的《四季》，而我是聆听者，聆听着十二个月微妙的起伏与变化。没有我的束缚，他的表演堪称完美。我们走出了公寓，一同去吃午饭。午饭结束后，我要去学校上课，而他坚持要陪我一同去。

"我不想离开你半分半秒，"他说，"因为我已经离不开你了。"

"但是，你是明星，你去了，我没法上课啊。"我说。

"好吧，你去上课，我在校外的咖啡馆等你。"

"那会很无聊的吧？"

"我会带上Kindle，边读书边等你。"

虽然我明白我们会在不久后道别，但此刻，他的依赖却满足了我可笑的虚荣心。我不需要什么永远的承诺，对于我而言，瞬间就是永恒的象征。我故意做出思考的表情，然后，同意了他的请求。

我们在学校门口分开。他去了学校对面的雕刻时光咖啡馆，而我则走进了学校。在办公室,我看到了朵拉,她正在读一本英文的音乐著作。看到我之后,她放下了手中的书,与我谈了谈最近的生活。虽然办公室没有其他人,但她还是压低了声音,对我说:"我可能要结婚了。"

"什么?!"我差点喊了出来,"你以前不是强烈地鄙视婚姻吗?"

"是啊,我现在也鄙视我的选择,"她说,"但是,我无法拒绝他,他昨晚向我求婚了。"

"祝福你们,"我笑道,"也欢迎你们进入婚姻这座围城。"

"是啊,人心真是捉摸不定啊,"她说,"我也越来越不懂我自己了。"

下午上课时,学生们昏昏欲睡,而我也心不在焉。这两个小时的课程简直是场煎熬。听到铃声后,我的精神突然变得抖擞起来,抄起包离开了教室,离开了学校,走到了那间咖啡馆。他在靠窗的位置上读书,阳光透过玻璃后晕成了涟漪,环绕在他的周围。一瞬间,我因见证了光而内心喜乐。我坐在了他的对面,接着点了一杯咖啡,而他抬起头来,冲我微笑,接着又进入阅读的世界。我从包中取出了赫拉巴尔的《过于喧嚣的孤独》,在光晕中,我也走进了主角汉嘉的灵魂世界。

我们不说话,在各自的书籍中漫游。最终,我们会在词语的静默中相遇。两个小时后,我们走出了咖啡馆,走进了人群。

我们在朱雀路上的一家法国餐厅共进晚餐。席间,讨论了彼此最近所读的书籍。随后,我们谈到了本周六晚将要举行的音乐会,他说这有可能是他在长安城举办的第一场也是最后一场音乐会。

"你以后不回这座城市了吗?"我问。

"很有可能不回来了。"

"那么,我们以后不会再见了吗?"

"如果想见,我们总会见到,"他说,"我们可能会在其他的地方相见。"

接下来,长久的沉默,而这沉默在爵士乐的衬托下显得更加响亮。

"你不喜欢这座城市吗?毕竟,你是在这里长大的,"我说,"也许,这座城市有你太多悲伤的回忆。"

他点了点头,但没有说话。

"能讲给我听吗?"我问。

"我现在不想讲。"

之后,我们再也没有说话。从餐厅出来后,我开车送他回到公寓。随后,我便回父母的家。晚上睡觉前,我查看了手机,荀生没有发来信息,黎楠也没有发来问候。关掉灯的瞬间,黑暗与空虚同时吞噬了我。而我,只有用无声的哭泣作为抵抗虚妄的唯一方式。我期待黎明不再来临。也许,我是黑暗的孩子,我害怕看见光。

第八节：黑色

是的，这座城市早都不属于我了。这么多年以来，我都想以最决绝的方式与它斩断关系。但是，我做不到，因为记忆撒播到我的体内，而失落感从未离开过我。我只能疯狂地练习钢琴，或许，这是我摆脱绝望的唯一方式。但是，我错了。钢琴塑造了我，同时，也塑造了我的绝望。如果我不是钢琴家，那么，这种绝望也许会变淡。然而，我会立即否定掉这种假设。因为，如果没有钢琴，我不再是我，我也找不到存在的理由。很小的时候，当我独自在房间练习钢琴时，我经常会因为孤独而狂喜，陪伴我的只有窗外的孤云与独鸟。后来，我才明白，这就是我的宿命。与人相比较，我更相信钢琴。

那天，她上完课后，同我在咖啡馆一同读书。之后，我们面对面聊天。刚开始时，我们的话题小心翼翼地避过了那些幽暗地带。然而到了最后，我们终究无路可逃，我们必须面对眼前的幽暗。她想让我讲讲过去的故事，而我立即拒绝了她的请求。我看出了她脸上的不悦，但我确实不愿与任何人分享那段记忆。或许，正是那份绝望的记忆护佑着我。快乐如水上光，是短暂且虚幻的，而绝望才是光下水，是永恒且不朽的。吃过晚餐，她开车送我回公寓。之后，她便离开了我，回她父母家。在这期间，我们没有说一句话。我想要在微信上给她解释。我已经写好文字了，但我终究没有发给她。

此刻，我坐在钢琴前，弹奏了巴赫的《哥德堡变奏曲》。每次有失眠的预兆时，我便为自己弹奏这首曲子，不是为了治疗失眠，而是为了在失眠中保持清醒。没有人听我弹奏过这部作品，因为这是我独有的东西，而我不想与他人分享，分享会破坏独有之物的神圣。此刻，那个男人的面貌又浮现在我的面前，无法驱逐，而我早已坦然接受。那个男人是我的父亲。而如今，对我而言，他是没有名字与称谓的人。如果见到舞台上表演钢琴的我，他该作何种感想呢？

小时候，我把他叫爸爸，而他叫我鹿鹿。除了他之外，没有人再叫我这个小名，而我也习惯了爸爸对我的溺爱。那时候，爸爸是我最好的朋友，他陪我玩各种游戏，带我去不同的地方游玩，给我买好看的衣服。每次他出差回家，我都能收到他从各地带回来的玩具。他喜欢把我抱起来，然后让我骑在他的脖子上，从更高处看世界。我从来不会担心自己掉下来，因为爸爸是我最信任的人。爸爸那时候在税务部门上班，工作很繁忙，但他从来不把工作上的烦躁带回家。相反，妈妈对我却非常严格，给我制定了很多条条框框。她总担心我会被爸爸惯坏，我理解她，但我有点害怕她。与爸爸单独在一起的时候，我更能体会到自由与快乐。也许，这也是爸爸唤我鹿鹿的原因。妈妈不喜欢这个小名，她只叫我荀生。

刚过完六岁生日，爸爸决定让我学习钢琴，而妈妈对此也没有意见。第一次触碰到琴键的时刻，我的浑身就像是过了电流，而我也就在那个瞬间爱上了这门乐器。最初的好奇消失后，我对钢琴的热情却丝毫未减。随着不断地练习，钢琴这种冷冰冰的乐器，在我的心中也越来越神秘，甚至是神圣。我想要了解它，但越想要通过弹奏来接近它，就发现它距离我越来越远，但又不是遥不可及。直到现在，我也未能揭开它的神秘面纱，而这或许也是它吸引我的致命原因。从小到大，我对简单明晰的东西都缺乏耐心与兴致，而钢琴恰好是简单明晰的对立面。刚开始时，爸爸只是想让我把钢琴作为一种兴趣爱好。但是，我的热情与天赋让他改变了主意。在我八岁生日那天，爸爸宣布了他的决定：他想让我成为钢琴家，他想让我的天赋得到最大限度的释放。之后，爸爸不仅给我报了专门的钢琴课程，甚至给我请了专业的钢琴老师做家教。我对钢琴的热爱与日俱增，而同爸爸的交流越来越少。但是，爸爸喜欢看我弹钢琴，而我也喜欢他的陪伴。

十岁那年，我获得了全市钢琴比赛少儿组的冠军。那是我看到爸爸最快乐的样子。他把这个消息告诉每个他所能遇到的人，而他也带着我去见那些或陌生或熟悉的人。之后，爸爸离开了原来的单位，开始和几个朋友一起创业。他说要挣更多的钱，这样就可以送我去国外学钢琴。我不想去国外，我只想弹钢琴，只想让爸爸妈妈陪我弹钢琴。但是，我不能让他们知道我的想法，因为我不想让他们失望。后来，爸爸越来越忙，陪我的时间也越来越少。有一次，我在练琴时，爸爸坐在沙发上听。当弹完整首曲子之后，我转过身，看到爸爸已经在沙发上睡着了。他太累了，而他脸上的倦意在睡梦中显得更浓烈。我离开了钢琴，蹑手蹑脚地取出毛毯，盖在爸爸的身上。这样的话，他的梦或许更香甜，他的梦里或许再没有工作的烦恼。之后，我便离开了房间。从那个时刻起，我便下定决心去国外留学，成为职业的钢琴家。我不想让爸爸的梦因为我而破碎。

然而，灾难毫无预兆地发生了，而梦也在那场灾难中化为灰烬。一直到现在，我都不愿意相信那场灾难的存在。但是，它确实发生了，唯一庆幸的是，我在那场灾难中活了下来。这场灾难也许是我绝望的来源，我一次次地试图遗忘它，但灾难的后遗症却一天天地加重，成为啃噬我灵魂的心魔。我不想与任何人谈起这件事情，并不是因为我不敢面对过去，而是因为我不敢将这只魔鬼释放出来。它已经在我的囚笼中生活了太久，与我对视了太久，而我不想让任何人看见它。我对它有种独特而病态的占有欲。因此，当以梦想要知道我的过去时，我巧妙地回绝了她。我害怕她也看见它。

灾难发生在我小学毕业的那年暑假。那时，我考上了重点中学，妈妈被评为市级优秀教师，而爸爸与朋友合开的公司有了很大的起色，也赚到了第一桶金。至于是多少，爸爸并没有告诉我，只是说足够我出国的学费与生活费。那年春天，我们搬进了更宽阔更明亮的房子，家里也买了辆日产汽车。最令我开心的是，爸爸为我换了一台更好的钢琴。小学毕业典礼结束后，爸爸带着我们坐飞机去海南游玩，那是我第一次看到真正的大海。我当时就想，如果能够面对着大海弹钢琴，将是一件多么美好的事情啊。这么多年过去了，我在很多海滨城市都住过，但我从来没有在海边弹过琴。相反，我在梦中的海滩上弹过。也许，我的梦始终是蓝色滤镜下的灵魂镜像。从海南回来之后，爸爸给我重新找了一名钢琴教师，而我命运的罗盘也就此失灵——我迷失在永恒的大海，我成为一座无人抵达的岛屿。

他的名字叫凯文，三十八岁，在一所大学的音乐学院教钢琴。他给我上第一堂课时，首先给我提供了他的这些基本信息。他又让我做了简单介绍。简短的交流之后，他便开始给我上课。如今，我早都忘了他所讲的内容，但清晰地记得他整洁的白衬衣，清淡的古龙水味以及动听的声音。试讲结束后，爸爸问我的感受如何，我说愿意让凯文做我的家庭教师。那个暑假，他每星期要单独给我上四节课，每节课两个小时。前三节课时，我是认真乖巧的学生，而他是温和耐心的教师。在第四节课时，情况发生了微妙的变化。我在弹琴的时候，他的手会放在我的大腿上，之后，慢慢地移动。当时的我并不知道其中的含义，我以为这是老师表达喜爱的方式。第五节课时，我完美地演奏完了一段高难度的曲子，凯文并不像以前那样夸奖我，而是亲吻了我的脸。之后，他让我亲吻了他的脸，而我按照他的命令也这样去做了。我是所有老师眼中的乖学生，我从来不会反抗他们提出的任何要求。上课的时候，爸爸和妈妈基本上不在家，他们忙各自的事情去了，而我不知道如何去面对眼前的钢琴教师。接下来的一节课，他把我的手放在了他的大腿上，而我感受到了他身体上的变化。他拉开了裤子的拉链，而我看到了那个可怕的怪物。没事，你摸摸它，凯文对我说。开始，我拒绝了他。他的脸上露出了不悦。我不想让他失望，于是，我碰了那个怪物，然后用手握住它。他教我如何去制服怪物，而我很快就学会了这门奇怪的技艺。没过多久，他去了洗手间。回来时，他脸上露出了疲惫的喜悦。下课时，他告诫我不能将此事告诉任何人。我点了点头。但我太害怕了，于是选择背叛他，将此事告诉了妈妈。听完后，妈妈没说话，而是走进了房间。在接下来的一节课里，凯文老师又要做同样的事情，我不知道该怎么办，只能去顺从。或许，这就是凯文所说的两个人的小游戏。我把他的怪物放在手中，而他则闭着眼睛。突然，我听到了破门而入的声音，以及爸爸的咒骂声。凯文还没有来得及拉上裤链，便被爸爸一把拉下椅子。爸爸将他狠揍了一顿，而妈妈则抱着我，不让我看到眼前的场景。最后，凯文的白衬衣上沾满了自己的血，有两颗牙齿落在了钢琴腿旁，眼睛成了黑褐色的脓包。在爸爸松懈时，凯文只身逃走了，而他的包却落在桌子上。爸爸没有出去追，而是决定将凯文告到法庭。妈妈立即反对，她说那样会毁掉我的一生。他们在我面前剧烈地争吵，那是我第一次见到他们反目的样子。我被吓得忘记了哭。经过很久的争吵，妈妈获胜了，他们决定忍气吞声。爸爸离开时，我看到了他眼中对我的失望与厌恶。

从那以后，爸爸像是变了一个人，他再也没有对我笑过，几乎不和我说话。有一次，他坐在沙发上看报纸，而我刚练完琴，心情愉悦。像之前一样，我跑了过去，想要坐在爸爸的怀中，和他分享这种愉悦。然而，他放下了报纸，一把将我推了下去。我的头碰到了茶几上，剧烈的疼痛让我大哭。妈妈跑了过来，把我从地上抱了起来，而我头上的血染红了她的短袖。我又听到了他们的争吵，接着，我晕了过去，忘了后面的事情。住院之后，爸爸从来没有看过我，而妈妈让我对亲戚撒谎说这是我不小心摔倒所致。是的，我撒谎了，我从未给其他人说过真相，也从来没有提凯文老师的事情。后来，我习惯了说谎，但我在谎言中从未忘记真相。上初中时，他们分居了。激烈的争吵变成了持久的冷战。而爸爸在家的时候，我从来不敢弹琴，因为他禁止我影响他的生活。上初三的时候,他将一个浓艳的女人领回了家,妈妈不吭气,还是像之前那样默认了一切生活法则。上高二的时候,他们离婚了。这件事在亲戚间引起了巨大的轰动,因为他们无法想象这段看起来完美的婚姻为何会结束。我和妈妈搬出了家,在外面租住了一个小房子。不知道为什么,离开那个家后,我突然有种释然感。自此之后,他从未看过我,也从未给过我抚养费,而我,也不想再见到他。从我离开那个家开始,爸爸在我心里就已经死了,妈妈则变得郁郁寡欢。她经常独自在房间哭泣,而我不知道如何安慰她。

那个夏天之后,所有的快乐都离我而去。庆幸的是,钢琴却对我始终如一。或许,那个灾难不是来自凯文,而是来自钢琴。如果没有对钢琴的爱,一切悲伤事都不会发生,而我的人生会按照正常的轨道前行。但是,我从未对钢琴有过失望,因为钢琴就是我的命运本身。弹钢琴,也许就是我唯一的天命。

此刻,已经凌晨三点了。往事像蛇一般缠绕着我的灵魂,唯有冥想才能将我松绑。我睁开了眼睛,坐在窗台上,面对眼前黑夜中的星辰,抽了两根烟。我想念我的妈妈,但我却一时想不起她的面容。我期待着黎明的到来,期待着世界之夜的终结。

早晨八点,我从空梦中走了出来。洗完脸后,体内空荡荡的,而头脑却被苦涩的回忆塞满。咽下了杯中的凉水后,我越发饥饿，又享受饥饿带来的极乐——任何食物都是对这种快感的亵渎。我坐在钢琴前，随手弹起了海顿的奏鸣曲，而他的音乐总是让我有种置身于海洋的错觉。弹奏完毕后，愈发饥饿了，但是对食物的排斥感也更加剧烈。突然间，卡夫卡笔下的饥饿艺术家闪现在眼前，而我也突然理解了他。为了抵抗饥饿所带来的孤绝感，我又重新弹奏钢琴，像饥饿艺术家那样，在艺术中寻找食粮。但是，我被孤独与饥饿同时击败了。演奏完第一章节后，我打开冰箱，取出酸奶和苹果，吞了下去。肉身的饥饿消失了，但心灵的饥饿啃噬着我。

之后，我打开电子邮箱，查看了邮件。苏珊娜说她已经回到了纽约，与教授已分手，并将他送给自己的东西都归还给了他。她说自己无法容忍占有欲过强的人。在我离开纽约的这段时间，她说自己只写了五首诗歌，而且并不满意。她会说汉语，但中国对她而言却是一个遥远的存在。她说她想我了，想要立即飞到长安城来陪我，但是随后，她又否定了自己的决定。是啊，她一直在否定与自我否定中生活，但奇怪的是，她从来没有否定过我。或许是因为，我们有着相同的灵魂图像。在信件的最后，她把最新一首名为 *Between Silence and Silence* 的诗歌送给了我。我默读了两遍，惊叹她语言的洞察力。

接着，我又通过邮件与我的经纪人莉莉确定了下一场在德国的演出。本周六晚，长安城音乐会结束。周天，我便坐飞机去北京,然后转机去德国。此刻已是周三的上午十一点十三分,而我却感觉有太多的事情等待着我去处理。

  吃完午饭后,我便躺在床上休息。下午两点四十分,以梦再次来到我的公寓。我们躺在地板上疯狂占据彼此的身体,用这种冲撞来交换心扉。之后,我们赤裸着身体,相对无语,而她为我们各自点燃了一根烟。洗完澡后,我们换上了衣服,接着开始练习钢琴。令我吃惊的是,我们非常顺利地弹奏完《幻想曲》,而之前所存在的瑕疵荡然无存。我们又反复弹奏了三遍,一遍比一遍更精准,最后,我确定我们会有完美的演出。我们的晚餐是在小区附近的湘菜馆完成的,其间,我们只交流音乐,不触碰私事。晚餐后,我们约好明天去商场重新选购演出服。之后,她便开车离开了。

  周四上午十点,我们在相约的商场,买到了中意的演出礼服。当她穿上白色长裙,我换上黑色礼服时,我们短暂地拥抱,然后分开。镜子中的我们已经不是当年的我们,而是两个被时间重新塑造的陌生人。下午,我又陪她去上课,然后回公寓练琴,我们像一对生活了许久的夫妻。没有过多的语言交流,只有彼此的陪伴。晚餐后,她要开车回家。我终于说出了一直憋在心中的话:"我想让你陪我,我想让你听我过去的故事。"

  她点了点头。

  在我的公寓里,我们面对着面,推心置腹。我把自己的故事,特别是那场灾难的过程讲给了她,而她则泪眼婆娑地看着我。讲完之后,我望向户外的风景,而她坐在我身旁,靠在我的肩头。是啊,原来把这些话说出来并不像我所想象的那么困难。她没有说什么,只是抱着我,不让我害怕。我把自己试图要遗忘的一切都告诉了她,但是除了一点,我没有说。那就是,我的小名叫鹿鹿,那是那个男人留给我唯一美好的事物。我不想让别人知道这个小名。

那个夜晚,她没有走,而是陪在我身旁。临睡前,她给我讲了一个童话故事,那是她爸爸曾经讲给她听的。从小到大,她的妈妈几乎没有碰过她,没有真心地爱过她。

"但是,我理解我妈妈了,"她说,"我已经原谅她了。"

"我不会原谅那个男人的。"我说。

"你应该去看看他,就当是最后一次。"

"你愿意陪我吗?"

"我愿意。"

周五下午,在表弟和以梦的陪同下,我要去见那个经常在我梦中出现的男人,去直面所有问题的根源。当汽车越来越靠近他家时,我眼前的黑暗也越来越沉重,回忆的负荷让我喘不过气来,而绝望正在彼岸注视着我。我想要逃离,但以梦却紧紧地握住了我的手。我不想让她失望,只能故作镇定,童年与少年时期的噩梦却蒙太奇般地在眼前交替浮现。也许,我们所乘坐的是逆着时间河流而上的航船,而倒退的风景是我记忆的另外一种真实。我又看到了黎闳教授独自在露天阳台上吸烟的背影,看到了妈妈同捡来的野猫对话的情景,看到了凯文老师专注弹琴时的眼神,也看到了爸爸背着年幼的我去动物园初看孔雀时的模样。过往风暴卷着时间的砂砾向我的记忆深处涌来,而所有的混沌都在一个画面处终结:十三岁的我,独自坐在房间弹钢琴,而窗外的大雪按住了整座城市的喧闹。

下车后,天光云影又把我再次拉回到了现实世界。我想要逃离,想要回到记忆的茧中,但以梦拉住我的手,不让我再次坠落。在表弟的引领下,我们穿过了水泥森林与花园,来到了一个破落的六层楼前。表弟给那个男人打了电话,之后,我们便上楼了。这些年来,小姨家一直与那个男人保持着某些联系,他们并没有因为我外婆与妈妈的死而责难于他。听表弟在车上说,那个男人这些年来过得非常落魄。具体情况没有详尽地说,只是让我做好心理准备。其实,我对他的生活已无丝毫的兴趣,但他的落魄却让我有了微妙的欣慰。这栋旧楼没有电梯,我们沿着阶梯向顶层爬上去,动作像是朝往圣地。602室到了,楼道阴凉无光,一只白蛾趴在门上,扑扇着翅膀。表弟按了门铃后,我们在灰暗处等待。三分钟后,门开了,一束幽光点亮了此刻的灰暗。

"你们进来吧,"有个声音从门内飘了出来,"我刚才在喂猫。"

声音仿佛生锈的铁，而他的身体像是随时会坍塌的雕塑。他坐在沙发上，抱着猫，眼神中是落魄与冷漠的混合物。看到眼前的这个人之后，我真的无法将其与我小时候的爸爸联系起来。那时候，爸爸是我心中最有智慧的英雄，而不是面前这个衰败且发馊的垂垂老者。我们坐在他的对面，而他则默然地打量着我们。猫从他的怀中跳出去之后，他为自己点燃了烟，烟雾使得这个逼仄的房间更加令人窒息。起初，我们都不说话，而是在暮气中寻找合适的开场白。

"我明天也想参加你的音乐会，"他打破了沉默，"但门票太贵了，我买不起。"

"我哥给你预留了门票，你明天来就行了。"

说完后，表弟从包中取出了一张门票，递给了他。我突然明白，表弟已经预想了所要发生的一切，他已经为此做好了充足的准备。那一刻，我对表弟充满了感激之情。接过票后，他专注地看着上面的内容，然后将票放在了桌子上。

"祝贺你，终于实现了自己的梦想，"他说，"不像我，除了猫之外，什么也没有了。"

我注视着他的失落，不知道该说些什么话。眼泪泛滥，但我没有哭泣。我想念那个风风火火的爸爸，而不是眼前这个被岁月所戕害的老人。我有太多的话想要说，又不知道从何处说起。他的眼神空洞无物，写满了生活的不堪。我们都不敢直视彼此的眼神。为了缓和这种尴尬气氛，表弟说着一些无关痛痒的事情。对于我来说，每一分钟都是一种煎熬。我也知道，他其实不想见到我。我们预想中的和解并没有出现。

半个小时后，我们起身准备离开。

"鹿鹿，你等一下……"

听到自己小名的一刹那，我终于失去了控制，放声哭泣。他走了过来，抱住我，让我不要害怕。在他的怀中，我想到很多年前的我，那时候，爸爸是我心中的英雄，我是他心中的宝贝。他喊着鹿鹿，而这个小名只属于他一个人。等情绪稳定后，我离开了他的怀抱。他没有哭，但他的表情像是经历了炼狱后的重生。

"这周末，我就要离开了，也许以后再也不回来了，"我对他说，"需要我帮什么忙吗？"

他迟疑了半会儿，说："我需要钱，需要生活费。"

"好的，把你银行卡号留给我，"我说，"以后，我会给你转账的。"

带着他写着账号的纸条，我们离开了他的家。

在回家的路上，表弟大致上讲了父亲这些年来的经历：公司倒闭，钱被合伙人卷走，之后他与第二任妻子所生的儿子在商场走失，而那个女人也离开了他。自此之后，他再也没有振作过，每天都是靠着烟酒和猫的陪伴而活。

听到这些故事后,我将头转向了车窗外,聆听着苦涩与疼痛在内心的沉吟。以梦一直握着我的手,不愿离开我。而我也知道,不久后,我们将会永远地分开。

第九节:幻想曲

他又梦到大海了。这一次,外婆与妈妈并没有抛弃他,而是牵着他的手,共同等待一个时刻的到来。他害怕海浪的汹涌声,想要退缩,但大人们的手紧紧地拉住了他。他们守在海边,妈妈说他们将要去一个海岛生活。他已经听到了轮船的汽笛声,看到了轮船越来越大的身影。他的恐惧突然消失了。他对白轮船摆手欢呼,然后从口袋中掏出螺号,对着大海,吹起了海洋之歌。他们终于坐上了白轮船,共同驶向心中的海岛。上了船之后,他才发现爸爸原来是船长。爸爸将带领他们告别陆地,去海岛开始新生活。坐在船上,海鸟与海浪的声音更清晰响亮了,妈妈给他讲了渔夫与魔鬼的故事。故事结束后,他感到了剧烈的晃动,原来是突如其来的巨浪击打着船体。妈妈抓住他的手,外婆抱着妈妈,爸爸则操纵船舵,全家人与海洋展开了殊死的战斗。突然,他听到了船断裂的声音,一股巨浪扑向了他们。他大喊了一声,然后惊醒,才发现这都是梦的碎片。在黑夜中,他哭了起来,不是为了自己,而是为了梦中的沉船。

他突然感到了时间的利刃正在刺向巨大的虚无。以梦也醒来了，她在黑暗中抓住了他的手。

"又做噩梦了吗？"她问他。

"又是之前的那个梦，我想要喝水。"

她起身走到厨房，从冰箱取出两瓶苏打水。再次回到卧室时，他已经打开了台灯，裸身躺在床上，而眼神中似乎全是雾中风景。她把其中的一瓶水交给了他，自己也拧开了另一瓶。他们赤身裸体地坐在床上，面对着面，喝着凉水。当她喝掉半瓶水之后，体内的热也消散了，而夏夜也因此变凉了。她知道这是他们最后一次的赤裸相对。她觉得应该做些什么或者说些什么，以此作为告别的仪式。但她选择了沉默，而他也用沉默进行了回答。他们都在寻找通向彼此的语言，却发现这条路通向了乌有之乡。

她独自来到阳台上，拉开了窗帘，外面的温柔夜色正在呢喃低语，镶嵌在夜空的星辰凝视着她的孤独。她用力地吸了一口气，却在夜色中嗅到了深渊的味道。他从背后抱住了她，她透过玻璃反射的幽光看到了他的脸。他就这样长久地抱着她，而她则注视着眼前的黑夜。他的手开始在她的身体上游动，像是在钢琴上寻找合适的音符。她因他的抚摸而战栗，脑海中却不断闪现出《幻想曲》的片段。她转过身来，直面他体内的猛兽。她靠着墙，双腿缠绕着他，而他与他的野兽同时掠走了她体内的虚无。在他们的肉身达到共振时,她闭上了眼睛,头脑中回荡起《幻想曲》的高潮。等欲望与音乐同时退潮后,绝望又再一次囚禁了她。分开之后,他们坐在沙发上,沉默的高墙又一次阻挡了他们的语言。他带她一起去洗澡。之后,他帮她擦干了身上的水痕。

关灯之前,她看了一下表,凌晨三点三十二分。没过多久,她听到了他的轻鼾声。她浑身疲惫,头脑却异常清醒。她想到了王思南。这么久过去了,他都没有联系过她。也许,在分居之后,他们像是从各自茧中飞出的蝴蝶,已经无法适应彼此的束缚。也许,她可以选择永远地离开他。但是之后呢?如果再次选择婚姻,那不过是钻进另外一个茧。如果选择独身,她又无法面对外人的种种质疑,毕竟,她那么在意表象上的虚荣与平衡。她感觉自己快要在黑夜中破碎了。于是,她转过身,紧紧抱住荀生。她想要以此通往他的梦境。

之后,她梦见了女儿默默。她带着默默去看海上日出,并且和她一起许愿。等太阳从海平面升起之后,默默说出了她的愿望:我想死,我不想弹琴。她认真地看着女儿。在默默的双眸里,她看到了年幼的自己。她从梦中走了出来,并下定决心,不再强迫女儿学习钢琴了。这个决定让她瞬间释怀了。如果没有钢琴,或许,她会有更好的人生。钢琴会让人敏感到无法忍受生活的粗糙面。如果还有机会,她宁愿选择粗糙的人生。

早晨起床后,他们去楼下的餐厅共进早餐。之后,他们回到房间,再次练习了《幻想曲》。他们已经磨合得很完美了,整首曲子没有留下半点瑕疵。曲子结束后,她收拾好自己的行李,然后与他告别。他想要挽留,但又知道挽留无济于事。

"今天晚上六点半,我们在音乐厅见。"他对她说。

她点了点头,然后亲吻了他的脸。

走出小区之后,她很快便坐上了一辆出租车。她打开微信,想要和他说些什么,但又明白说什么都没有意义了。她翻开朋友圈,看到了黎楠所发出的宣言:我终于等到了你。配图是一个女生看海的侧影。她心中涌出千般滋味,接着便是对自己的嘲笑。她看到了街道上正在乞讨的流浪汉。接着,她又打开了微信,删掉了黎楠以及与他相关的一切。

回到家后,她看见父亲坐在阳台上看报纸,而母亲则守在电视前,面如机器。像往常一样,她不想打扰他们各自的孤独,于是躲进自己的房间。从小时候开始,她就习惯了这种躲避的方式:这个房间成为她空间上的避难所,而钢琴则是她灵魂上的避难所。从小时候开始,他们的争吵就没有结束过,甚至会在她面前大打出手。那时候,她的眼泪因恐惧而流尽。而如今,她已经失去了哭泣的能力。从懂事起,她就明白自己的出生是一个无爱的错误。当他们当着她的面诅咒彼此时,她会有种愧疚感,有时候甚至想过结束自己的命。他们整天将离婚挂在嘴上，却从来没有去做。她希望他们离婚，至少她会因此而得到平静。小时候，她希望逃离，却无处可逃。有一次，他们在客厅中扭打起来，而她只能躲在墙角观看。结果，父亲将母亲一把推倒在茶几上，血从后脑勺流了出来。她没有哭，而是去了洗手间，取出了毛巾与卫生纸。她走到母亲的身旁，试图帮她止血。母亲紧闭着双眼。那个瞬间，她以为她死了，她的内心同时涌出了悲痛与喜悦。喜悦的原因是，她终于要得到平静了。但是，母亲没有死。半个月后，母亲从医院回来了，而他们之间新的战争又开始了。她被迫卷入这场旷日持久的战争中，既是旁观者，又是受难者。在很小的时候，她就希望自己快点长大，早日逃离这个家庭，建立自己理想的家庭。而现在，她独坐在房间，与自己的童年相望，却发现自己又返回原地。这么多年过去了，除了一步步走向失败之外，她并没有什么改变。像往常一样，她要用弹钢琴来抵抗这种绝望，即使绝望就是她命运的本来面目。

吃完午饭后，母亲外出，而父亲则罕见地约她聊天。他们坐在阳台上，面对着面，中间的木桌上放着即将衰败的白色玫瑰以及冰凉的茶水。开始聊天前，她给他们泡了一壶铁观音。在他们说话期间，升腾的水汽像是另外一个聆听者。父亲询问了她最近的教书情况，音乐会的准备情况以及荀生的个人情况。而她的回答既避开了情感上的种种困境，又做到了最大限度的真诚。作为回应,她也询问了父亲一些无关痛痒的问题,而父亲也给出了无关痛痒的回答。之后,他们喝着茶水,嗅着面前的腐朽,陷入沉默。

"演奏会结束后,你就该回你家了。"父亲突然说道。

"这里也是我的家。"她说。

"不,那里才是你的家。"

父亲坚决的态度让她不知所措。她突然意识到,自己并不属于这里,也不属于那里;既不属于他人,也不属于自我——肉身是自己灵魂的唯一居所。父亲的冷漠让她顿悟,而以前压在心头上的巨石升华为心中的喜乐。她将这种喜乐挂在脸上,而父亲的表情则是困惑。

"当然,如果你愿意,可以一直住下去的。"父亲说。

"不,今天的音乐会结束,我就离开这里。"

"回家好好过日子。夫妻闹矛盾很正常。"

"不,我还不知道要去哪儿。"

父亲没有立即回应,而是将目光转向了窗外。透过玻璃,她看见了一只孤鸟穿过了半个天空。那个瞬间,她有种想要飞翔的冲动。

"梦梦,我想要告诉你一个秘密。"父亲说。

"好的。"

"其实,五年前,我和你妈就离婚了。"

"那为什么还要住在一起？"

"习惯了彼此，但没有了那张纸，我们反而更自由了。"

"你还会再婚吗？"

"不，我已经厌倦了。所以，不论你的选择是什么，我都能理解。"

生平第一次，她端起了茶水，与父亲碰杯。她突然意识到绝望是所有人命运的共同体，是人与人连接的唯一通道，甚至是与神交流的唯一方式——神是绝望的制造者，更是绝望的本体。她没有宗教信仰，但她信仰神的绝望。她与父亲之间的隔阂突然消失了，而他们终于可以轻松地交谈其他的话题了。

午休的时候，她梦见了父母带着她去海洋远航。在梦中，她知道这是做梦，但她不愿醒来。这个与海相关的梦特别地沉，她甚至嗅到了海洋的咸味。

下午三点零五分，她从梦中走了出来，而堵在心口上的焦灼与忧郁也烟消云散。她打开窗户，闭着眼睛，深吸了一口淡绿色空气。而压在长安城上空的乌云像是酝酿着风暴。她突然想到，很多年前在毕业典礼音乐会的当天，长安城就下起了雨。她拿起手机，对着天空拍了一张照片，准备给荀生发过去。还没等她发送，却收到了荀生的微信。同样的，他发来的是同一片涌满浓云的天空。看到照片的瞬间，她相信了命运，相信了心有灵犀。但是，她并没有把这种感受告诉他。

"今天要下雨,就像很多年前的那场雨一样啊。"他说。

"是啊,雨是一样的,但人和事都改变了。"她说。

"音乐从未改变。"

说完后,他把手机放在桌子上,然后,对着窗户,深吸了一口气。每次音乐会开始前,他都会异常焦灼,即使他熟悉乐谱上的每个音符。然而这一次,他心静如水,仿佛是对过往的轻声告别。四点整的时候,表弟来公寓接他。四点三十五分,他来到了小姨家。令他吃惊的是,父亲也在小姨家,而他们都要参加他的音乐会。五点半,他们共进晚餐。六点整,出发去音乐厅。路上,透过车窗玻璃,他看到了雨水模糊了整座城市。六点二十分,他来到了音乐厅的化妆间,而以梦也是刚到。六点四十分,他在镜子中看到了另外一个自己,而每一次的表演都是自我的升华。六点五十分,他和以梦站在镜子前,一黑一白,像是与多年前的他们在此相遇。只是,他们没有说话,更没有亲吻,而是坦然等待表演的开始。

七点钟,音乐会在观众们的掌声中开始。他走到了舞台中央,面向观众,鞠了躬,之后便坐在钢琴前。一如既往地,先闭上眼睛,深吸一口气,手指放在冰凉的琴键上。之后,他演奏了李斯特的三首《爱之梦》,以及柴可夫斯基的《四季》。从一月的炉火到六月的船歌,从热烈的狂欢节到风趣的圣诞节,他在音符线性的流动中看到了时间的本质。上半场结束后,他在后台休息了一会儿。之后，他又返场，开始弹奏贝多芬的《第二十三号钢琴奏鸣曲》。也许是因为太熟悉了，他并未在其中感到热情，相反，他体悟到了真理的冰冷。最后一个音符结束后，他冰冷的心也沉了下去。终于，最后的《幻想曲》来临了。他站在钢琴旁，迎接以梦的到来。她穿着白色的长裙，坐在了他身旁。之后，他们在灯光的注视下进入幻想世界。与以往的感受不同，这一次，他们两个人成为一个人，一黑一白，像是一个人灵魂的正反两面，与钢琴的黑白键交换着对世界的理解。他们的手指在琴键上游动，而他们的灵魂在天空中飞向音乐的乌托邦。是的，在音乐高潮来临时，他们共同抵达极乐之境。而那之后，他们不得不与彼此做最后的告别。

当最后一个音符落下，掌声如潮水般向他们涌来，他看到了她脸上聚满暗光的泪珠。但是，与多年前的那场音乐会不同，她没有转过头来看他。她的目光停留在远处的某个未知的黑点上，他将永远无法捕捉到她的忧愁与失落。

晚上十点，他与她告别，而她的背后是她的丈夫、女儿与父母。她的丈夫走了过来，与他握手后，说："祝贺你们，今晚的演出很成功。"

"谢谢你们的捧场。"

除了这句话，他不知道还能说些什么。

之后，他目送他们离开。

晚上十一点半,他躺在黑夜中,翻来覆去,睡不着觉。明天一早九点半,他将离开这座古都。他已经打算不再回来,也不再与她有任何联系了——这是他对她最深的祝福。他掏出手机,在黑夜中删除了与她相关的一切,与此同时,记忆之潮变得更加凶猛激荡。

他赤裸着身体,走到了窗前,而世界之夜已降临于所有失眠者的内心。外面的雨冲刷着所有人的梦,包括生者与死者,包括醒者与梦游者,包括旅者与觉悟者。

对着黑夜这面镜子,他看到了镜中人流出了眼泪。

巴比伦诗篇

一

我什么也不是,我又是一切。在我之内,万籁归一;在我之外,一分万象。时间之间,空间之间,我进入世界迷津,寻觅生命的出口。我是他人的微尘,又是自己的宇宙。我注万经,万经即我。这便是写诗的自由,也是写诗的乐趣。通过写诗,我重新发现了自己,重新定义了自己,也重新创造了自己。我是诗歌的孩子,我在诗歌中再一次诞生。

然而,所有这些关于诗歌的浪漫主义的定义,在一件非常现实主义的事情面前,轰然倒地,发出了只有我自己能听懂的白色噪声。这件事情就是出书。更具体地说,是自费出书。也不知道从哪个时刻开始，我突然有种想要出诗集的冲动，也许只是为了满足自己的某种虚荣心——只有出版了诗集，才能算得上是真正的诗人。我联系了好几家出版社，把自己精心准备的诗稿投给了编辑们。开始，我还抱有一些希望，毕竟自己在诗歌圈小有名气，在严肃的文学刊物上发表了上百首诗歌，还拿过五六个诗歌奖。与此同时，我还是杂志社的编辑，和好几个出版社编辑都是不错的朋友。这些都是我手中的砝码，是我出书的优势所在。然而，我错了，在市场面前，所有的这些优势都不堪一击。有一位编辑朋友告诉我，现在的出版社不可能免费出诗集，要么你获得了诺贝尔文学奖，要么就是拿到了文学基金。也许是看到了我脸上的难堪，他又补充道，你要是在我们出版社出书，我可以给你申请最低的价格。我强迫自己露出了微笑，但心里的愧疚让我无地自容。我责怪的不是他，而是我自己。

我并没有因此而放弃，而是选择坚持出书。过了两天，我又联系了这个出版社的编辑。他的名字叫欧阳海。简单地沟通后，欧阳海报给了我一个出书总费用，最低需要五万元，包括编校费、设计费、印刷费，等等。也许是看到了我眼中的犹豫，他又补充道，其实，我很喜欢你的诗歌，而出版就是给这些诗歌找一个家。不知为何，这句话刺痛了我的心，也打动了我。他告诉我可以考虑几天再给他回复。也许是自尊心作祟，我摇了摇头，说，不用考虑，我决定出版了，让您费心了。

我把自己要出书的消息第一时间告诉了白灵。她是我的新婚妻子，两个月前，我们刚刚在老家举办了婚礼。然而，我撒谎了。我告诉她有专门的文学基金支持我出书，并且还支付一定的报酬。还没等我把话说完，白灵就走上前来，拥抱了我，亲吻了我的脸。这是她表达爱意的重要方式。抱着她的时候，我有种难言的愧疚，愧疚的背后隐藏着某种兴奋，就像她身上的蓝风铃香水味。这不是我第一次向她撒谎，肯定也不会是最后一次。我知道，我们的关系已经有了危险的信号。我是诗人。我能嗅到暴风雨前荒野的气息。我是在荒野中奔跑的孩子，早已经找不到来时的路。

然而，这五万元对我而言是一笔不小的支出，基本上相当于我多半年的收入。在查看了自己的账户余额后，我最初的信念有了细微的动摇，不明白这种出书的方式意义何在。唯一庆幸的是，我目前和白灵的账务各自分开，AA制生活。因此，谎言也有了自己短暂的避难所。又过了些日子，欧阳海告诉我要申报选题了，需要我把相关的款项打给出版社。我没有半点犹豫，立即把五万元转了过去。半个小时后，欧阳海告诉我款项收到了，接下来需要重新整理书稿与确定书名。在对话的最后，他在微信上又补充道，夏有光，我特别看好你，你肯定会有更加光明的未来。我没有回复他，而是关掉了对话框。不知为何，我有种难以名状的不安,或许是因为我的名字是对我生活的巨大讽刺。也许,我对不起生活。我是黑暗的孩子。我害怕领受生命中的光。

接下来,我重新整理了诗稿,将作品分为"春之旅""夏之旅""秋之旅"与"冬之旅"四个部分。其实,我几乎没有什么旅行的经历,一来是因为没有精力,二来是因为没有钱。这种划分是按照写作的时节为依据。另一个私密的原因,是我特别喜爱法国导演侯麦的电影四部曲《四季》。随后,我把诗集的名字从《时间奏鸣曲》改为《巴比伦诗篇》。欧阳海问我其中的缘由,我说是源于一个梦,一个和我祖父有关的梦。他问我梦的内容,我摇了摇头,表示我已经忘记了那个梦,只记住了这个带有异域色彩的名字。当然,这只是一个谎言,因为我不想与任何人分享这个梦。在那个梦里,祖父并没有烧掉他的那本名为《巴比伦诗篇》的日记,也没有跳进河流,而是开着船,领着我到河流的对岸去。在我出生之前,祖父已经离开了人世间,但我们会以某种微妙方式相遇相知。《巴比伦诗篇》是祖父留给我的唯一精神遗产。至于祖父的死因,没有人能给我说出真相。

在出版社的建议下,我需要找一位著名的评论家为这本诗集写序。我首先想到的是庄洲,也就是我们杂志社的主编。然而,我有一点犹豫,毕竟庄洲的行政事务特别多,脾气也不好,而且他只给小说写评论,特别是长篇小说。还有一个顾虑就是,他好像只给两种人写评论：一种是对他有用的人，另一种是给他送礼的人。这不是我的无端猜测，而是大家默认的事实。我仔细想了想，自己没有钱，也对他没有用，所以只好作罢，打算另找他人。还是欧阳海提醒了我，他认为我应该先去找庄洲，以示尊重，毕竟庄洲是我的顶头上司。他的建议让我茅塞顿开，是啊，无论如何，我都要先找庄洲。否则的话，我以后肯定会在工作中遇到很多绊子。我谁都可以得罪，就是不能得罪庄洲。因为我是庄洲聘用来的编辑，没有任何形式上的保障。用通俗的话来讲，我就是编外的临时工，我只是庄洲手上的一颗棋子。只要他不开心，就可以随时撵我走人。

第二天上午，在确认没有其他人的情况下，我敲了他办公室的门，走了进去，站在他的面前，手中提着一个黑色的包，包里放着一条软中华。也许是看到了我眼神中的异样，他让我把包放在一边，然后关上房门。随后，他罕见地让我坐在沙发上，询问我的来意。我顿了顿思绪，然后说出了自己的意愿。在我说完后，他沉默了三秒钟，而我在这沉默中仿佛看到了他头脑中的惊涛骇浪。他递给我一根烟，说，把你的稿子先发我邮箱，我先看了再说。我点了点头，离开了他的办公室，把黑色的包留在了沙发上。无论如何，我已经迈出了那一步。走在太阳之下，我发现自己的影子比以往更加黑暗，但我的心却异常冷静。

又过了两天,庄洲把我叫到了他的办公室,将一张写满字的纸条交给了我,然后说,序我写不了,这两段话你可以用在封底。我强挤出微笑,对主编的短评表示感谢。回到自己的办公室后,我特意数了数,总共六十八个字。我顿悟,这是因为我送的东西不够贵重,不值得他去写太多的字。这是我和他之间的秘密,我当然不会告诉任何人。无论如何,我已经迈过了这一关,也距离自己的目标越来越近了。我把推荐语交给了欧阳海,心中的巨石也随之落地。以前的我太幼稚了,把情感看得太重,后来才发现很多事情的本质不过是利益的交换。对他人没有用的人,也不会领赏到他人的好处。有时候,我为活着本身而感到抱歉。我也由此理解了太宰治和他的那些自传性作品。

那个夜里,我又梦见了祖父。祖父在河流的对岸挥动着白丝带,呼喊着我的名字。而我呢,却找不到通向对岸的桥。情急之下,我跳进了河流,却发现自己不会游泳了。因此,我看见自己慢慢地沉落,看见河流像巨兽那样吞掉了我。不知为何,我没有恐惧,相反,得到了某种意义上的解脱。当快要窒息的时候,我从梦里游了出来,游回到了现实的岸。然而,我宁愿活在梦的国度。

白灵还在一旁熟睡,我上前亲吻了她的额头。随后,我全裸着身体,走到窗前,拉开窗帘,看着夜空中那颗最明亮的星。

有那么一瞬间,我感觉自己长出了翅膀,有种想要飞出窗外的冲动。

二

没过多久,书号就下来了。又过了几天,封面也设计好了。其实,我并不满意新书的封面,与我的期待值还有很大的距离。然而,编辑很明确地对我说,你给的钱,只能有这样的封面,请设计师的话又是一笔大的支出。我听出了他的言外之意,就是说,关于这本诗集,我其实并没有太多的发言权。我有种被羞辱的感觉,又不得不消化眼前的一切。在某个瞬间,我想要终止这一切,想要收回自己的钱,不想再出这本书。然而,理智告诉我,你已经坐上了苍茫海洋上的孤舟,除了登陆,你别无选择。突然间,我明白了这本诗集是刻在我脸上的红字,而且只有我一个人能看见它。

又过了一段时日,这本名为《巴比伦诗篇》的诗集悄无声息地出版了,总印数为一千册,其中的五百册归我所有。为了圆住之前的谎言,我只在家里放了十本书,剩下的书堆在了单位的库房,和那些卖不出去的杂志挤在一起,彼此间喃喃自语。欧阳海说得很明白,你出了书,就是要把这些书卖出去,这和诗人的尊严没有关系,这是金钱的时代,脸面之类的问题最不重要,再说只有更多人读了你的诗,才是诗人的荣光。我认同他的看法,决定要把这些书都统统卖掉,尽可能地多挣一些钱,也可以借此来扩大自己的影响力。

在拿到书的第二天,我特意在朋友圈发布了一则卖书的广告。当然不会特别直白,而是用一种可笑又诗意的伪装方式。为了制造出这并不是自费书的幻觉,我特意选用了比较暧昧的表达方式,并且宣称只有少量的存书,如需请尽快。当然,我特意在朋友圈分了小组,白灵及其很多亲戚朋友并不能看见我的卖书广告。其实,我在微信中有很多分组,每一个分组都是我的一张面具,而我也不知道哪一个才是真正的自己。

消息发完后的十分钟内,我便收到了三笔转账,全部来自我以前的作者,而且每个人都购买了十本书。我当然知道这是一种拉近关系的方式,甚至可以说是一种利益的置换。刚开始,我还有点顾忌,觉得这样做是否有违道德操守。我把自己的想法告诉了欧阳海,他很快在微信上回复我,说,这不是道德的问题,这是你是否愿意放下你文人面子的问题,有那么多人关注你,你应该高兴才对。他的话点醒了我,也戳痛了我的软肋。我放下了这种道德上的顾虑,开始光明正大地在朋友圈吆喝,并且暗示我的那些作者,让他们帮我转发消息。整个下午,我卖掉了六十九本书。连续一周,我都在朋友圈变着花样地卖书。一周之内,我总共卖掉了一百三十二本书,其中有一百二十一本是我的作者购买的。面对着库房堆积如山的存书，我突然心生悲悯，不是对别人，而是对我自己。有时候，我会突然觉得自己是这个世界的寄生虫。活着的目的，就是为了苟存于世，而诗歌只是幌子罢了。

两周过后，我卖书的热情已经烟消云散。从联系出版社出诗集以来，我再没有创作出一首诗歌。很多次面对空荡荡的文档，被禁锢的头脑中只有空荡荡的荒风吹过。欧阳海告诉我不要焦灼，说这是写作的空白期，目前最重要的事情就是让更多人知道《巴比伦诗篇》的存在。在他的建议下，我把这本诗集寄给了三十多位文学评论家。除了必要的客套话，他们也基本上没有什么实质性的评价。我不甘心，又去找了庄洲主编，想让他帮我组织一场作品研讨会。这一次，他没有关上办公室的门，而是直截了当地说，不可能的，你又不是这个体系里的人，想都别想了。也许是看出了我脸上的尴尬，他放缓了语调，补充道，如果你自己愿意出钱，我可以帮你请大牌评论家。我问他一场研讨会需要多少费用。他笑了一声，说，劳务费、场地费、宣传费、车马费等加起来，至少十万吧。我从他扬扬自得的眼神中读到了蔑视，他一定觉得这个数字可以击垮我的幻想与我的自尊。然而，我故作镇定地感谢了他，然后说，谢谢主编，让我再好好考虑考虑。

从他的办公室出来后，我好像从黑暗森林中找到了来时的路。至此,我便断了开研讨会的念头。三天之后,杂志社为一个不知名的县城诗人举办了一场很有规模的研讨会,而我则是那场会议的工作人员。在会上,有人宣称该诗人创造出了一种全新的语言,其思想深度与艺术广度均令人赞叹。不知为何,听到这样的话,我差点笑出了声。后来,我才知道该诗人是某县城分管文化工作的领导,而那个县城则是庄洲的故乡。突然间,我便明白了其中千丝万缕的关联。没有所谓的身份,这是我的致命问题。

当然,在外界看来,我还算是一个所谓的成功者,毕业于985名校,得过一些文学奖,又出版了自己的个人诗集。在我们那个偏远县城,出书几乎是天方夜谭。在印象里,我们那个县城,几乎没有出过像样的作家。在我出书的第二天,父亲便打来电话,让我给家里寄上二十本书。又过了几日,父亲又打来电话,语气中满是自豪地说,有光啊,你这下给咱家里人长脸了,全村人都知道你出书了,你这下子又是名人了。当然,我没有告诉他这是我自费出的诗集,相反,我还骗他说拿到了好几万的稿费。挂断电话后,我通过支付宝给父亲的银行卡上转了两千块钱。我写诗,是诗让我学会了欺骗,也是诗让我丢掉了自己的敏感与良知——我离开了我自己,成为自我的陌生人。

又过了几日,父亲又打来电话,非常严肃地问我,你现在又得奖，又出书，也算是有些名气了，这些能不能帮你解决问题，帮你拿到编制啊？我愣了三秒钟，决定不再撒谎，而是向父亲道出了真相：爸，出书没有用，现在的编制必须要参加考试啊。我听到了父亲沉重又疲惫的叹息声。彼此沉默了半晌后，父亲说，有光啊，你都二十八岁了，再不抓紧点，就真的来不及了。还没等我说话，父亲便挂断了电话。

如今的我，越来越理解父亲了。父亲以前是小学的民办教师，没有正式的身份，工资也少得可怜。那时候，一直有传闻说会给民办教师转正，只不过需要一定的工作年限。父亲选择了相信这种传闻，选择了坚守岗位。每一天，他都在等待上面的红头文件，直至这种等待变为他的信仰。然而，等待的背后是日积月累的失望，直到失望开出了绝望的花朵。在他五十三岁那年，村里的小学要撤掉了，他都没有等到上面的眷顾。随后，有编制的正式教师都派遣到了其他学校，而像父亲这样的民办教师便失去了饭碗，没有遣散费，甚至连冠冕堂皇的安慰话也没有。是的，他奉献了半生的事业，最后得到的是命运的嘲弄。

父亲从学校回来的那天，下起了大雨。父亲摔倒在地上，雨水浇灌在他的全身。他没有起来，而是躺在泥水里，失声痛哭。那是我生平唯一一次看到父亲的泪水与痛苦。母亲和我都不敢上前去扶父亲，是祖母走出了房间，领着浑身狼狈的父亲回了屋。那一次，父亲患了重感冒，在床上躺了整整一个星期。

后来的一个月，父亲几乎没有说过一句话。也就是从那个时候起，他眼神中的光完全消失了，成了一个没有生命气息的人。

如今的我，越来越理解父亲了，甚至越来越像当年的父亲了。自从我上了大学后，父亲便反复告诫我以后的工作要找铁饭碗，不要再重复他的老路，不要当一辈子的小丑。那时候的我觉得父亲太过啰唆，观念也太陈旧，把他的话当作耳旁风。然而，经过太多的事情之后，我现在越来越认同父亲的想法。只不过，我或许已经失去了拥有稳定生活的机遇。我也在等待，只不过，我忘记了自己在等待什么。如今，等待也成了我的信仰。

三

大学期间，我主修的是计算机专业。我对冷冰冰的数据并没有多少热情，但凭借着学习的惯性也能蒙混过关。越是深入学习，我越是明白这并不是我想要的生活。那个时候，博客刚刚兴起，于是我把那些情绪化的文字统统诉诸虚拟空间。那是兴奋剂，也是麻醉剂。每次从网络中走出来，是更大的虚妄，是更深的空洞。慢慢地，我越来越迷惘，仿佛陷入泥淖，而身边并没有救命稻草。直到遇见诗歌，我才从泥淖中暂时获救。清洗掉身上的泥土，我又成为一个崭新的人。

那是在大二的下半学期，我无意间选修了一门西方诗歌鉴赏课。原本是为了混学分，并没有意识到这将是我命运的重大转折。第一节课，我坐在最后一排靠窗的位置，看着户外的秋日景象，对课程并没有抱多大的希望。怎么说呢，我已经厌倦了大学生活，又不知道该逃往何处。给我们上课的是一位四十岁左右的男老师，名叫夏宇，眉宇之间是清澈的忧郁，比窗外的秋色更加迷人。于是，我把目光放在了这个略带神秘气息的男子身上，仿佛看到了黑暗中的微光。当他开始谈论艺术，开始谈论思想史，开始谈论现代诗歌时，我便意识到这是一位不同凡响的男子。第一节的导读课上，夏宇给我们讲了现代诗歌的起源、发展与意义。他并没有照本宣科，而是内化为自己的语系，与我们的当下生活息息相关。不知为何，在他的启发下，我好像听到了隐藏在自己内心最深处的声音。那是上大学以来，第一次让我如此动情的课。他是密林中的持炬者，照亮了我的黑夜。

随后，我上网查了关于夏宇的个人信息。原来他是北京大学的文学博士，也是诗歌界相当有名气的诗人。于是，我立即在网上订购了他的三本诗集与两本学术专著。随后，我又搜索到了他的个人博客，便一头扎进了他的精神世界。不知为何，从他的文章中，从他的诗歌里，我读到了自己的心灵史。读了他部分的诗歌后，我在博客上写出了自己生平的第一首诗歌。

我知道，我是自己唯一的读者。

从第二堂课开始，我便坐在了第一排，时不时地会与夏宇进行沟通，无论是语言上的互动，还是眼神上的交流。我想让他记住这个始终坐在第一排的学生。课间，我会把自己在诗歌方面的疑惑告诉他，而他也总是能给出恰如其分的回答。后来，他把他的电子邮箱给了我，让我准备一组诗歌发给他。于是，我挑选了自己最满意的十二首诗歌，列为一组，名叫《远航笔记》。我把邮件发给了夏宇。一个月后，这组诗歌发表在《洛城文艺》上，并且配有夏宇的短评。我把这篇短评读了不下十遍，然后一字一字地抄写在笔记里，镌刻在我的心里。这是我第一次在文学刊物上发表作品，是莫大的鼓励，也是全新的开始。除了夏宇之外，我把这件事情只告诉了白灵。她是我大学时代最好的朋友。

我和白灵就是在夏宇的诗歌课上认识的，她和我是同一级，主修数学，也爱好文学。从第二堂课开始，她便成为我的同桌。和很多大学校园剧相似，我们从最初的陌生人，再到朋友，最后成为恋人。刚开始，我们只谈论诗歌，后来，我们无话不谈。我把自己的博客地址告诉了她，她把自己的日记本拿给了我。到了后来，我发现她是另外一个性别的我。有时候，不需要说话，我们便能懂得彼此的心思。与我不同的是，白灵喜欢文学，但仅限于课外兴趣。她最重要的心力还是放在专业课上。她的目标非常清晰，就是大学毕业后考本专业的研究生，研究生毕业后在省城的高中当数学老师。与她相比，我对未来就比较茫然。如果要靠诗歌来养活自己，那基本上相当于等死。

大三的下半学期，我做出了一个让白灵都感到吃惊的决定——我准备报考北京大学中文系的研究生。绝大多数的情况下，白灵都是我积极的拥护者。然而在这件事情上，她说风险太大，时间和精神成本都太高，又是"三跨"考生，让我多多考虑。我对她说，以前总是听父母的话，现在我知道自己要什么了，我能考上985大学，稍微加把劲，北大应该没有什么问题。听完我的话后，白灵没有说什么，而是握着我的手，深情地望着我。也就是在那个夜晚，我们去外面开了房，真正地占有了彼此。

我开始了漫长的考研路。在我的专业课班级里，我成为一个格格不入的异类。我几乎每天都沉溺于文学史与文学理论，与他们的共同话题也越来越少，也没有了交流的必要。对于专业课，我完全是自学，又自得其乐。慢慢地，我觉得自己是一个有力量的人，也越来越接近心中的灯塔。我畅想着考上研究生后，再读个文学博士，以后留在高校任教，有闲情的时候，写诗，写文章，甚至可以上电视，做名人。怎么说呢，我对未来人生的设计，是参考了夏宇的生活模板。那时候，夏宇就是我的人生偶像，也是我的生活灯塔。白灵和我一起备考，只不过她的目标非常实际。后来，她得到了保送本校研究生的名额，于是便省去了考研这个非常麻烦的步骤。然而，她一有空就陪我一起去图书馆，我看政治、做英语真题、默诵专业课，而她在一旁读各种各样的文学名著与电影杂志。只要她在身边，我就觉得自己可以克服心理上的问题，可以翻越眼前的高山。

初试结束的那天，洛城下起了大雪，我和白灵一起去校外吃火锅。那个夜晚，我喝了很多的啤酒，一杯接着一杯，最后把自己灌醉。我也许说了很多的心里话，只不过，我早已经忘记了其中的内容。我只记得我哭了，躲在白灵的怀中，像个孩子那样哭泣。我尽了一切的努力，等待着命运之神的眷顾。初试成绩很快便出来了，我考得还算不错，也进了复试名单。三月，白灵陪我一起去北京复试。复试结束后，我们一起去了故宫博物院。我感觉自己已经拿到了北大的录取通知书。然而，我错了。几天之后，名单公布，上面没有我的名字。眼泪瞬间淹没了我。接下来的一周里，我没有说一句话。我觉得自己是彻头彻尾的失败者。我是一个可叹可悲的小丑。

大学毕业后，我去了一家合资企业，过上了昏天黑地的程序员生活。编程之外，我最大的乐趣就是各种各样的电脑游戏。电脑成为我最亲密的伙伴。在此期间，我参加了两次公务员考试与一次事业单位考试，最后均以失败告终。一次接着一次的失败，让我原本骄傲的心越发敏感焦灼。那段时间，我放弃了写诗。或者说，诗歌之神远离了我。

有一天晚上，我突然接到了夏宇的电话，他约我周末一起吃饭，而我也立即答应了他。自从毕业后，我再也没有见过夏宇，只不过我还会经常关注他的动态，偶尔也会重读他的作品。我给他发过两次邮件，里面涉及了我的迷惘状态，涉及了我对目前工作的不满。周末，我们在一家湘菜馆见面。除了我之外，还有《洛城文艺》的主编庄洲。那时候，我已经在《洛城文艺》上发过五次作品，却是第一次见到该杂志的主编。刚开始，我们都说了一些客套话，而庄洲也表示非常欣赏我的才华，说我是很有前途的青年诗人。几杯白酒下肚后，我们才开始步入正题——《洛城文艺》现在需要一名编辑，在夏宇的推荐下，庄洲觉得我是最佳人选。他问我愿不愿意到杂志社工作，我想都没想，便点了点头。庄洲向我承诺道，你在杂志社先干上一段时间，之后，我会帮你解决编制问题。那时候，我对编制并没有具体的概念，只是连连点头，感谢了主编与夏宇。

那个白酒之夜，是我人生的又一个拐点。我以为迎接我的是曙光，然而我错了，迎接我的是下一场漫无边际的黑夜。

四

我以为自己脱离了深渊，得到了自由。没想到的是，我只是从一个深渊跳到了另一个更深的深渊。以前在软件公司上班时，我并没有那么多关于身份的焦虑。因为大家都一样，一起上班，一起加班，一起下班，循环往复，日日如此。来到杂志社后，我才意识到自己是异类，是如此格格不入的丑角。除了门卫、清洁工和我之外，其他同事都有编制，都有稳定的福利待遇。然而，我没有，我什么也没有，甚至连五险一金这种最基础的保障都没有。甚至，我都不配成为他们的同事。在别人眼中，我就是所谓的临时工，就是那种随时都有可能被扫地出门的人。有时候，我觉得自己就是垃圾堆中的蟑螂。在正式人员的眼里，我们这些临时工就是寄生虫，虽然我们付出的劳动比他们更多。然而，我并没有把自己这种可怕的境遇告诉任何人。在别人面前，我始终伪装成一副不食烟火的可笑嘴脸。没有人能理解我的苦痛，而我也没有精力去理解他人。我生活在囚笼中，忘记了如何歌唱。

有无数次，我都想过离开杂志社，然后重返老本行。然而，诗歌剪断了我的翅膀，我已经清空了关于软件工程的一切。不得不承认的是，在杂志社做诗歌编辑，我确实有了一个所谓的好平台，发表作品也比大多数的诗人更为便捷。与此同时，我能明显感觉到很多诗人会有意无意地讨好我，只是为了能在杂志上发表作品。有些诗人的表演太过于拙劣，常常逗得我开怀大笑。然而，当我冷静下来时，才发现自己不过也是他们眼中的笑话，也是精致伪装的小丑罢了。我承认自己之所以变得尖酸刻薄，有很大一部分原因是为了缓解内心的焦灼。在很多个夜晚，我梦见自己拥有了正式的工作，我想把这个消息告诉所有人，却发现自己失去了语言，变成了哑巴。

庄洲并没有兑现自己的承诺，没有给我提供编制，甚至连最基本的社会保障也没有。刚开始，我还会去他的办公室，偶尔会谈起这个事情，而他总以时机未到为托词，将我的嘴堵住。后来，他干脆懒得再去编造理由，当着其他人的面，直言不讳，编制是不可能的事情，除非你通过事业单位的考试。怎么说呢，这基本上宣判了我的死刑。因为我是计算机专业，连报名的资格也没有。后来，我又寄托于自己的写作。因为我听说写作成绩突出的人，有可能以高级人才的方式被引进体制，得到身份。后来，我才发现通过这种方式的可能性为零。于是，通往窄门的所有路，都被堵住了。我也几乎不参加什么文学活动，这样做就是为了避免人群，避免别人问到我的身份问题。在这个圈子里，文学是次要的，只有身份才是核心。我知道，在拥有稳定身份的人眼里，我就是一个活脱脱的小丑罢了。他们之所以会在表面上尊重我，因为庄洲是我的文学靠山。

在杂志社工作第三年，社里通过考试招录了三名文学研究生作为正式编辑，其中李星辰被分到了我的办公室。庄洲把李星辰引到我面前的那个下午，我这一辈子都不会忘记。他指着我,对李星辰介绍道,这是夏有光,是咱们社临时聘用的编辑,业余时间也写诗。听到这样的介绍,大火从我的脸一直烧到了全身。然而,我走上前,面带微笑,握了握李星辰的手。我在李星辰的眼中读到的是不解和蔑视。也就是从那天下午开始,我更加意识到两种身份带来的是完全不同的两种待遇。而庄洲对我的态度也越发恶劣,只要我稍微有点差池,他就把开除这样的字眼挂在嘴边。我是他的傀儡,我又离不开他,而这或许也是他对我百般挑剔的终极原因。对待李星辰,他从来没有说过一句重话,没有红过脸,言语间都是客气与肯定。也就是从那天下午开始,我越来越理解当年的父亲,变得也越来越像父亲。

以前,我总是瞒着父亲,说我在杂志社是正式工作。后来在一次过年的晚上,几杯白酒下肚后,我把自己的真实境遇告诉了父亲,因为只有他理解我的处境。听了我的抱怨后,父亲的脸色一下子严肃起来,质问道,你为啥现在才告诉我啊,你是不是想走我的老路啊?我低下了头,不知道该如何回答。父亲叹了叹气,独自吞下了三杯白酒,说,有光啊,你是名牌大学毕业的,是咱们家族的骄傲,你可不能把自己的前途毁了。我点了点头,允诺道,爸,你放心,我不会让你失望的。从小到大,这份承诺我至少说过一千遍。从小到大,我就是父母眼中的好孩子,老师眼中的好学生,而我就是为了他人的眼光而活。因此，在杂志社做临时工，这可能是我做过的唯一叛逆的事情。也就是从那天开始，父亲便隔三岔五打电话，问我的工作有没有新的进展。

我不想让父亲失望。我想重新改变自己，想纠正自己的错误。我在寻找各种各样的机会。随后，我又参加了两次公务员考试，均以失败告终。最遗憾的是，两次考试，我都进入了面试，距离成功上岸只有一步之遥。以前，我有点鄙视那些参加各种各样考试的人，觉得自己不需要那么多的身份、那么多的证件来定义自己，觉得那是对人生的禁锢，对生命的囚禁。如今，我务实了，我也成了当年自己所鄙视的人了。每天晚上，我都抱着视频学习，把这个当成自己人生最后的救命稻草。白灵也是全力支持我的，她也希望我能有一份安定的工作。然而，一次接着一次的失败，慢慢地消耗掉了我所有的热情。

有一天晚上，我接到了姑父的电话。他让我参加新一轮的公务员考试，并且报考县上的林业局。还没等我反应过来，姑父便挂断了电话。姑父是我们县上林业局的副局长，不过与我们的这个家族走得比较远。我意识到这是父亲找关系的结果。那个夜晚，我失眠了，不知道该做出怎样的决定。要是继续留在洛城，在考公的千军万马里负隅顽抗，估计希望也不大，毕竟我是一个没有什么背景的人。然而要是回县城考试，成功的概率就很高，但这也意味着我放弃了洛城，放弃了白灵。毕竟，白灵从小到大都生活在洛城，在这里又有稳定的工作，是不可能跟我离开洛城的，也不可能同意过双地生活。然而，今年我已经二十八岁了，再过几年，我连参加考试的机会也没有了。天亮的时候，我看见了外面的曙光，也好像看见了自己的未来。

离考试还有一个月时，我开始全力备考，在网上花了大价钱报了相关的课程。我对白灵撒谎说是报考了省城的职位，这样就不会引起她的怀疑。除了高考，那是我最刻骨铭心的备考，有时候甚至忘记了吃饭与睡觉。这一次，命运就掌握在自己的手中，我再也不能下错棋，走错路。与此同时，我察觉到白灵对我也越发冷漠，而我也无心顾及她的感受。虽然生活在同一个房间，但我发现我们渐渐成了最熟悉的陌生人。以前，我们无话不说，如今，我们无话可说。我也明白，因为我没有稳定的工作，她和她的家人在心里已经对我积攒了足够多的失望。我从无数个细节中读到了他们的失望，因此，我更加需要这个考试来为自己打一场翻身仗。我看到了自己的卑劣与滑稽。

初试结果很快便出来了，我排名第三，进入了复试名单。然而，我更焦灼了，因为这个岗位只招录两个人，但是有六个人进入了复试名单。除了毕业于知名大学，与那些刚毕业的大学生相比，我几乎没有什么优势。于是，我鼓足了勇气，给姑父打了一个电话。他让我好好准备，不要多想。过了几天，当我从面试的考场下来后，我整个人都蒙了，因为我知道自己表现得相当糟糕。我开始意识到自己是一个彻头彻尾的失败者。我的人生已经没有了希望。我的眼中只有黑夜，没有白昼。

然而，这一次，我又错了。我在最后的公示名单上看到了自己的名字。不是我主动去看的，因为我已经放弃了希望，而是父亲打电话告诉我的。在电话里，父亲终于抑制不住情绪，哭出了声音。而我却没有眼泪，因为我是空心人，我已经忘记了如何去哭泣。随后，我把那个公示名单反复看了几十遍，直到确定这不是梦，直到我认不出自己的名字。

最终，我还是把这个事情告诉了白灵。她没有说话，而是转过头，开始做家务。我走上前去，从后面拥抱了她。她猛地转过身来，一把推开了我，喊道，滚开，你这个骗子！我又走上前，想要平复她激动的情绪。她又推开我，冷笑道，你之前自己花钱出书，我就没有揭穿你，现在又来骗我，这日子没法过了，你快滚回农村吧。说完后，白灵走进了卧室，重重地摔上了门。我知道，她的那扇门永远向我关闭了。随后，我坐在沙发上，呆呆地看着这个空荡荡的房间。其实，这套房子是白灵父母送给她的礼物，原本也没有我的份。再者，我们也没有孩子，没有羁绊，而所谓的感情是最不牢靠的存在。最重要的是，她已经不爱我了，而我对她也没有了早先的感情。我想要挽留，却找不到留下她的理由。没过多久，我和白灵就办了离婚手续，而她从头到尾都没有和我说多余的话。我憎恶这样的自己。我对不起她的信任。

我去单位办了离职手续。因为没有编制，也没有社会保险，所谓的手续也不过是给庄洲打一个招呼。在把我的离职书交给庄洲后，我在他的脸上看到了卸掉重负后的释然。只不过，他很快转换了表情，对我说，有光啊，你是我们重点培养的诗人，还说准备给你开研讨会呢，不过以后我们还是会继续关注你的创作，以后有作品可以继续给我，我给你发表。我象征性地感谢了主编，便走出了他的办公室。我去了库房，看着如山的《巴比伦诗篇》，眼中涌出了泪花。我取出了五本放进自己的箱子里。之后，我给收废品的老张打了电话，为剩余的书找到了归宿。

离开洛城前的那个夜晚，我给夏宇和欧阳海分别发了微信，感谢他们这么多年来对我的帮助和照顾。随后，我便独自去了酒吧，在灯红酒绿的世界里，想要短暂地忘记自我。很多年前，我独自一人来到洛城求学，满怀着理想与抱负。如今，我又要独自一人离开洛城，身心疲惫，只剩下苟活下去的想法。这个城市从来没有真正地接纳我，而我也从不属于这个城市。不，应该说，我从来也没有属于过任何地方。自从成年后，我就没有了家。以前，我以为诗歌就是我的家，如今，连诗歌也抛下了我。

五

　　这是我在县城工作的第三个年头了。原本以为会有长期的不适之感。然而，令我自己都惊讶的是，我很快便适应并且融入这里的生活。我不喜欢我的工作，但是，我也不讨厌我的工作。就像我不喜欢我自己，然而，我也不讨厌我自己。我是没有感情的水泥人。我活着，就是为了活着，不寻找意义，也没有意义。也许，活着本身就是意义。

　　我已经不写诗了。或者说，诗歌抛弃了我。诗歌以前是我的精神避难所。如今，没有了诗歌的荫庇，我似乎更能看清楚生活的核心要义。在单位里，我把自己乔装成最普通最没有个性的人。我从来不提及自己曾是一个诗人，得过一些奖，还出版过诗集。对我而言，这些往日云烟只不过是一种存在的证明，并且带有耻辱的红戳。有一次，同事问我是不是以前写诗。我当场就否定了，笑道，我是一个正常人，怎么可能去写诗呢？

　　是的，我是一个正常人，拥有被他人认可的社会身份。这三年来，我最终完成了自我改造，清洗掉了精神上的毒素。在单位里，我如鱼得水，能与各种各样的人打交道，而领导也非常重用我。最满意的人应该是我的父亲，因为我完成了他的愿望，成了吃国家财政的体面人。后来，我才从母亲的口中得知，为了能确保我考上这个单位,父亲把家底都掏空了,而这些钱都是他们面朝黄土背朝天,一把一把从土里刨出来的心血。有一次喝醉酒后,父亲对我说,你最应该感谢的人是你姑父,他算得上是你的救命恩人。我点了点头,不知道该如何回应。在那个瞬间,我失去了人生最珍贵的东西。

我再婚了。在孩子出世前,我去了河边,把祖父的《巴比伦诗篇》与我的《巴比伦诗篇》统统烧掉了。之后,风吹走了眼前的灰烬,也带走了我的心。面对着眼前的河流,我终于结结实实地哭了一场。眼泪淹没了我,也拯救了我。在来往的风中,我听见了遥远的自己在呼唤我们共同的名字。

后 记

从"我"到"我们"

《神曲》是对我影响最深刻的三本书之一。在经历了地狱、炼狱与天堂之后,但丁在结尾处如此写道:"我看见了全宇宙的四散的书页,完全被收集在那光明的深处,由仁爱装订成完整的一本书卷。"那个在黑暗森林中迷路的但丁,在见识了种种奇观,在经历了层层考验后,成为一个更深刻更宽阔的人——在孤独王国里,他为自己戴上了由仁爱制成的隐形王冠。在经历了时间与空间的重重迷雾后,这部巨著依旧具有炽烈的生命力,而每一个靠近并走入那个世界的人,归来时都会披着光的隐身衣。

《神曲》是一部关于人生奥义的隐喻之书。在我看来,这部作品也是关于写作的隐喻,其中最核心的部分在于如何从"我"

走向"我们",如何从"自我"走向"超我",甚至走向"无我"。这不仅仅是哲学命题,更是在写作中时时刻刻要解决的实际问题。只要你走入自己的虚构世界,你就闯入了人造的梦境,你就会同时经历地狱、炼狱与天堂。有无数个"我"同时寄居在你的体内,而写作就是召唤出你心中无数个幽灵。我将这些幽灵称为"我们"。优秀的作家都是附魔者——不是作家写出了作品,而是作品写出了作家。

在写作时,你需要召唤出更多个你自己:过往的自己、现在的自己与未来的自己。时间的三位一体是你写作的重要秘籍,而你需要成为时间的魔法师。你不能只去写"我"的匮乏经验,你需要隐藏自己,以示心中的琉璃世界。在这个复制时代,你要避免复制的种种法则。你需要走另外一条道路,一条需要穿过荆棘荒野与黑暗森林的道路。

写小说时,当然需要工匠精神,需要打磨每一个词语、每一个细节、每一个事件与每一次沉默背后的叹息。但不能完全将作品视为流水线上的产品,不能将自己训练成冷冰冰的文学熟手,因为那是另一种形式的精神匮乏。如何在匮乏中生长出丰盈,这是当代小说家面临的集体困境。如何突围,需要想象力,更需要有破除种种桎梏的领悟力。

不去复制别人,是一种觉醒;不去复制自己,是一种觉悟。

当代小说创作中,有大量可以去复制的经验与技术。太多的细节洪流，太多无意义的对话以及过分鸡零狗碎的念白，会让文学作品掉入自造的泥淖中，越陷越深，失去了腾空飞翔的可能性。在文学创作中，我特别看重一部作品的"智性"和"灵性"，而这也是文学作品的魂。当然，并不是要在作品中谈论意义或者生产意义，而是让意义成为整部作品的隐形主体。这么多年过去了，我依旧怀念托马斯·曼与他的《魔山》。这样的精神性小说太少了。我们太执拗于外部世界的种种奇观奇情，而忽略了自身深渊般的破碎之心。

从"我"出发，你需要越过无相的山川，你需要涉过无尽的荒漠，你需要见识各式各样的世间景象，你需要亲历无可言说的内心风暴，如此这般才有可能抵达"我们"。"我们"不仅是一种复数与群像，我们更是一种自在与超越。

正如《薄伽梵歌》所言："我是居于一切众生心中的自我，我是一切众生的开始、中间和结束。"这便是从"我"到"我们"的终极意义。即便意义是一种幻象，但我们仍然需要以幻象为生。

2024年2月4日定稿